Kill Those Witches

Tetsuya Ichikawa

あの魔女を殺せ

市川哲也

東京創元社

あの魔女を殺せ

常世家見取り図

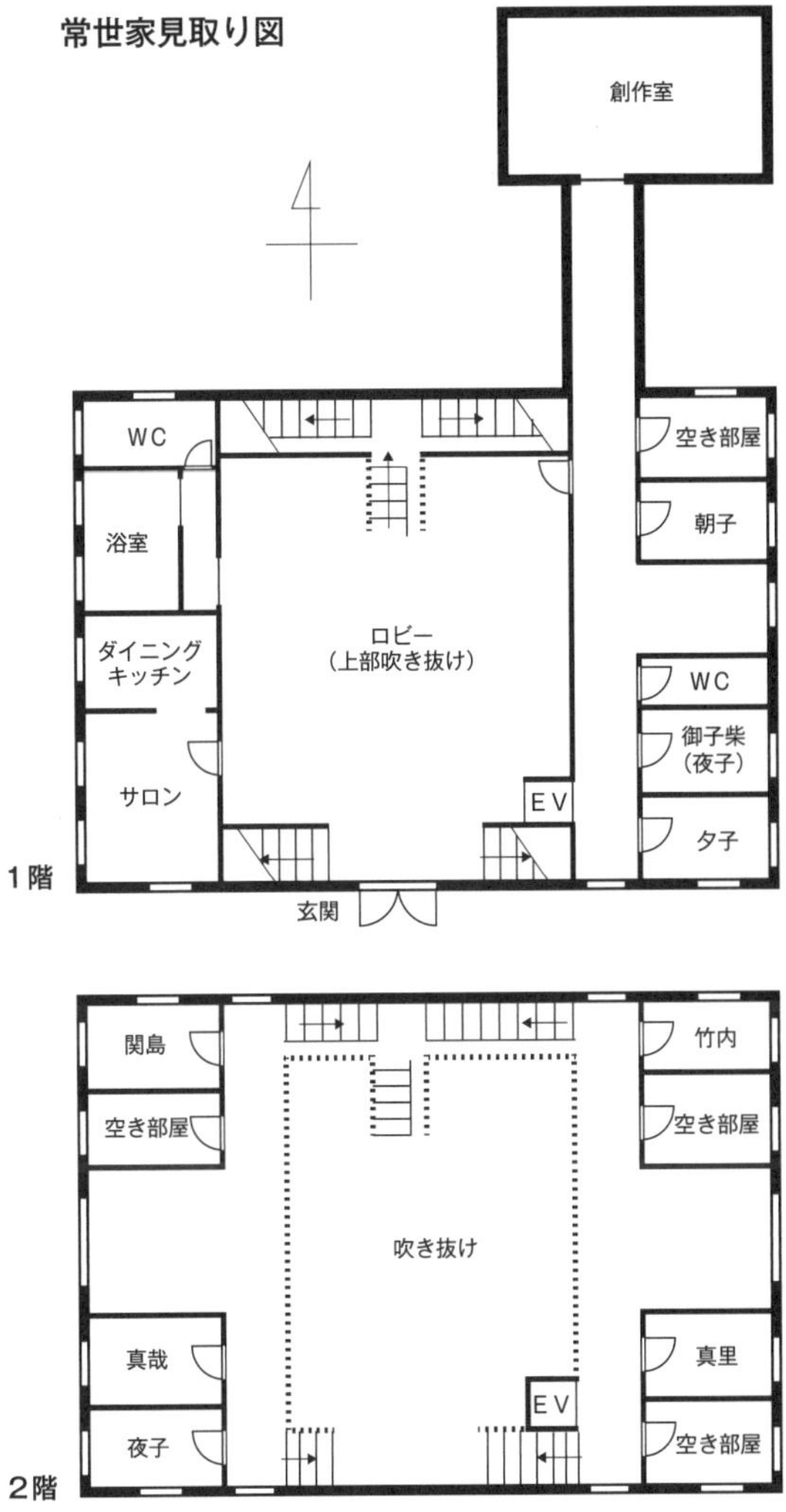

創作室
WC
浴室
ダイニング
キッチン
サロン
ロビー
（上部吹き抜け）
EV
空き部屋
朝子
WC
御子柴
（夜子）
夕子
1階
玄関
関島
空き部屋
竹内
空き部屋
吹き抜け
真哉
夜子
EV
真里
空き部屋
2階

肉の焦げる臭気と断末魔の叫びが広場に満ち、縛りつけられた女の足元で積み上げられた木材が燃え盛る。衆人環視のなかで女は人の形をなくしていった。距離あれど肌が焦げるような熱気だ。それは女の絶望と大衆の熱でもある。血のように赤い炎から彼女は目を伏せた。ある者は雄叫びを上げ、ある者は爛々《らんらん》とした眼差しで燃えたぎる炎を眺めている。誰もが魔女の火刑を歓迎していた。

しかし、本物の魔女である彼女はよく知っている。

あの女は魔女ではないと。

のちに『魔女狩り』と称される虐殺が行われていた時代だった。

悪魔と契約した魔女を排除するとの旗印はすでに形骸化していた。当該人物が本物の魔女か否かなど重要事ではなく、気に入らぬ者がいれば魔女の烙印《らくいん》を押し亡き者にする。そのような一般市民による合法的な抹殺方法と堕していた。火刑に処された女はそんな時代の犠牲者だ。

目をつけられれば待つのは拷問や死である。本物の魔女たる彼女が正体を知られたが最後どうなるか。考えるだけでも身の毛がよだつ。

災禍がすぎ去るまで無害の民として生きるよりなかった。彼女は最大限に警戒し、しばしの平穏を享受した。

が、長くは続かなかった。

拷問にかけられた仲間が彼女の名を吐いたのである。

いち早く異変を察した彼女は生家を捨て、魔術に関する書物や道具を持てるだけ持ち逃亡をはかった。

身寄りのない彼女にいく当てなどない。異端審問官や民衆の手からできるだけ遠く離れるしかなかった。

息が切れ、足は棒となった。

どこまできただろうか。鬱蒼《うっそう》とした森でおあつらえ向きの廃墟を見つけた。日の光もろくに入らず、正体の知れない鳥の鳴き声が降っていた。魔女であれど不気味極まりなかったが、目的地があるでなし。ここに一時の居を構えることとした。彼女が『ヘンゼルとグレーテル』に出てきた魔女のモデルになったのだ、と後年言われても差し支えはなかっただろう。

束の間得た休息で思考にふける。

どうすれば魔女である自分は生き残れるのか。悪意ある者に目をつけられてしまえば破滅だ。平穏などない。常に死の影に怯えて暮らせというのか。子鼠のように怯えながら。

奸物《かんぶつ》が流した悪評や扇動に煽られた大衆がこの地獄を形成している。個人で事態を好転させるのは至難だ。どうあがこうともいずれ生命《いのち》を奪われるのではないか。

そんな怯えのなか、頭の片隅で囁《ささや》きが聞こえた。

そう、生命だ。何人《なんぴと》においても生命こそ至高の宝である。生を渇望しない生き物などいない。生命はなにものにも代えがたいものだ。

魔物の使役や他者を呪うだけの存在ではなく、魔女が生命を救う存在であればどうであろう。魔女の生命も保障されるのではないか。

いいや、魔術の使用自体が悪なのだ、とやはり火刑に処されるかもしれないが、安寧《あんねい》に生きるにはその道を開拓する他ないように思えた。

問題は、生命を救う魔術など存在しないという事実である。いかなる書物にも出てこない。ならば取るべき手段はひとつだった。

新たな魔術の創造。現存する魔術は天から降って湧いたものではない。どこかで何者かが生み出した故に現存している。極めて困難であるが不可能ではない。

以後は寝食を忘れ魔術の創造に邁進《まいしん》した。来る日も来る日も。

忍び寄る死に怯えつつ研究を重ね、新たな魔術はついに産声を上げた。

ただし難点があった。自然の理《ことわり》を曲げるからであろう。望んだような魔術にはならなかったのだ。時間を費やせば本懐を遂げられるやもしれないが、災禍はさらに拡大していた。いつ自らも炭くずとなるか。血の臭いはすぐうしろまで迫って感じられた。急がなければならない。

肝要なのは、誰にこの魔術を開示するかである。

大衆に示すのは得策ではない。いかなる福音であろうと何千何万の人間をすべて納得させるのは不可能だ。一部の者は変わらず魔女を畏怖《いふ》し葬ろうとするだろう。開示すべきは、大衆を抑えられる上位の存在である。

魔術を売りこんだのは、とある貴族であった。

貴族の妻は余命短いと伝え聞いている。つけ入る隙はそこだった。生命を救い庇護を勝ち取る。貴族が熱心なキリスト教徒ではなかったのもおあつらえ向きだった。魔女だからと問答無用で首を刎《は》ねられることはない……はずである。

妻が危篤と情報を得た日、彼女は臍《ほぞ》を固めた。文字どおり生命を懸けての出立であった。目論見が外れれば首と胴体が離れる。またはあの女のように焦熱の炎に焼かれるだろう。

魔女は医者と偽り館内に入りこんだ。賄賂の用意もあったが、医者であれば招き入れてしまうほどに切迫しているようだった。

貴族は気忙しそうに寝室を歩き回っている。ベッドで眠る痩せこけた妻を本物の医者が診ていたが、どう楽観視しても死期は間近にあった。

観察していると、貴族が大股で迫ってきた。険しい面持ちで、近づく死神に狼狽しているのがよくわかる。それだけ妻を思っているのだ。

「君は、私なら治せると豪語したそうだな。妻を快復させられたらどんな褒美も取らせよう」

「言葉に偽りはありません。見事救ってみせましょう。その前に人払いをお願いできますでしょうか？」

「よくわからんが、望むのならそうしよう」

貴族と二人だけになると、魔女は医者の仮面を脱ぎ捨てた。

「端的に申し上げます。私は医者ではありません。世間で魔女と呼ばれる存在です」

貴族の眉がぴくりと動いたが、魔女は間髪を容れずに続ける。

「魔術なら奥様を救えます。もうおわかりでしょう。枕元に立つ死神は医学で退けられるものではありません。退けられるのは魔術のみです」

「……どのようにして助ける？」

杓子定規な反応はされなかった。見立てどおり理性的に話し合える人物のようである。

「劣化する肉体はどんな名医でも手の施しようがありません。しかし、魂は劣化せず、ただ天に昇るのです。魂を捕らえ新鮮な肉体へ移せば、奥様を生き永らえさせることができましょう」

「聞いたこともない魔術だ。謀《たばか》っているのではあるまいな」

「私が一から創り出した魔術です。ご存じないのも無理はありません」

「そのようなことが可能なのか？」

「呪いや悪魔の召喚など、あらゆる魔術は自然発生などいたしません。誰かが創り上げたものです。知識と適性があれば、魔術の創作も可能なのです。奥様の代わりとなる肉体を用意していただければ、魂はこの世に残ります。これまでの記憶や性格、口調までも元通りとなりましょう。ただし、容姿は別人となってしまいますが」

ひとつの勝負所であった。魂を妻であると見るか、肉体を妻であると見るかで魔術の価値は変わる。貴族が格別に妻の容姿を愛しているのであれば交渉は決裂しかねない。

「……用意する。しばし待て」

貴族は即断した。杞憂だったことに安堵する。

「ではその方にこの薬を飲ませてください。特別に調合したもので、数分肉体と魂を分離させられます」

瓶に入った極彩色の液体を渡す。

「殺すのか？」

「いいえ、死にはしません。心臓はしかと動いたままです。肉体は新鮮無傷な状態で残さねばなりませんので、一時的に魂を抜け出させるのです。他方、死んだ肉体から離れた魂はこの世に長く留まれません。奥様が亡くなられたあとはなるべく早く、代わりの肉体をここへおつれください」

「……承知した」

当初の険しい表情は貴族にない。静かに妻の死を待つ夫がそこにいた。いくばくもしないうちに妻の呼吸は途絶え、魔女には肉体から抜け出る魂がしかと見えた。貴族は涙一滴流すことなく、部屋を出ていった。

やがて使用人を背負った貴族が戻ってくる。若く美しい女だ。心なしか貴族の口元はゆるんでいた。ベッドで伏せるしわがれた妻の顔は視界にも入っていない。

長年連れ添った気心知れた妻が若く美しい容姿に替わる。その期待でさぞ胸が躍っているのだろう。貴族はそっと使用人をソファに寝かせた。

「これでよいのだな？」

「あとはお任せください」

魔女は用意を整え、呪文の詠唱を始める。汗が滴った。予行演習は重ねたが、この大一番でしくじればすべて水泡に帰す。全身全霊をこめ、妻の魂を使用人の肉体へ移植した。一時的に肉体を離れていただけだった使用人の魂は居場所をなくし、虚空を漂う。妻の肉体は死んでいるため仮宿にはできない。このまま他の物体へ移さなければ、あとは天へ昇るのみ。使用人には気の毒だったが諦めてもらうしかない。

果たして、妻は起き上がった。状況が呑みこめず目を白黒させる妻と、泣いて歓喜する貴族の対比がおもしろい。

「一点だけ忠告をよろしいでしょうか？」

「なんだ？」

顔を向けた貴族の目には暗い光があった。魔女を魔女として見ている。用済みの魔女はあとで始末する、とその目は伝えてきた。

「奥様の魂と私の魂は不可分に結びついております。私の生命尽きるとき、奥様の生命もまた尽きます。そのことお忘れなきよう」

貴族の目つきが再び変貌し、困惑の色が加わる。

「私が死ねば奥様も死にます」

念を押す。

「……小賢しいな。それもお前が作った要素か？」

「この時代、生き延びるためには手段を選べませんので」

「この時代、魔女を丁重にもてなせというのか」

「そこまでは申しません。生命を保障していただきたいだけです」

貴族はシニカルに笑った。

「いいだろう。妻の件を除いても、その魔術は重宝しそうだからな」

「感謝いたします。お役に立てることがあれば助力いたしましょう。ただ、部外者にはこの魔術を口外しないようお願いします」

「なぜだ？」

「人間の多くが永き生命を望みます。この魔術が広がれば我も我もと依頼者が後を絶たなくなるでしょう。そのなかに魔女への害意を抱く者がいれば、この身は焼かれます。私は日々の安らぎがほしいだけなのです。魔術の使用はやぶさかではありませんが、信頼する間柄のみでお願いしたいのです」

「慎重だな」

「身を守るためです。その他禁則事項も安全を確約してくだされればお伝えします」

「望みはよくわかった。今日からこの館に住め。よい関係を築こうではないか」

「もったいないお言葉です」

彼女は勝利を収めた。魔術は歓迎され、生命も穏やかな生活も守られたのだ。

その夜、魔女は熟睡した。死の影に怯えず温かい寝床で寝られるのは数年ぶりである。この安寧を迫害され続ける魔女たちにも分け与えたい。

そう望んだが、魔術が特異なものであったためだろう。血筋の女性以外の行使は不可能であった。

その後も魔女と疑われた女たちの死体が山と築かれていったが、真の魔女の血筋は生き延びていくことになる。やがて日本へと流れつくのは、それから百年以上あとのことだった。

一

「なんであたしだけ名前が違うの？」

母に尋ねてみたことがある。

「命を大事にする人間になってほしいからよ」

微笑みながら頭をなでてくれた。

「お姉ちゃんたちは命を大事にしてないの？」

純粋に返したあたしへ、母は困ったように眉を落とした。

だから命《めい》という名前が好き。姉たちとは違うから。常世《とこよ》なんて苗字は嫌いだ。


三歳ごろの記憶がはっきりとある。

十二も歳が離れた肥満体の姉、朝子《あさこ》は、拳でいきなり殴打してきた。鼻血を流して泣くあたしの顔に、九歳の夕子《ゆうこ》は車椅子から手を伸ばし鼻血を塗りたくってくる。夜子《よるこ》には足を払われ頭部を蹴られた。五歳とは思えない邪気のある笑顔は忘れられない。

気がすめば待っているのは魔術訓練の強制だ。死ぬ気で従おうが完璧に課題をこなそうが、決して納得などされない。愚妹《ぐまい》だと蹴られ殴られ、姉たちが飽きるまで我慢するしかなかった。

母が窘《たしな》めると一時的に嵐は弱まった。舌打ちをしながらも解放してくれる。母の胸に泣きつくときのみ平穏が訪れてくれた。

中学に入ってから暴力はさらに激化する。

豪雨の庭で全裸にされたあたしは、朝子に髪の毛を鷲摑みにされ引きずり回された。夕子が一部始終を撮影し、その映像を見せられるところまでがセットだった。体の至るところを夜子に踏みつけられ鞭打たれながら、映像の感想を言わなければならない。娯楽としての暴力だった。

もう笑顔が作れなくなっていた母に、幼いあたしは自分の癒しを求めた。泣きつくと抱きしめ頭をなでてくれる。姉たちを咎《とが》めてくれなくとも、それだけが安らぎだった。

高校生になると暴力の域は超えた。

綺麗なドレスを纏《まと》わされ、麻縄で椅子に縛りつけられる。閉じた瞼《まぶた》と唇は針で丁寧に縫い合わされた。どんな激痛であっても声を出してはいけない。縫い合わされた瞼と唇を強制的に開かれるからだ。

耐えるあたしを煽るように、カメラのシャッター音が聞こえる。

「前のあんたの写真を造形作家に見せてみたら驚愕してたわよ。すごい技術だってさ。生身の人間とも気づかないで」

夕子に向けてあたしは笑いかけた。処世術として身につけた笑顔だ。どうやっても逃れられないのなら、よろこんで姉たちの靴を舐める。惨めに精神の安定を保つしかなかった。

ある日、帰宅すると朝子が言った。

「あの女はいなくなったわ。今日から家事は全部あなたがしなさい」

事務的連絡だけだった。姉たちにとって母は家政婦でしかない『あの女』だ。

非力なあたしに受け入れる以外の選択はできなかったけれど、心は叫んでいた。

どうして、あたしもつれていってくれなかったの……。


五歳のころだ。館の最奥にある部屋を外から観察していた。窓ひとつない、冷たい壁だけがそびえている。なかに入ったことはない。入れるのは姉たちと祖母のみで、外へ通じるのは一本の高い煙突だけだった。

野生動物のような声がする。近くには黒く薄汚れた焼却炉が口を開けている。いまにも不気味な呻き声を発しそうだけれど、声は高所の煙突から聞こえてくる。

正体をたしかめるために小さな体で梯子《はしご》を運んだ。軽量化された特注品なので、当時のあたしでも移動させられた。屋根にかけて上がっていく。煙突には取っ手があり登っていけそうだ。恐怖感はなかった。興味が上回っていたのと、姉たちの苛烈な行為で感覚が麻痺していたからだろう。

煙突の穴は五歳の子供を迎え入れるだけの広さはあった。祖母たちに感づかれないよう、ゆっくり下る。一段ごとに悲鳴、泣き声、咆哮は大きくなっていった。

「もっと、もっとだ！　それで儂の理想を叶えられるもんかい！」

なにかを殴打する音と祖母の叱責が交互に聞こえる。

「これでいいですか？」

「朝子、お前は何年修行してんだい。出来が悪い子だ。それで術を進化させられるか！　肌を焼くだけじゃ追いこみが足りないのかね！」

「そんなことないです。やれます！」

「だったら気合を入れなっ！」

なにかが潰れるような音と耳を塞ぎたくなる悲鳴がした。

「夕子はできたかい？」

「あ、あと少しです」

「こっちは時間がないんだよ。脚だけじゃなく腕も折ってほしいってわけだね？」

「ごめんなさい。ごめんなさい。すぐできますから。少しだけ待ってください」

赤ちゃんのように泣き喚いている。

「そこへいくと夜子は筋がいい。あんたらが十年かけてる段階を一年足らずでやってのけるなんてね。儂を救うのはあんただろうねぇ」

一転して猫なで声だ。

「ありがとうございます。さらに精進します」

言葉とは裏腹に夜子の声は硬い。姉たちがこれほど怯えているのが信じがたかった。

あたしは祖母から存在を無視されて生きている。会話もなければ、視線が合うことすらない。覚えているのは一言。

「こりゃ、才能がない屑だね」

才能、とはもちろん魔術のことだけれど、いつの言葉かは定かではない。ただ記憶に残っている。

好きの反対は嫌いではなく無関心。祖母はそれを証明していた。徹底的に無視無関心でいてくれる。

ありがたかった。才能がないおかげで、この部屋へ入れられずにすんでいるのだから。

けれど、だからこそ姉たちは、あたしを苦しめる。一人だけ平和な日常を送るのは許せない。受けた苦しみを数倍にして返してやる、と。祖母の代わりになって姉たちが魔術を教えこんでくる。苛烈に苛酷に、死の淵へ追いこむまで。


どれほど時がたっただろう。静けさが訪れていた。

足も手も痺れている。限界だった。落ちるように暖炉へ下りる。

電気のスイッチを入れた。巨大な壺や本棚、何十本もある瓶が目につく。大人が乗れそうなほど広い机、名称不明な道具の数々もある。壁際には三台のベッドが並べられていた。いや、ベッドというより檻だった。格子が周りを囲み、安らかには眠れそうにない。

その一台に朝子が眠っていた。肥満体を精一杯丸めている。どう見ても子供用のベッドなので、とても苦しげだ。半身に刻印された火傷の痕を見ていると、こちらの皮膚まで痛みが伝わってくる。

夕子は脚の感覚がなく細身なせいか、ぴたりとベッドに収められていた。寝顔に残る涙の筋、手足の蚯蚓《みみず》腫れは熾烈な指導を受けたのだと物語る。車椅子の下になにかがあった。錠剤の瓶だ。年齢故、理解の範囲外だったけれど、いま思えばあれは睡眠薬で、姉たちは強制的に眠らされていたのだろう。身じろぎもせず寝息すら聞こえない。効果は強力なようで、死んだように眠っていた。

三つ目のベッドだけが空だった。夜子はいない。課題をクリアしたご褒美に収監を免れられたようだ。

赤子のように眠る姉たちを前にして幼心に思った。思ってしまった。

姉たちも酷い目に遭っているのだから、あたしが同じ目に遭うのもしかたがないのかもしれない。

なんてバカげた考えだろうか。反旗を翻《ひるがえ》していれば軛《くびき》を外せたかもしれない。諦観が染みこめば拘束を抜けられなくなる。そんな当たり前に気づけなかった。

幼くしてはめられた首輪は幼いうちに外さなければ生涯ついて回る。時を経て外すなど、らくだが針の穴をとおるより困難だ。


だからだ。

だから殺せない。殺すべき姉たちに銃を向けられない。

死体と人形を前に姉たちは誇らしげだった。

あたしの腰には拳銃がある。殺せる。弾は四発もある。一発外しても全員殺せる。撃て。撃つのよ。引鉄《ひきがね》を引け。もう子供ではない。大人となったいまなら、撃てるはずよ。

懸命に鼓舞する。

やらなければ被害者はさらに増える。この人里離れた館であれば死体の処理は簡単だ。焼却炉や暖炉で焼き、墨屑にして川へ流す。実際に姉たちはやっているに違いなかった。

殺すのよ、いま、ここで。

手が震える。

拳銃を掴みたいのにできない。指すら動かせない。

「さあ、あとは最終実験を残すのみね」

恍惚とした朝子を前に身動きすらできない己に絶望する。

奴隷として生きてきた末路がこれなの？

どうにかしなければ。どんな手をつかっても殺す……殺す。殺す。あたしのためにも、これ以上の被害者を生まないためにも。

けれど、どうやって？

武器にふれられもしないこの手で、どうやって……。

二

俺が案内された社長室は、彫刻や絵画などが飾られたフィクションのような趣《おもむき》の空間だった。少し首を伸ばせば窓からビルの海が望める。重厚感あるデスクを前に緊張感は高まってきた。以前の取材でとおされたのは応接室だったが、なぜ今回はこんなところへ……。

「待たせたね、麻生《あそう》君」

ワインボトルとグラスを持った根本《ねもと》社長が戻ってきた。オールバックで顎髭を蓄え、高級そうなスーツを纏《まと》っている。革張りのソファに腰を下ろすと、俺にも着席を促した。

「常世三姉妹、と称されるアーティストを知っているか？」

真っ昼間からワインを注がれた。車できたので飲めません、と断れない雰囲気だ。

「初耳です。不勉強で申し訳ありません」

「だろうね。実際のところ、一般への知名度が乏しいのは否めんからな。では常世黄泉《よみ》ならどうだ？」

「それなら知っています。二十年ほど前によくテレビ出演していた霊媒師ですね。存命であれば百歳を超えているかと」

「さすがに知っていたか。そのお孫さんだ」

「スピリチュアル関連ですか？」

政治家や資産家などのお偉いさんは、そうした方面に熱心な人物も多いと聞く。

「スピリチュアルアーティストか。それはそれでおもしろそうだが違う。作るのは生人形《いき》だ。関節可動式のな。これから急速に伸びてくる逸材だと見こんでいる」

生人形。一般的には生きているかのような人形を指し、元来は見世物として作られた人形のことだと取材の過程で聞いたことがある。

根本社長は美味《うま》そうにワインへ口をつけた。遅れて俺も一口いただくが、味はよくわからなかった。

「関節可動というと、フィギュアのように手足を動かせるのですか？」

「あんな安っぽいものと同列にしてはいかん。アンティークドールや日本人形に近い芸術性がある。異質ではあるがね」

タブレットが提示された。常世三姉妹の作品らしい。

「なるほど……」

反射的に顔をしかめてしまった。

「教科書どおりのリアクションだな」

笑い飛ばしてくれたが、俺は笑えなかった。

ケロイド状のなにかを貪る鰐口《わにぐち》の少女。目玉がなく、その代わりに人の頭部が埋めこまれている老婆。それらは俺にあった人形という概念からかけ離れていた。ゴヤの『我が子を食らうサトゥルヌス』、ダリの『顔の戦争』などグロテスクな絵画を具現化したような作品だ。どれもがあまりにもリアルだった。生人形とはよく言ったものだ。

「万人受けはしない作風だが、人をどうしようもなく惹きつける魔力がある。その界隈では熱狂をもって取引されているよ」

「勉強になります」

「初期の作品はリアルでグロテスクなだけだった。特殊な趣向でなければ見向きもされないものだ。ところが約四年前だったたか。一体の人形が評価を一変させた。まあ見事だったよ。惹きつけられたねえ。素人の私にどこがどうとは言えないが、同様の感想を持った好事家《こうずか》は大勢いたようだ。購入依頼が殺到したと聞く。ところがそれから五か月ほど、常世三姉妹は斯界《しかい》から姿を消した。理由は語られていないが、復活してからは高いクオリティの作品を発表し続けてくれている。どれも世界の芸術史に残るものだ。寡作なのが玉に瑕《きず》だがね」

話しながらも画面をスワイプして眺めている。よほど魅入られているのだろう。

「こんな人形のなにがいいのか、と思っているだろう」

「そんなことは……」

「ないわけがない。画面で見たところで作品の魅力は伝わらんからね。直に見てみろ。君も虜になる。今度作品展へ招待してやろう」

「ありがとうございます。ぜひ」

画面だろうが実物だろうが、感想は変わりそうもないが……。

「近々彼女らが新作を発表するそうだ。ずいぶん入れこんだ作のようで、いくら積んでも手に入れたい。ここへ招いたのもそのためだ」

「私に金を出せ、と言っているのではないですよね？」

「君に金の無心なんてしないよ。麻生君そのものが入手チケットになりうるからだ」

「常世三姉妹も初耳だった私がですか？」

「以前、この会社の取材にきたそうだね。そのとき人形の商談で常世の三女がきていたのだが、偶然麻生君を見たらしい。いたく気に入ったようで、会わせろとせがまれてね」

値踏みをするように根本社長は俺を凝視してくる。

「くっきりとした二重に温かみのある瞳、明瞭な鼻筋と歪みのない顔の輪郭。男の私から見ても男前の部類だ。前回、取材を受けたのも友人から君を紹介されたからだが、彼女は君の人柄も評価していた。なにか醸し出す魅力があるのだろうな」

「いえ、そんな……」

「その嫌みのない笑顔も天性だな。学生時分はずいぶんとモテたのでは？」

「……それなりには」

養護施設を出た俺が定職にも就かず生活できたのは、いままでのパートナーたちのおかげと言っても過言ではない。

「では女性の扱いも心得ているだろう。いまやライバルは多いからな。出し抜く手札はいくらでも所持しておきたい。三女と懇意になって手回しをしてくれ」

「三女に近づけと？」

「そうだ。なに、難しく考えるな。親交を深め、仕事の話をする。ビジネスマンなら誰もがやっていることだ。先方の容姿も悪くないぞ。親しくなって損はない。首尾よくいけば、うちのウェブ記事の仕事を麻生君に任せたいとも考えている。望むならさらに他へも口をきいてやっていい。仕事をきっちりこなせる人間は重宝だからな」

こういう依頼が現実にあるのか。こっそりため息をついた。フリーライターの立場としては悪くない話だ。女性と親しくなるだけで大口の仕事が舞いこむ。よろこんで飛びつくのが正解だろうが、

「悪いですけど、結婚して子供もいるので――」

スマートフォンが振動した。バイブ音が止まらない。静かな社長室には小さな音でも響く。

「気にするな、出てかまわないよ」

根本社長が腰を上げた。

「すみません」

断ってスマートフォンをバッグから取り出す。発信者名には妻である亜里沙《ありさ》の友人の名前が表示されている。

通話ボタンをタップした。

なにか言っている。

音声処理ができない。

意味がわからなかった。彼女が発する単語が脳内で暴れる。

うるさい。大事な仕事の打ち合わせ中だ。くだらない冗談はやめろ。

亜里沙が事故に遭ったなんて、俺は信じない。

*

三か月が風のように過ぎ去った。

真里《まり》は保育園の庭で友達と遊んでいる。鬼ごっこの最中のようだ。お、タッチできそうだ。もう少しだ、がんばれ。応援していると、急に速度をゆるめてしまう。方向転換をして別の子に向かって走り出す。もう少しで追いつけたのにどうした。別の子をまた追いかけて、追いつきそうになるとまた別の子を追う。

しばらく眺めていると、

「麻生さん、お疲れ様です。お迎えですね」

保育士さんが駆け寄ってきた。

「ああ、すみません。真里がずっと鬼でいるので」

「前はびゅーんと追いかけてすぐタッチしてたんですけどね。近ごろはあんな感じです。真里さんなりに友達間のバランスを考えてるのかも」

「六歳でそんな忖度《そんたく》ができますか?」

「大人な発想をする子もいますからね」

大人、か。

言われてみれば、大なり小なり母親の死で変化はあった。成長だと指摘されてしまえばそれまでだが……。

保育士さんが呼ぶと、小さな手足をバタバタさせて真里が走ってきた。丸顔とくりっとした両眼が親バカながら愛おしい。秋の涼風のなかにあって前髪は汗で束になっていた。

「遅いよ、パパ」

「悪かったよ。帰って晩ご飯にしような」

額の汗を拭いてやる。

「いい子にしていたか？」

「うん！　トマトは食べられなかったけど」

「そうか。パパも苦手だけど、いつか食べられるようになるといいな」

「うん！　リズもお迎えありがと！」

くまのぬいぐるみにも抱きついた。事故現場で共に生き残ったのがこいつだった。保育園と風呂以外で手放さない古い友人だ。おかげでところどころ解《ほつ》れていて、毛色もくすんでいる。

リズを抱えた真里は前髪をさらりと耳にかけ、指先でいじった。ついその仕草を見つめてしまう。胸の奥が痛んだ。

「どうしたの？」

「いや、急いで帰ろうか。今日は命お姉ちゃんがくるからな」

「そうだった、やったねぇ」

後部座席のチャイルドシートに乗せてシートベルトを確認する。しっかりとかかっている。事故以前は、チャイルドシートを嫌がってよくぐずっていた。しかたなく助手席に座らせていたが、現在では大人しく後部座席のチャイルドシートに座ってくれる。

もっとも、助手席にいたことが真里を死から救った要因だったそうだ。

亜里沙は即死ではなかった。生命《いのち》尽きる直前、真里のシートベルトを外し車外へ逃がしてくれたようだ。真里は炎上する車から逃れ、運よく一命を取り留めた。なにが幸いするかわからないものだ。

周囲を目視する。人も動物もいない。ゆっくりと発車させた。見通しがいい道路だが、五分も走れば市街地に入る。集中していこう。

法定速度で走っていると、後方の車がクラクションを鳴らしてきた。気にせず速度を維持する。法定速度のプラス十キロで走るなどという暗黙の了解があるが、唾棄すべきものだ。事故を起こさないための法定速度を破ってどうする。

追い越し車線になり後続車は追い抜いていったが、睨みながらクラクションを連打してきた。彼女が事故に遭わないことを願う。

できるならば真里を車に乗せたくはない。いまでこそ乗車できるようになったが、事故直後は停車した状態でもドアすら開けられなかった。

交通量が増えてくる。さらに慎重を期してハンドルを握った。

こちらがいくら安全運転をしても、他人に危険運転をされたら巻きこまれる。誰もが安全に気をつけていたとしても、スリップや落石など運悪く事故に遭遇するかもしれない。個人で最善を尽くすしかないのだ。

*

夕食の準備ができた。料理下手で三十五歳まで自炊とは縁遠かったが、三か月でそれなりにはなった。上場企業で働きながら食事の用意までしてくれていた亜里沙にいまさらながら感謝し、自らの体たらくを悔いる毎日だ。教科書どおりに主菜、副菜、汁物にご飯をつける。今夜は特別に果物とおかずをもう一品つけておく。味つけは悪くないはずだ。

「さてと」

丁寧にご飯を椀へ盛り仏壇へ向かう。とことこと真里もついてきた。亜里沙の遺影に手を合わせる。

料理も上手くなっただろ。寂しいが、なんとかやっているよ。今日も事故を起こさず帰ってこられた。

話し終えたところでチャイムが鳴る。

「いいタイミングだ」

玄関まで迎えにいきドアスコープを覗く。ベージュ色のカーディガンとチノパン、背中まである黒髪に切れ長な瞳の女性は命さんだ。亜里沙の一番の親友だった。鍵を開ける。

「ごめんなさい。退勤前に保護者対応しなければならなくなって」

凜とした澄んだ声を響かせながら、スーパーのビニール袋を掲げた。

「かまわないよ。幼稚園教諭は大変だな」

命さんは隣町の幼稚園に勤めている。園では重用されているようで、頼られる場面も多岐に渡るのだろう。

「大変は大変だけれど、楽しくやっているわ」

長身を屈めスニーカーを脱いだところで、真里が走ってきた。リズを片手にジャンプして抱きつく。

「いらっしゃい、命お姉ちゃん」

「こら、お客さんにいきなり抱きつくなっていつも言っているだろ」

「かまわないわ。このかわいさを封じる方が罪よ」

命さんは至福の表情で真里をだっこしながらリビングへと歩いていった。

「すごいわね。豪華じゃないの」

苦労して作った料理を見て声を上げてくれた。

「子供の面倒を見てもらうんだ。これぐらい当然だろ」

「気をつかわなくてかまわないのに。真里ちゃんといるのは楽しいもの」

「シッターを雇う余裕があればな……」

椅子を引いて座ってもらい、預かったカーディガンはハンガーにかけた。冷たいお茶をコップに注いでおしぼりを出す。

「至れり尽くせりね。仕事は何時からなの？」

「八時からだ。仕事というか、会食にいくだけなんだがな」

「次の仕事につながるのなら立派な仕事よ」

「真里を置いて仕事いっちゃうのはオコだけどね」

ぷくっと頬を膨らませた。

「ごめんな。大事な話なんだ」

俺は根本社長の依頼を受諾すると決めた。

迷ったが亜里沙と二人で――というのは表向きで、会社勤めの亜里沙が八割以上支えていた家計を俺だけで賄っていくには、受ける選択しかなかった。妻は頭もよく語学も堪能で、俺には不釣り合いな女性だった。一部上場企業で早期出世を果たした妻の収入がごっそりなくなったのだ。

ただでさえ昨今の物価高や増税などで見通しが暗いというのに、収入を増やさなければ、住み慣れたこのマンションに居続けることや車の維持すら困難になる。情けないが、保険金や賠償金だけで将来を楽観できるほど、ライター業で稼げてはいない。

なにも三女と付き合えと要求されているのではない。親しくなり新作を融通してくれるよう頼むだけだ。ビジネスライクな交流をすればよい。亜里沙への裏切りにはならないはずだ。

にこにことおしゃべりする二人を横目に準備を整え、車のキーを持ってマンションを出た。秋風が少々冷たい。

命さんの存在は感謝でしかない。亜里沙は親と疎遠で、俺にはそもそも親がいない。頼る肉親がいない麻生家には神様のような存在だ。真里もなついており、夜に仕事が入ったときも快く面倒を見てくれる。なにかあったら遠慮なく頼って、と葬儀の場で言われてから甘えどおしだが、いつまでも他人に負担をかけ続けられない。なんとしてもチャンスをものにしなければ。

駐車場を出て十分ほど走ったところだ。

「しまった」

スマートフォンを忘れてきた。

時間は……早めに出たおかげで猶予はある。今日日《きょうび》スマートフォンを忘れて得はない。面倒だが、取りに戻るしかなさそうだ。

Uターンしてマンションに戻る。

三階の自宅前へ近づくとキッチンの窓が開いていた。声が漏れ聞こえてくる。楽しそうに二人で会話しているようだ。命さんは職業柄、幼い子への応対も上手いからな。

呑気に思っていると、その声が届いた。

「やっぱりトマトはおいしい」

はじめは命さんの発言だと認識した。真里はトマトが嫌いなはずだ。

ぼんやりとそう思いながら鍵を取り出した。開けようとして停止する。

命さんの声、だったか？　妙に幼かったが……。

「あぁ、好きなものを嫌いなふりするのって辛い」

これは真里の声か？　口ぶりは別人だが、声色は真里そのもので……。

「急に好きになるわけにはいかないものね」

澄んだ声色は命さんだ。とすると、さっきのはやはり真里？　いや、あんな大人びた口調ではない。それとも第三者を招いているのか？　いや、彼女はそんな勝手はしない。

好きなものを嫌いなふりする、というのも引っかかる。トマトが嫌いなふりをしている？　なぜそんなことを？　なぜ命さんは当然のごとく受け答えしている？

「徐々に好みを変えていくしかないよね。真哉《しんや》から不審に思われないようにするには、いつごろが適当かな？」

「小学校入学が適当ではないかしら。契機として不自然ではないもの。小学生になるのだからトマトも克服した、というストーリーでね」

不可解な会話が続いている。舌足らずで無邪気な真里がそこにはいない。パパではなく真哉と呼んだのはどういうわけだ？

混乱の渦のなか、蓋をしていた疑惑が頭をもたげる。

時折、引っかかっていた。事故以前と以後で、真里の言動に生じていたかすかな違和感。

友達との遊び方や、前髪を耳にかける癖などがそうだ。あの癖は亜里沙がよく見せたもので、真里がやっていた記憶はない。遊び方も、あのように器用な立ち回りができる子ではなかった。おかしい。真里になんらかの異常が起こっているのではないか？

記憶を検索すれば、他にもバグはあった。どれも事故以前にはなかったものだ。

鍵を鍵穴に差しこめず、ポケットにしまって踵を返す。

まずは冷静になれ。

頭の整理がつかず、正常な判断をできる自信がない。真里はまだ幼い。対応を誤ればまた心に傷を負わせる危険がある。落ち着いて、整理をしてから対処しよう。仕事の時間も迫っている。帰宅次第、命さんに事情を尋ねればいい。それからでも遅くはないだろう。

先送り。それが俺の判断だった。

*

常世三姉妹の作品展は盛況だった。夜間だというのに光沢あるスーツ姿の男性や着物姿の婦人など観覧者は多い。純白の壁を背景にした人形たちを皆食い入るように吟味している。多くは全長が九十〜百十センチほどで、三歳か四歳の子供を思わせる体型だ。関節を動かせるためかポーズは多彩だったが、見物なのはその容姿だ。溶解したような体の人形。三つの顔が融合した阿修羅のような人形。大人の頭部に子供の胴体が付着した人形などどれも化け物じみていた。

非現実的な外見だが、生人形というだけありどこか生を感じさせた。このような人間が実在するかのような錯覚に陥る。生人形とは想像上の異形を表現したものも含まれていたそうだが、まさに目の前にそれがあった。

この種の作品を造形するアーティストは国内外にいる。ハリウッド作品の原型師などもリアルに作るが、ここの作品は一歩も二歩も抜きん出ていた。言語化しようのない、なにかがある。

圧倒的リアリティのせい……だろうか。人形臭さがなく、創作物を超えた本物感がある。根本社長が予言したように、画像と実物とでは印象が桁違いだった。

もっと見たい。もっと見たい。欲求が腹の底から引きずり出されるようで、未知の体験に戸惑う。

「めちゃくちゃリアルだね。こういう人間が本当にいるのかと思えてくる。日本の人形はみんな目がくそでかい萌えキャラなんじゃなかったっけ？」

近くにいるカップルの男が感嘆の声を上げた。

「アメリカに住んでるからって偏見が度を超えてるわね」

「ジョークだよ。こういう人間がいると言われても信じちゃいそうな出来栄えだ」

「あまりにリアルすぎて本物の人間なんじゃないかって噂もあるらしいわ」

「それもわかるな」

「実際、警察の捜査対象になったことがあるんだって」

「マジかよ」

「彼女らと会ったあとで行方不明になった人が複数いたそうよ」

「それでどうだったんだ？」

「こうして大々的に作品展をやってるんだからわかるでしょ。なにも怪しい点は見つからなかった」

「そりゃそうか」

「真犯人が死ぬ様子が動画で出回ってしまって、そちらの方が話題だったわね」

「なにそれ、見たいな」

「動画サイトからはとっくに削除されてる」

「めっちゃ気になるなあ」

俺も記憶に新しい。犯人と目される人物が「これはオレじゃない、オレじゃない」と狂ったように叫びながら警官に抵抗し、最後には電車へ飛びこむ映像だ。死の瞬間こそカットされていたが、ＳＮＳに投稿された動画は世間を賑わせた。

「あんなの気が滅入るだけよ。リアルなグロさより、創作のグロさを楽しみましょう」

「違いないね。にしても、これはほしくなるなあ。こういうの趣味じゃないんだけど」

「趣味とかを超えてくる代物でしょ」

「教えてくれてありがとな。出会えてなかったら一生後悔してたわ」

男女は笑いあって隣のフロアへ向かっていった。

たしかに、形容しがたい魅力と本物だと言われても疑うのが難しいほどのクオリティだ。

仕切りロープから身を乗り出し、顔がひしゃげた人形を凝視してみる。潰れた額と頬の間から覗く眼球も精巧な作りだ。虹彩《こうさい》の濃淡などまるで本物だった。頭髪も一本一本植えつけられているようだ。髪の毛のパーツを張りつけただけには見えない。肌の質感もリアルで、昼夜、美を追求し続けた女性だけがたどりつく肌とは、こういうものなのかもしれない。繊細な作業が他の作家と一線を画す所以なのだろうか？

いや、もっと違う、なにかが……。

周りを見渡すと、盛況だったフロアには俺だけとなっていた。

人形に手を伸ばしてみる。

そっとふれた。硬質な手ざわりだ。

当たり前なのだが、勝手に人体のやわらかさを想像していた。思わず笑ってしまう。本物であるはずがないのに。

「お手はふれないようにお願いいたします」

「すみません、つい」

慌てて離れる。

俺としたことがついふれてしまった。子供か。

注意してきた男性はシャツにジーンズというラフな恰好だった。くせ毛をブラウンに染め、端整な顔立ちに笑顔を浮かべている。スタッフの装いと表情ではない。

俺の顔がおかしかったのか男性は笑って、

「申し訳ない。僕もただの客なんだ。あまり熱心に見ていたので、つい」

「いえ、助かりました。注意していただけなければもっと無作法なことを……」

「一見して僕の方が年下だ、敬語はやめましょう」

「あ、ああ？　そうか」

ずいぶん馴れ馴れしいというか、フレンドリーだな。俺を年上だと思っているのなら、そっちが敬語で……まあいいか。

「ずいぶん熱心に見ていたね」

「どこがそんなに受けているのか気になってな」

「感想は？」

「ずぶの素人でも、高度な技術で作られた人形なのはわかる。他にも……惹きつけられるなにかがあるのもわかる。ただ、どうしても好きになれない」

見ていると気分が沈み、滲み出る暗澹《あんたん》としたオーラからは目を背けたくなる。それなのになぜだろうか。顔を無理やり捻じ曲げられるように引き寄せられてしまう。相反する情動に翻弄されて眩暈《めまい》がしそうだ。

「……悪い、聞かなかったことにしてくれ」

感情のままに感想を口走ってしまった。彼は興味があってきたのだろうから、否定的な感想を述べられていい気はしないはずだ。

反省したが、彼は指を鳴らした。

「完全に同意するよ。実は僕もそうなんだ」

腰を曲げて人形に顔を近づけた。

「視界に映るだけでも気分が悪くなるのに、毒餌へ誘引される虫のようについ見てしまう。不可思議な作品だよ」

「……そうだな。嫌悪感を催す反面、惹かれるなにかがある」

「親戚も取り憑かれたように魅力を語ってきてね。うんざりだったはずなのに、これが怖いところで、連れ回されているうちに惹かれていく自分がいた。嫌悪感を覚えつつ惹かれてしまう僕はおかしいのではないか……と沈んでいるところであなたの登場だ。熱心に見ていながら顔には嫌悪感が見て取れた。僕と同じ感想ではないかと声をかけさせてもらったんだ」

「当たりだよ。なぜ惹きつけられるのか……よくわからない」

「ある種の怨念は感じるね」

「そういう側面は影響しているかもな。技術力だけで語れないなにか」

「作者と会ったことは？」

「……まだない」

今夜、会う予定だ。

「会えば謎の一端がわかるかもね。なかなかエキセントリックな人たちだよ。機械と人間の創作物に差があるとするならば、制作者の念、あるいは心の部分ではないかと思う。彼女たちの念は強い」

説得力のある話だ。技術力だけに注目するのであれば、常世三姉妹を上回るクリエイターはいるだろう。それらを凌駕《りょうが》する特性があるとするなら、目には見えない作者の念なのかもしれない。

「君は会ったことがあるのか？」

「少し縁があってね」

なんとも表現しがたい顔をした。

「御子柴《みこしば》様」

いつの間にかスーツを着たスタッフがうしろに立っていた。

「お待たせいたしました。常世様がお呼びです」

「では、そろそろ参上しましょうか。それじゃ――」

「麻生様もお呼びです」

スタッフは俺にも一礼した。

「ひょっとしてあなたも彼女らの招待を？」

目と口を丸くして指差してくる。

「ずいぶん詳しいと思ったら、そっちも関係者だったのか」

「まあ、そんな感じかな。あなたは仕事関係で？」

「ああ。フリーライターをしている麻生真哉だ。よろしく」

「ご丁寧にどうも。僕は御子柴弘樹《ひろき》。しがない会社員だ」

御子柴とは会って間もないが、悪い印象はない。フランクな性格のおかげか話しやすく、作品への感じ方が同じなのも好感が持てた。

スタッフの案内で関係者専用通路にとおされる。奥にある扉が開けられ、なかへと促された。

御子柴は気軽に入っていったが、俺は息を整える。肝心なのはこれからだ。好意を持ってくれているそうだが、対応を誤れば袖にされるかもしれない。こっちは生活がかかっている。根本社長は別件で今夜は同席しないため、独力でやり切るしかない。しくじれないぞ。

「失礼します」

気を引き締め部屋へ足を踏み入れた。

「よくいらっしゃってくれました」

横合いからなにかがぶつかってきた。何事かと目をやれば、女性にしなだれかかられている。握られた手の握力はやたらと強い。

長い黒髪に黒い着物で、大きな両目で見上げてくる童顔の女性は見たことがある。

「常世夜子さん、ですか？」

「ワタシのことを知っていてくれたのですね。感激です」

さらに強い力で手を握られる。この細腕のどこにそんな力があるのか。

「こら夜子。他の方々もいるのよ。自重なさい」

落ち着いた声を投げてきたのは、顔の左半分から左腕にかけて痛々しい火傷痕のある女性だ。体格も特徴的で、最重量力士ほどの巨体だった。黄色いワンピース姿で、髪には派手なピンクと白のメッシュをかけている。常世朝子だ。俺と同い年で三十五歳だったか。

「この感動を理解してください。いましばらく抱きしめさせてもらえませんか？」

「駄目よ。時と場所をわきまえなさい」

「……はい」

仕方なさそうに拘束が解かれる。助かった。

「愚妹《ぐまい》が失礼いたしました。姉の朝子です」

深々と頭を下げられ、俺もそれに返した。

「お忙しいのに、お呼び立てして申し訳ありません」

「気にしないでください。それにしても私のなにを気に入ってくれたのか……」

「顔です」

夜子は清々しいほど正直に言ってくれた。

「美は誇るべきものです。性格がよければ、などというのは虚勢です。そんなものは外見が整っていればこそ。性格のよい美形こそ至宝です。ワタシの見立てでは、真哉さんは両方備えている稀有《けう》な方です」

「高評価をどうも」

スキンシップの取り方といい言説といい、よく言えば素直な人だ。

「夜子はＴＰＯって言葉を覚えなさい」

ベリーショートの金髪で、車椅子に乗った女性が御子柴の隣にいた。猫のような目を向けながら御子柴の手をなでるのは常世の次女、夕子だ。今年で二十九歳だそうだが、年齢よりはかなり若く見える。

「今夜はよろしくお願いします」

「真哉さん、堅苦しいあいさつはナシにしてくれる。ウチはフランクに生きているの。夕子でいいわ。ねえ、みこちゃん」

「なら僕も夕子嬢でなく夕子でいいかな?」

「みこちゃんは敬称をつけなさい。それが義務よ」

「僕もフランクに生きさせてもらいたいものだけどね」

「弘樹君、うらやましい限りじゃないか。お美しい夕子さんから好かれて」

白髪交じりで口髭をたくわえたスーツ姿の中年男性が、恰幅のよい体をゆらしてやってきた。

「じゃあ、おじさんが代わります?」

「やめてよね。ウチに加齢臭を吸えっていうの」

「これは手厳しい」

「関島《せきしま》さんはわたくしがお相手しますのでご心配なさらず。時が許す限りビジネスの話をしましょう」

関島と呼ばれた男性の手を朝子が取る。

「それは光栄です。ぜひとも」

鼻息荒く破顔一笑した。

「こちらは関島巌《いわお》さん。わたくし共が無名のときから目をかけて下さり、大変お世話になっているのよ。審美眼には全幅の信頼を寄せているわ」

「銀座で人形専門店を開いていてね。アンティークドールを中心に、日本人形から操り人形まで幅広く扱っている。道楽ではじめたのだが、いまや世界中の人形マニアと取引しているよ。ライターならばぜひ宣伝してほしいね」

「ぜひ。こちらからお願いしたいぐらいです」

「僕もたまに店番をさせてもらっているから、会えたときは声をかけて」

恭《うやうや》しく御子柴がお辞儀をした。

「お二人は親戚、だったか？」

「遠い遠いね」

「思い出すにも難儀したほどのな。冠婚葬祭ぐらいでしか会わんのに、訪ねてきたときは何事かと焦ったよ」

「人形の勉強をするなら、おじさんのところしかないだろ」

「ならウチに永久就職しちゃいなよ、みこちゃん。教材には困らないわ」

「前向きに検討させてもらおうかな」

「なによ、その台本みたいな台詞」

御子柴の脇をつねる。

「はいはい。戯れはそこまでよ。そろそろ出発しましょうか」

朝子が手を叩いた。

これから常世三姉妹との会食だ。

俺の隣には夜子が寄り添っている。一目惚れされたらしいが、望むものは提示できない。まだ亜里沙が俺の胸のなかにいる。つかず離れず、友達のような関係が築ければいいのだが……都合がよすぎるだろうか。

御子柴は夕子の車椅子を押しながら親しげに話している。悪い仲ではなさそうだ。

「なにかあったら言ってね。これもなにかの縁、だからさ」

すれ違いざま、彼はそう言ってくれた。

「みこちゃん、なんか言った？」

「なにも。さあ急ごうか。料亭は久しぶりだ。楽しみだよ」

「ウチに感謝しながらいただくことね」

二人を目で追っていると、急に手を握られた。

「ワタシたちもいきましょう」

「夜子さん、あの……」

「敬語はよしましょう。これから深いつき合いになるのですから、夜子と呼んでください」

決定事項のように微笑まれ、苦笑いしか返せない。どういう意味かとは訊けなかった。どんな立ち回りをするにせよ、宙ぶらりんな状態をしばらくは維持するしかない。明確に告白されているわけではないのだから。

そのときがくるまでは、親しい友人と接するような態度でも不誠実にはならないだろう。

「……いこうか……夜子」

*

会食の場となったのは、政治家が御用達にしていそうな銀座の料亭だった。新しいイグサの香りが漂ってくる座敷からは、立派な枯山水の庭が望める。漆塗りのいかにも高級な器で食事をするのは人生初だ。味は上品繊細で、もっと濃い味を食べたくなるが、これが贅沢なのだろう。不慣れなのは俺だけのようで場違い感は否めない。

「どうぞ緊張なさらず。マナーで萎縮し、格式に畏《かしこ》まってはせっかくの料理が味わえないわ。あるがままを受け入れて楽しむべきよ」

体と同じく豪快に朝子はビールジョッキを掲げた。

「どうしても分不相応な気がしてしまって」

「祖母にはじめてつれられてきたときは、わたくしも似たようなものだったわ。ようは慣れよ。真哉さんは祖母の職業をご存じかしら?」

「常世黄泉さん、ですよね。有名な霊媒師の」

「ええ。大物の顧客が大勢いて、お金には不自由しなかったわ。まだまだ駆け出しの人形作家は、その遺産で食べているにすぎないのよ。収入面で言えば、我々もここで食事ができる身分ではないわ」

とは言うものの、芸術を生業にしても食べるには困らない資産状況なわけか。

「ワタシと結ばれれば、いつでも贅沢させてあげますよ」

隣の夜子が酒を注いできた。車だが断るわけにもいかない。帰りは代行だな。あまり他人に運転させたくはないが……。

「毎日この食事だと肩が凝りそうだな」

「みこちゃんとおんなじこと言ってるじゃないの」

向かいの夕子が御子柴の肩を抱いた。

「僕たち庶民の舌はインスタント食品やレトルトカレーをよく欲するものでね」

「そうだな。濃い味がほしいときもある」

「若いねえ。では中年からアドバイスをしてあげよう」

関島さんがスーツの襟を正した。

「料理も芸術も学びが肝要だ。これらをただの薄味だと思っているだろうが、しっかり食を学んでみたまえ。これぞ至高だと実感する時期がくる。東京大学の入試問題を解くにはどうする？　勉強を重ねるよりない。料理も同じだ。学ばずして解は得られん。一般人が高級品と安物を食べてどちらが高級か当てるテレビ企画があるだろう。あんなもの当てられずとも当然だ。高級品の味を学んでいないのだからね。ただ食べているだけでは善し悪しなどわかろうはずがない」

「おじさん、その講釈を語るのは何人目？」

「話はこれからだ。講釈したように、高度な芸術とは歴史や技術などを学んだ者だけが理解できる。こんな絵が数千万円もするのか、などと一度や二度は思ったことがあるだろう。それが一般的感覚だ。そこから飛躍し、価値を理解したければ学ぶしかないのだ。ところが、彼女たちはその常識を打ち破った。麻生さんはたとえばアンティークドールにどれほどの見識を持っているかな？」

「……恥ずかしながら、ほとんどないです」

「そんな君が、作品展では実感したのではないかな。あの場のどれもが至高の作品だと」

「はい、それはもう……」

待ち時間の暇潰し感覚は一目で変えられた。タブレットやＰＣで見た人形とは別物で、純粋に本能から魅了させられる人形だった。

「ありがたいわ。専門家でない方からの称賛はなによりの励みよ。わたくしどもの夢は、斯界のみならず市井《しせい》の方へも作品を浸透させることなのだから」

一家に一体あの人形があったら、と想像してゾッとする。同時に、手に入れたい欲求が湧いた自分に驚く。

「老若男女、知識の有無や感性の鋭敏さに拘わらず心摑まれる作品を、私は他に知らない。思い出すよ。四年ほど前だったかな。あの一作が発表されたときは業界が激震したねえ」

「勝負作だったもの。望外の評価を得られ方向性は正しいと確信できた、記念碑的一作だったわね」

「その直後に休止期間に入られたわけだ。たった五か月だったが、あの飢餓感はもう味わいたくないものだ」

「すべては創作のためよ。歴史に名を刻む傑作を生み出した一方で葛藤《かっとう》もあったわ。このレベルの作品を供給し続けられるのか。方向性を固め、創作に邁進《まいしん》するには必要な準備期間だった。男遊びにかまけているからだと陰口もあったそうだけれど、あれがなければいまの作品も存在しえないわ」

良作ができたからこそ、次作への悩みで荒れていたのだろうか。

「ただ、作品の質と引き換えに制作速度を落としたのは、申し訳なく思っているわ」

「なにをおっしゃる。あれほどのクオリティで量産できたとしたら化け物だよ」

「いいえ、この程度で甘んじるつもりはないわ。質、量ともにさらなる向上を遂げるつもりよ。拠点をフランスへ移すのも、そのためなのだし」

箸を落としそうになった。

いまなんと言った？　拠点を移す？　フランスへ？　初耳だ。

「旅行かなにかで？」

「いいえ、制作の場を移すのよ」

「それを根本社長は？」

「身内以外で知っているのは関島さんと御子柴さんだけね」

「支援者として年季が違うからね」

関島さんは誇らしげにしているが、それどころではない。でかいトピックだ。早急に報告しなければ。

「常世三姉妹が日本から去るなど大損失なのだがね」

「もう決めたことよ。新たな環境で創作に取り組みたいの」

「やはりあれなのだろうね。節操のないマスコミ共が……」

「皆無とは言わないけれど、遠因でしかないわ。あちらには日本にない素材が市中に溢れている……思い描くだけで創作欲が刺激されるわ」

恍惚としたような表情で空中に手を躍らせる。

「知っていますか、真哉さん？　ワタシたち、殺人の容疑をかけられたことがあるのです」

「噂ぐらいには」

「マスコミにも警察にもつきまとわれ迷惑千万でした。電車への飛びこみ動画が出回らなければどうなっていたか震えます」

言葉の割に夜子は微笑を浮かべ、また手を握ってきた。仕事を得るため、俺はその手を握り返す。

＊

「なぜよ！」

命さんが怒号を上げ、涙目で食ってかかってくる。三姉妹とのやりとりを報告したとたんこれだ。わけがわからない。

「なに怒ってんだよ」

アルコールが回った頭で返す。口調に混ざる怒気が自覚できた。突然の怒号に対してではない。出発前の真里とのやりとりに対してだ。怒るより先に説明することがあるだろう。

「怒るわよ！　なんであの家へいくことになっているのよ！　それも明日ですって？　どうかしているわ！」

「仕事なんだから仕方ないだろう」

「短絡的なのよ。仕事ならなにをしてもいいわけ？」

「うちの食い扶持《ぶち》がかかっているんだ。事情も知らないで勝手なことを言うな」

「違う……そういうことでなく……」

艶《つや》やかだった髪をくしゃくしゃにして頭を抱える。

「あいつらに関わってほしくないのよ。あ……真里ちゃんのためにも、あなたのためにも」

「なにがそこまで問題なんだ。大した理由もなく止められて、はいそうですかとなるものか。わけがあるなら言ってくれ。ちゃんと、詳しく」

「それは……」

苦し気に言い淀み、

「あいつらが最低の人間だからよ」

視線を明後日の方へ向けたまま絞り出す。

「真哉さんはあたしの苗字を知っている？」

「……いいや」

言われてみれば、俺が知るのは命という名前だけだった。亜里沙から紹介されたときも名前のみで、苗字を訊く機会はなかった。あえて訊く必要もなかった。

「常世。常世命があたしの名前よ」

床に目を落とし、子供のように拳を震わせる。いまにも泣き出しそうで、それが彼女にとっての禁忌だったのだと理解できた。

「……親類なのか？」

俺も慎重に尋ねる。

「常世三姉妹なんて呼ばれているけれど、四女としてあたしも常世家で暮らしていたの。地獄だったわ。子供じみた嫌がらせ、暴力、人格を踏みにじる言葉。思い出したくもない。さっきは人間と言ったけれど取り消すわ。あいつらは人の皮を被った悪魔よ」

赤くなった目で訴えられ、怒りの火が収まってくる。呼吸を整え気持ちを落ち着ける。

言葉少なだったが、語る口調や表情からいかに過酷な時間をすごしたかは想像できた。俺も子供時代は施設暮らしだったが、平穏には暮らせていた。だが、もし虐待されていたら、同じ精神状態に陥っていたかもしれない。

たしかに命さんは気の毒だ。境遇には同情する。

それでも、この機会を逃すつもりはない。

「君がなにをされたかなんて想像しかできない。俺たちに嫌な思いをさせたくないのもわかった。気持ちはありがたいよ。でもな、それとこれとは別なんだ。一緒にきてくれと言っているわけじゃない。俺が彼女らと仕事をするだけだ。受け入れてくれないか」

「……どうしてもいきたいなら一人でいって」

「二泊三日だ。真里は置いていけない」

「何度もあたしに面倒を見させておいてなに？　三日でも一週間でもよろこんで預かるわ」

「そういう次元じゃない。わかっているだろ」

大切な人はいつ消えてもおかしくない、そう神から教えこまれた。可能な限り長く時間をすごす。後悔しないために、二日も幼い我が子と離れ離れでいるつもりはない。

命さんは懇願するかのように、真里へ視線を送った。

「……私とパパが怖い人のとこへいくのが心配なんだよね」

険悪な空気に無邪気さが割り入る。

「大丈夫だよ。危なくないように気をつけるから。私もパパといたいし……ね、いってきてもいいよね」

信じられないものを見たかのように、命さんは絶句していた。

この年頃の子が親より他人を取るはずがない。なぜ予想外だったかのような顔をする？

「……いけば、いいでしょう」

蚊の鳴くような声でつぶやいて、背を向けられた。ひったくるように荷物を持ち玄関を出ていく彼女を呼び止めたが無駄だった。

真里への疑問を問い詰めるどころではなかった。常世家から帰ったころには落ち着いているだろうか。それともよけいに態度が硬化するか……。

どうあれ、しばらく命さんからは真相を聞けそうにない。真里にも訊けない、というよりも訊かない。迂闊《うかつ》にふれて悪化させでもしたら後悔してもしきれない。センシティブかもしれない問題だからこそ、専門家の助言を得てから行動したい。どうやらあと数日はもやもやとしたままますごすことになりそうだ。

*

「ご覧ください。この素晴らしい作品たちを」

見知らぬ男性の顔が画面を埋める。カメラが引くと、常世三姉妹の人形が手前にも奥にも陳列されている。

男性の作品解説動画が二分に差し掛かろうとしたときだ。

大きな音が鳴り、カメラがそちらを向く。入ってきたのは朝子だ。夕子が続き、うしろに夜子もいる。

「こ、これはお三方がなぜ……」

男性が慌てて揉み手をしながら近づいていく。

「本日はどのようなご用件でしょう。連絡くだされればちゃんとしたお出迎えをしましたのに」

「お気づかいなさらず。処分にきただけですので」

ちらりと朝子がカメラの方を見る。

「処分、とは？」

「陶芸家に限らず、駄作は処分するのがクリエイターの性でしょう」

「はあ、あの、意図が摑めないのですが」

「こういうことです」

下げていたショルダーバッグから朝子がハンマーを取り出した。うしろの二人もハンマーを構える。

そこからは阿鼻叫喚《あびきょうかん》で、制止の声も空しく三人は自らの作品を破壊していく。朝子は当然であるかのように黙々とハンマーを振るい、夕子は笑みを浮かべながら容赦なく作品を叩き壊し、親の仇でも襲うように夜子は瓦礫の山を築いていった。

「やめてください！　なぜこんなことを！」

泡を食う男性に、気色ばんだ顔で朝子は言い放つ。

「なぜ？　こんなもの、これから生まれる作品に比すればクズよ。恥ずべき作品を後世に残すなど良心が許さない。しかしご安心を。新作が完成した暁には優先的に提供します」

その一言で抵抗が止んだ。映像には男性の破顔した様が映っていた。そこへ黒い物体が飛来する。夜子が投げた人形の首だ。無表情な顔がズームになり、あっ、という声を最後に画面が真っ暗になる。

動画はそこで終わった。五十万回を超えて再生されており、コメント欄には嘲笑する声が多数だったが、芸術家としての姿勢を肯定する声も一定数あった。俺にはひとつも理解できない。理解できたのは、この姉妹はたしかに異常だということだ。

＊

俺たちが住む町から車で二時間。群馬の山道を車で進んでいく。

常世三姉妹に関わる情報収集で発見したものが例の動画だ。客に売った作品を破壊して回ったのは界隈で話の種となっていた。警察沙汰の所業だが、朝子の言葉どおり上質な作品が被害者に提供されたことでむしろ満足されたようだ。関島さんも同様だったのは言うまでもない。

一筋縄ではいかない三人だと認識していたが、創作活動に対しては輪をかけて狂人じみている。彼女たちの人格がどうであれ、やるべきことは変わらない。必ず根本社長が満足する成果を持って帰る。俺は強くハンドルを握り直した。

エンジン音に混じる鳥の声を聴きながら、人里離れた森のなかを進む。紅く色づいた葉の間から日光が落ちてくる。道は舗装されているものの、ひび割れや破損が多く車体が大きくゆれた。

「ねえねえ、いつつくの？」

後部座席では真里が車窓を眺めていた。

「もう少しだ……おっ、ちょうど、見えてきたぞ」

長い吊り橋と遠目でもわかる大きな館が見えてきた。吊り橋の前は駐車スペースになっており、そこへ駐車した。黒塗りのベンツは常世家の車で、あとは軽自動車にＳＵＶ、ワゴン車が停まっている。どれかが御子柴と関島さんの車なのだろう。二人も新作のお披露目に招待されている。

ネットの衛星写真では館の立地がかなり特殊だった。館を中心におよそ半径百メートルが敷地で周囲は崖になっている。敷地だけがぽつんと孤立している形だ。対岸へ渡るには一本の吊り橋しかなく、陸の孤島といった風情だった。常世黄泉は外界からの接触を避けるためこの土地に居を構えたらしい。よほどの人間嫌いだったのだろうか。

「怖くないか?」

「……怖いよ」

古びた木製の吊り橋は頑丈そうだが恐怖心を煽る。二十メートルほど下の急流では轟々《ごうごう》と水が砕ける音がしており、大の男でも足がすくむ。真里は片手にリズを抱き、足にしがみついてきた。俺の腰ほどしかない背丈が殊更小さく見える。子供らしい反応に安堵した。

「そうだよな。パパだって怖いよ」

真里をだっこして、下を見ないように頭を抱えてやる。

「大丈夫だ。頑丈そうだし、点検はしっかりしているようだからな」

踏板は安定しており、ゆれたりはしない。百人乗っても大丈夫とは言えないが、少々暴れても平気そうだ。

声掛けで安心させながら橋を渡っていった。安定感はあるが吹きつける風は強い。そこをたっぷり二十メートルほど歩く。

「ついたぞ。な、大丈夫だっただろ」

「うん。なんでもなかったよ」

真里を地面に下ろす。宏闊《こうかつ》な庭に立つと館の全景が望めた。

全体は白壁の洋館風だが、奇妙な装飾が一面に施されている。幾何学模様から伸びる人の手のようなものや、白色に滴る赤色に目が痛くなってくる。こんなのを見て育てば、あの三人が異様な美的感覚を持ったのも納得できてしまう。館の向こう側には長い煙突が生えている。焼却炉か窯焼きの施設でもあるのかもしれない。

　常世家はめったに客人を招かないらしく、お呼ばれしただけでも支持者からすれば名誉だという。根本社長もしきりにうらやましがっていたが、仕事でなければ寄りつきたくない場所だ。

　手入れされた芝生には紅葉も点在している。梯子《はしご》がかかった剪定中らしい樹木もあり、館さえ視界に映さなければ雅な風景だ。

　なるべく風景だけを見ながら玄関まで達すると、真里は小枝を持ってジャンプ一番、チャイムを押した。

「アポイントメントを取っておりました麻生です」

「ようこそいらっしゃいました。少々お待ちください」

　男性の声がしたあとしばらくして大きな扉が開いた。

　迎えてくれたのは絵に描いたようなタキシード姿の執事だった。髪は正確に七三分け、柔和な笑顔を提供してくれている。見た目は五十代前半ぐらいだろうか。

「麻生真哉様と真里様でございますね。ようこそいらっしゃいました」

「こちらこそ、よろしくお願いします」

　あいさつを返しつつも、執事の向こう側に広がる光景に慄然とする。

　寺に供養された大量の人形を思い出した。いや、それでは生ぬるい。

　広いロビーには常世三姉妹の作品がびっしりと陳列されていた。見渡す限り人形、人形、人形だ。三段四段二段などと不揃いなラックを人形が埋め尽くしている。視界不良も甚だしい。吹き抜けになっており二階も目に入るが、そこも人形だらけだ。

　一方で別種の作品も多数あった。大きなソファにはアザラシのように太った血まみれの女と、体が所々食い千切られた老人が絡み合って寝ている。高い天井からは老翁の頭部が数珠つなぎでぶら下がり、水槽のなかでは胴を両断された山羊がこっちを見ていた。壁には腐乱した首つり死体や轢断《れきだん》死体などをリアルに描いた絵が何十枚も飾られている。

人形以外の作品を常世三姉妹は制作しないそうなので、これらは他の作家の作品と思われる。異形と異形が混ざり合う異様な空気感があり、踏み入るのに躊躇《ちゅうちょ》する。真里はぽかんとそれらを見ていた。泣き出したりはしていないものの、幼い子に見せる光景ではない。

どう説明したものか逡巡《しゅんじゅん》していると、奥から軽い足音が迫ってきた。

「竹内《たけうち》さん、案内はワタシに任せてください」

小走りでやってきたのは夜子だった。今日も黒い着物姿で無邪気な笑顔を浮かべている。当然のように手を握られ肩を寄せてきた。甘い香水の匂いに眩暈がする。

「あなた、やめなさいよ！」

強い非難の声がした。

亜里沙。

反射的に探してしまう。

いるはずがない。

いたのは、夜子の着物の裾を引っぱる真里だけだった。

「や、やめなさいよー。パパ疲れてるんだからあ！」

ぽかぽかと夜子の足を叩き出す。

「真里、人を叩くものじゃない」

「あら、かわいいお子様ですね。噂の真里ちゃん？」

頭をなでられると、真里はその手を振り払って頬を膨らませた。

「あはは、かわいい。怒っているようですね」

真里からすると、いきなりパパが知らない女性に抱きつかれて戸惑ってしまったのだろう。これも説明が面倒だ。

「早くあっちいこうよパパ」

「あら、ごめんなさい。パパはこれから、ワタシとお仕事があるの」

「……なんかあったか？」

身に覚えはないが。

「忘れたのですか。いらしてくれたら隅々まで案内すると約束したでしょう」

「案内ならあとからでも……」

「時は金なり、です。やれることはやれるときにやりましょう」

「パパは運転で疲れてるんだからダメ！」

「竹内さん、この子にお菓子を用意してあげてください。ワタシたちは大人の交流をしてくるので」

がしりと万力の力で腕を摑まれた。引くつもりはないようだ。断ってへそを曲げられては仕事に響く。

「ごめんな。パパは夜子さんとお話があるんだ。ちょっとだけ待っていてくれないか？」

真里は黙ったまま動かない。反発されるかと思ったが、リズを強く抱きしめると、

「……わかった」

小声で答えてくれた。

もっとごねられると覚悟していたが……子供なりに俺の心情を察してくれたのか？

気になるところだが……ここは素直に受け取ろう。

「いい子だ」

感謝をこめて頭をなでると、真里は子供らしく微笑んだ。

「でも、早く戻ってきてね」

「……ああ」

「お許しも出たことですし、いきましょうか。竹内さんは優秀な執事です。心配いりません」

「……そう、だな」

いまはこっちの応対に集中しよう。仕事だ仕事。

人形の間を縫うように中央階段へ進む。作品は階段にも乱立していた。いまは寡作だそうだが、生産能力そのものは図抜けているようだ。

「全部三人で作ったのか？」

「ええ、見事でしょう？」

自慢げに前髪をかき上げた。

「どうしてあちこちに飾ってあるんだ？」

「当初は見栄えよく飾っていたのですが、創作意欲の赴くままに作ってしまうので置き場がなく、もう適当に並べています」

「売るつもりは？」

「ありません。趣味とストレス発散で作っているだけなので。愚作を売っては恥です」

どうりで。何百と人形はあるが、作品展のものとはどこか質が違う。心を惹きつけるものがない。ここには不気味で気色の悪い人形しかなかった。真剣に作る作品にのみ、あの圧倒的なオーラが付与されるのだろうか。

「部屋割りはこちらでしてありますので案内しますね」

北側の中央階段はスロープが設置され、踊り場で左右二手にわかれている。先に右の階段へつれていかれた。二階も展示場のごとく、あちらこちらに大小のグロい作品が目白押しだ。廊下の幅は三メートル以上ありそうなので通行の邪魔にはなっていない。中央階段に近い方から二部屋が並び、そこから数メートルは窓がある開けた空間になっており、多数の人形がある。その先にまた二部屋あり、突き当りには窓があって、右側に一階へと下る階段もある。その手前にはエレベーターが設置されていた。

「部屋割りを発表しましょう。東側のこのフロアは、中央階段に近いこちらから竹内さん、空き部屋、端っこの二部屋が真里ちゃん、空き部屋です。では反対側も案内しますね」

また中央階段をとおって西側へ。

エレベーターがないだけで、こちらの構造も東側と変わりなかった。廊下の作品群が別物というぐらいだ。

「こちらは手前から関島さん、空き部屋、その向かいが真哉さん、ワタシとなっています」

「俺の部屋は向こう側じゃなかったか？」

「あちらは真里ちゃん用ですよ。こちらが真哉さん用です」

当然でしょう、というように言うな。

「……子供をひとりでは寝かせられない」

「大人の夜に子供を参加させるのですか？」

「そんなわけないだろ」

「ワタシと二人きりで夜をすごすのは決定事項です。子供は子供部屋で寝るのが適切かと」

予定変更するつもりは毛頭なさそうだ。子供っぽい独占欲と言えばかわいいが、受け入れられない。

「夜にたっぷりとお仕事の話がしたいですね。お互いのために、ね」

拒否の臭いを感じ取ったのか、やわらかな物腰に反して強《したた》かに言われる。

目の前には人参がぶら下がっており、断ればここへきた意味が無に帰す。

だが、真里をひとりで寝かせるのは……。

二律背反な道が立ちはだかっている。

親としてどうするか?

いや、もっと楽に考えるべきかもしれない。

真里を寝かせてから夜子の部屋へいく。ひとりきりで寝かせるのは論外だが、寝たあとに外で仕事をする、と考えるならありだ。万一なにかあっても走れば一分もない距離なのだから、いつでも駆けつけられる。

「……そうだな、仕事の話をするか」

「意見が合致しましたね」

夜子の指が蛇のように手へ絡みついてきた。発散される女性の香りから顔を背ける。

要求を呑んだとはいえ、はっきりさせるべきことはさせておかなければならない。たとえそれが不利に働こうとも。

「言っておくが、俺のなかにはまだ妻が――」

「みなまで言わないでください。心得ていますよ」

一世一代の牽制のつもりだったが、曇りのない笑顔で先手を打たれた。遊びの関係でも許容するということなのか、最終的には陥落させる自信があるのか。本意は見えないが、こういう態度をされては俺も二手目は出しづらい。

「円満解決ですね。では一階も案内しましょう。秘密の花園もあるので」

中央階段から一階に下りる。

「言うまでもないですが正面に玄関。両サイドには二階への階段もあります。右手にあるサロンは来客のためにビリヤードや本など暇潰しの娯楽をそろえ、ダイニングキッチンも併設されています。小腹が空いた際は遠慮なくおつかいください。隣室には広い浴室も完備してあります。そして左手に見えますのはただの壁、ではありません」

不気味な絵が何十と飾ってある壁の端、中央階段横にドアがあった。夜子はそこへ入っていく。

「このフロアは姉妹専用エリアです。とは言え特に鍵などはかけていません。間取りや造りはトイレがあるくらいで二階と大差なく、正面は空き部屋で元々は祖母の部屋でした。隣は朝子姉様の部屋です。向かいにあるのがトイレで隣が御子柴さん、夕子姉様の並びになっています。御子柴さんの部屋は本来ワタシのだったのですけど、夕子姉様と近づけるように御子柴さんへ譲ってあげました。立派だと思いませんか？」

「そうだな」

廊下の突き当たりにある窓に目線をやったまま軽くいなす。

「左の突き当たりにあるのが我が家の心臓部です」

指し示す方向は長い通路になっており、人形は一体もなく奥まで見通せた。

「あっちになにが？」

「いってみましょうか」

悪戯《いたずら》っぽい笑みで手を引かれる。

廊下の最奥には扉があった。鉄製で厚みがあり、扉横にはキーパネルが埋めこまれている。開放には暗証番号が必要なのだろう。内部になにがあるのか、興味が掻き立てられる。

「こちらは創作室です。一体入魂の作品を作るときのみ使用しています。今夜お披露目する人形もここで」

「このなかで……」

思わず唾を呑みこんだ。

「期待してください。時代が変わりますよ」

腕を抱き寄せられたところで、扉が開く。

ぎょっとして一歩引いた。鉄製の扉が動く、ゆっくりと。

「あら、お楽しみのようね」

出てきたのはピンクと白のメッシュをかけ、巨体に赤いワンピースを纏った女性、朝子だった。火傷痕を大胆に露出している。

「あら、ごめんなさい。お邪魔だったみたいね」

あとから車椅子の女性が出てきた。金髪のベリーショートで、笑いながらも鋭い目つきが印象的なのは夕子だ。

「お姉様方、なんてタイミングで出てくるのですか」

頬を膨らませて怒る。

「準備が終了したから出てきただけよ。怒りを買う謂《いわ》れはないわね」

「それはそうですけど」

「真哉さんは相変わらず夜子を弄《もてあそ》んでるみたいね」

軽いノリで夕子が手を振ってくる。

「こっちは誠実なつもりだよ」

「仲良くやりなさいね。ウチもみこちゃんに会ってくるとするわ」

車椅子の車輪には、四十色の絵の具をぶちまけたような色のスポークカバーがついている。回転すると酔いそうな色彩になった。

「ゆっくりしていってちょうだい。またお披露目の時間に会いましょう」

朝子も手を振って夕子のあとについていく。

お披露目では、いったいどんな作品が姿を現すのか。

わずかな恐怖心と期待感、そして罪悪感がある。

「あんな気味の悪い作品に惹かれる自分はまともなのか……と気が引けているのでしょう?」

またも思考を読んだかのように夜子が囁《ささや》きかけてきた。

「そんなことは……」

「一般的な感覚は持ち合わせているつもりなので、市井の人が嫌悪感を抱くのは織りこみずみです。そこを捻じ曲げワタシたちの作品の虜にさせる。それが快感なのですから気に病まないでください。人間である以上、魅了されないはずがないのですから」

それが自然の摂理、と言わんばかりの自信だ。

一笑にふせない。その力が常世三姉妹の作品には宿っている。

＊

「え？」

サロンで俺は耳を疑った。

「うん。真里、ひとりでいいのか？　怖くないのか？」

「本当に、本当にひとりでいいのか？　お披露目まであと十数分という時間帯だった。

しつこく何度も尋ねてしまう。お披露目まであと十数分という時間帯だった。

唐突に真里から提案された。今夜はひとりで寝てみたいと。

「だってもうすぐ小学生だもん。パパがいなくても寝られるようにならないと」

小さくガッツポーズしてくる。

急にどういう心変わりだろうか。成長したからだと素直に受け取っていいのか？　この館で、ひとりで、寝る？　本当に？　朝まで持つだろうか。無理をしていないか？

困惑と疑問が尽きない。

「見てよほら、リズがいないのに平気でしょ」

両手を広げられて気づいた。片時も離さなかったリズがいなくなっている。

「大人はぬいぐるみなんて持ってないでしょ。リズとは今日でお別れしたの」

大人、という単語ではたと思い至る。

ひょっとすると、夜子への対抗心から出た態度ではないか。大人の女性にパパを取られたくないので大人になろうとしている？

そんな仮説を立てれば、これもかわいい背伸びだと思えた。

これまでの変化もそうした要素が関係していたのではないか。無意識に亜里沙の代わりを務めようとし、命さんはそれを察知して合わせた応対をしていたとは考えられないか。

説明しきれない部分はあるものの、一定の納得はできる……。

「リズは大切な友達だろ。無理に別れなくてもいいんだ」

やさしく語りかけたが、ぶんぶんと音が出そうなほど頭を横に振られた。

「無理なんかしてない。大人になりたいだけだよ」

「そう……か」

言葉にゆるぎはない。無理をしている雰囲気もなかった。少なくとも、信じようという気持ちにさせられる態度だ。大人になりたいと言うのならば、後押ししてもかまわないのではないか。

正直なところ、仕事面では渡りに船でもある。

「じゃあパパと別々の部屋で寝てみるか？」

「うん」

「嫌になったらいつでも言うんだぞ。キッズ携帯は持っているよな」

「携帯ポーチに入れてるよ」

「電話すれば、いつでも飛んでいくからな」

「あ、でも」

「どうした？」

「さっき見てみたら、つながらないかもしれないんだ」

画面には圏外の文字があり、俺のスマホも圏外だった。人里離れているため電波が届いていないのだろう。

「しょうがない。なにかあったら、いつでもどんなときでもパパの部屋のドアを叩くんだ。できるか？」

「うん、できるよ！」

元気にうなずいてくれる。

心配が消えたわけではないが、ひとまずは見守ろう。

ちょうどお披露目の時間になっていた。

だだっ広いサロンの壁際には小さな暖炉がある。六十インチ以上はありそうなテレビの前には大型のソファ。ポーカーの世界大会が開けそうな大きいテーブルにビリヤード台。例に漏れずサロン内も人形で溢れていた。製作途中なのか、作りかけの人形や絵筆、ヘラなどもある。収納棚には工具もあるようで、いつでもどこでも気が向けば創作に打ちこめる環境になっている。

御子柴は本棚の文庫本を漁っていた。シャツにジーンズというラフな恰好は変わらずだ。

「おじさん、これを見てみなよ、初版だってさ」

人形を吟味していた関島さんは、

「やれやれだな。この宝の山を前にして本か」

「タイトルは『人形はなぜ殺される』。この館にぴったりだ」

「小説のなかの人形に興味はないよ」

「つれないな。麻生さんは興味あるかい？」

「多少はな」

「ほら見てみなよ。古風なフォントや装丁のおしゃれさは色褪せないね」

黒と赤の服の女性が目立つ本を手にはしゃいでいる。

「気が向いたら読んでみるよ」

「絶対読まないパターンだね、それ」

苦笑する御子柴に被さってくる声があった。

「皆様、お待たせいたしました」

扉前で朝子が恭しく佇《たたず》んでいた。

いよいよだ。嫌でも胸が高鳴ってしまう。

「待ってました！」

破顔したのは関島さんだ。

朝子と夕子が暖炉前に並び、注目が充分に集まるのを待ち口を開いた。

「さて、動画サイトを賑わせた例の騒動を覚えておられるでしょうか」

作品破壊事件か。

「作品を購入してくださった方々には大変申し訳ないことをしました。一度売却したものを壊すなど非難されて当然です。なぜあのような行為をしたのか、ひとえに未完成の作品を放置できないと考えたからです。いかに優れて見えようと、実が伴っていなければゴミも同然。そんな作品の存在を許せませんでした。忌まわしい過去を消したい。誰もが持つ願望でしょう？」

被害者からすれば迷惑千万だが、それほどに拘《こだわ》っていたのだろう。

「無論、こちらも破壊しておしまいとはいたしません。駄作に代わる真の芸術を提供するとお約束しました。現状、破壊分の九割九分九厘は補填したでしょうか。今宵皆様にお目にかけるのが、残る一厘です」

竹内さんが電気を消した。夕子が扉を開くと、台座を押して夜子が入ってきた。台上の四隅に蠟燭が立っており、九十センチほどのなにか――十中八九人形――に白い布がかけられている。

もったいぶった動作で朝子は布に指をかけ、

「では、ご覧ください。真の芸術を！」

布が取り払われた。蠟燭の灯りに照らされたのは、三体の人形だった。いずれも大きめの頭部に比べ小さめの手足という幼児のような体型……と言えばかわいいが、常世三姉妹の作品がそれだけで終わるはずもない。

一体は漆黒の着物を纏い、陶器に近い肌感の手足を虚空に伸ばしていた。頭髪は清流のように流れ、真っ赤な唇が映える……と、正常なのはそこだけだった。顔面は所々継ぎ目があり、フランケンシュタインの怪物のようだ。何十人におよぶ人間の皮膚をつぎ足したかのような色合いをしている。継ぎ目も糸やホチキス、人毛のようなもので接着されており忌まわしさ漂う。顔の造形は夜子に似ており、継ぎ目や肌の色を除けば幼少時代はこのような顔だったのだろうというほどには似ている。

隣にある二体目も異様だった。

瞼を閉じた容貌はこれも幼い夕子を模したかのようだ。が、腕からは青ざめた指が何本も茸《きのこ》のように接合されている。下肢は骨折を放置したまま治癒したかのように歪《いびつ》な曲がり方で、顔が人間でなければ異形の怪物にしか思えなかっただろう。上等なスーツを着用しながら、腐った木材でできた椅子にちょこんと座った外見は、アンバランスで心をざわつかせられた。

もう一体は炎で焼かれたのか顔面と半身が爛《ただ》れている。うっすらと開いた瞳は悲しげで、本人に似ているせいか子供の朝子から見つめられているように思え、胸がひしゃげそうなほど苦しくなってくる。腐った卵黄のような腕の火傷模様は痛みを伝え、こちらの肌まで痛くなってきた。対照的に衣装だけがウエディングドレスのように華やかだ。

どのような精神状態であれば、こんな人形が作れるのか。こういう幼子がいると言われれば信じられるレベルの完成度だ。リアルさと存在感は圧倒的迫力だった。心に訴えるものもある。

だが……。

違和感があった。なにかが違う……なにが？

そうだ。この人形には惹きつけられるものがない。興味の欲望が一切掻き立てられない。俺のなかにあるのは嫌悪感や虚しさなどありふれた感情だった。

顔がつきそうな距離で人形を凝視しながら関島さんは唸っていた。

「お手はふれないようお願いします」

硬い表情で朝子が言った。

「あ、ああ……」

「いかがでしょうか？」

「……いや、すばらしいですよ」

歯切れが悪い。本音でないのは素人でもわかったが、朝子は表情を変えずに無言で佇んでいる。

ちらっとそれを見やった関島さんは、意を決したように目をつぶった。

「申し訳ない。柄にもないお世辞を言った。長いつき合いだからこそ言わせてもらう。過去に類をみない精緻《せいち》な仕事なのは認める。見た目の質感や微細な色合いなどは見事だ。しかし、なにがどうとは言えず歯がゆいが、この作品には心に迫るものがない。皆無とまでは言わないが、お三方が壊して回られた作品に近いというか、いや、あれよりは格段に優れた造りで完成度は比べるべくもないが……現在の作品を知る前ならともかく、知ってしまったいま、諸手を挙げて賛辞を贈ることはできない。大変失礼ではあるが、それが正直な感想だ」

額一面に汗を噴出させながら言い切った。一世一代の物言いだったのだろう。ハンカチを握る手も震えていた。

言語化するなら、俺も同意見だった。

気合を入れて新作を発表したはいいが、まったく評価されなかったクリエイターは数多《あまた》いる。その落とし穴に常世三姉妹でさえも嵌《はま》ったか？

そう危惧したが、姉妹はおかしげに笑っていた。

「合格ね」

「大勝利ってところね」

「ええ、勝ちました」

手を取り合って笑う様子に関島さんもぽかんとしている。

「……ひょっとして、私はなにか試されていたのかな？」

汗を拭いながら苦笑いする。

「ご無礼をしたわ。感服よ。わたくし共が見込んだお方なだけあるわ。ご指摘のとおり、こんなものは目指す境地に届かない出来損ないよ。関島さんに否定していただき、方向性が間違っていなかったのだと確信したわ」

夜子は人形に布をかけ、サロンの外へと台座を撤収していった。

「さあ、真の新作をここへ」

入れ替わりに竹内さんが別の台座を押してやってきた。同じく布がかけられ、蠟燭の炎がゆれている。

「とくとご覧を。これこそ本物」

布が取り去られた。

「おおっ！」

関島さんが快哉《かいさい》の声を上げた。

一目で違うとわかる。

グロテスクなだけの人形ではない。脳が鷲掴みにされたように痺れる。人形はポーズの角度や表情の加減が若干異なるだけで、ほぼ同一だ。それなのに魂に訴えかけてくる圧倒的な迫力があった。

比較すると謎が深まる。二者の違いはなんだというのか。素材か？　それとも技法？

御子柴も匂いへ引き寄せられる蟻のように間近で鑑賞している。気づけば真里までもが人形を見つめていた。その頭を強く抱いて目隠しする。いくら心惹かれようが、子供に見せたくはない。

そんな我々がおかしかったのか、姉妹は顔を見合わせて笑う。まるで悪戯が成功した子供のようだ。

おもむろに朝子が上着をはだけた。火傷の痕が煌々《こうこう》と照らされる。

「この火傷、幼少期に煮えたぎった湯を誤って浴びたせい。そう公には発表しているけれど事実ではないわ。事実は暖炉に突き飛ばされたあげく、赤く燃《も》え滾《たぎ》る火搔き棒を押しつけられたからよ」

「事故でなく、人為的に？」

舌をもつれさせながら俺が尋ねると、夕子は車椅子をわずかに前へ進めた。

「ウチはもっと悲惨よ。縛られて脚を焼き鳥のように串刺しときてる。骨もポキッとやられたおかげで、車椅子生活を満喫させてもらってるというわけよ」

けらけら笑いながら車椅子をターンさせた。

「どうして、そんな酷いことを……」

「出来の悪い子だったからですよ」

妖艶に夜子が微笑む。

「祖母の意に添わなければ、祖母の意に逆らえば、こうなるのが我が家の掟です」

常識では考えられない体罰……いや、そんな単語では生ぬるいほどの虐待を受けていたのか。なぜそれを軽く話せる？　雑談でもするような態度が理解できない。

命さんの顔が浮かぶ。

彼女はどうだったのだろう。虐待を受けていたのか？　姉たちの所業は聞いたが……。

「祖母の期待に背いた以上、罰を受けるのは当然の帰結よ。恨んではいないわ。むしろ喜び。その経験があったからこそ、このような歴史に残る傑作を誕生させられたのだから。御覧のとおり、今作はわたくし共の生き写しとして生み出しました。娘であり息子。さあ、遠慮なさらず心ゆくまで我が子をご覧ください」

トリップしたように語る朝子を前に、魅力の正体が現れつつあった。

最初の人形とこの人形。差異があるとするならば、それはやはり念ではないか。システマチックに制作しただけの作品と、念をこめて制作された作品とではおのずと魅力に差が表れる。それが正負《せいふ》どちらの感情であれ、受け手に強烈ななにかを訴えかけてくるのだろう。

祖母からの虐待話を聞き、仮説はほぼ固まっていた。祖母への恨みや畏怖が発酵し混濁して人形に封じられているに違いない。鑑賞者はそれを無意識に感じ取り、心がゆさぶられるのだ。それ以外では説明できない。

*

夜のサロンは静かだ。一人でコーヒーを飲む。待ち受ける長い夜に万が一にでも流されてしまわないように、覚醒しておかなければならない。

真里の部屋の方向へ目をやる。寝床にはついてくれたが、この館でぐっすり寝られるだろうか。泣いて泣いてベッドへも入れない……というのが、俺の知る怖がりな真里なのだが……。

大人になる、か。

亜里沙が亡くなる以前では考えられない発言だ。もっと甘えん坊で泣き虫で。母親の死によって精神年齢が上がったのだと考察はできるが、納得しきれたわけではない。専門家からお墨つきをもらえれば気持ちも晴れるのだが……と、堂々巡りの思考に終始している。

いまは下手に接し方を変えず、いつもどおり振る舞うしかない。専門家の意見を仰いでから、という方針に間違いはないはずだ。

「麻生さんひとりかい？」

知らない間に御子柴が入口付近に立っていた。物思いにふけって気づかなかった。

「長くなりそうだからな。英気を養っていたところだ」

「竹内さんはいる？」

「町まで買い出しを頼まれたらしい。コーヒーを淹れてくれたあと出発していった」

「もう十一時だよ。コンビニへいくにも車で片道一時間はかかるのに、人使いが荒いな」

笑いながら正面の椅子に座った。

「真里ちゃんはもう寝たの？」

「ああ」

「一人でこの不気味な館で寝られるとは凄いね」

「大人になるんだとさ」

「まだ保育園児だろう。ますます凄いね」

「俺も驚いているよ」

「ところで、真里ちゃんが涙目だったり誰かを怖がったりとか……なかった？」

「いいや。どうしてだ？」

「どうしてということはないけどさ、無理をして強がってはいないかと」

「無理をしていた様子はないな」

不自然なほどに、ない。

「それならよかった。内密の話ができる」

不意に表情がなくなった。切り替えスイッチが押されたかのように一瞬で。

瞬《まばた》きする間に、別人が俺の正面に現れていた。

「御子柴？」

雰囲気が一変して見えた。朗らかだった表情が失せ、爬虫類のように無機質なそれに変わる。

「締まりのない顔をするのは肩が凝るね」

肩を回しながら御子柴は足を組んだ。

「……どういうことだ？」

御子柴は表情だけでなく、声質も落ち着き払ったものになっていた。その変貌ぶりに俺はさぞまぬけな顔をしていることだろう。

「夕子好みの御子柴弘樹を演じていただけのことさ。彼女は物静かで仏頂面な男はお気に召さないとリサーチできたのでね。素顔は見せられなかった。趣味ではない染髪をしたのも、すべては夕子に取り入ってこの館に潜入するためだ」

「……取り入る？」

気を落ち着けて質問を返した。

「失踪した佳純《かすみ》を見つけ出したい」

「彼女かなにかか？」

「いや……双子の姉だ、ね」

「それと夕子に取り入るのがどうリンクする？」

「捜索の手を尽くした先にいたのがあの三姉妹なのさ」

「君の姉を誘拐したとでも言いたいのか？」

「概《おおむ》ねそうだ。状況証拠のみとはいえ根拠はあり、たしかな筋から三姉妹の狂気も聞き及んでいるからね。僕も彼女らならやりかねないと踏み、ここを訪れたという経緯だ」

「誘拐をする動機が見えないが……」

「動機の考察に意味はない。誘拐できたのは誰かという問いの答えが三姉妹だった。それだけで充分さ。あえて動機を探すのなら、姉妹に囁かれる黒い噂だ」

「……人形制作に人体を利用したというやつか？」

「やりかねないだろう？」

「警察は不問にしたはずだが」

「常世黄泉。僕の調べでは、あの老婆は政界や警察に無視できない影響力があったようだ。スピリチュアル好きに重宝されていたのだろうね。あるいは霊媒活動で弱みを握っていたのか。その影響力を孫たちが引き継いでいたとしても不思議ではない。政治家が地盤を受け継ぐようにね。多少の不祥事ならば揉み消してもらえるとしたらどうだろうか？」

常世黄泉と政治家などとの関係は雑誌等で騒がれはしたが、大事になる前に黄泉の死によって立ち消えた。

「俺には一介の人形作家にしか見えないが」

「印象ほど当てにならないものはないね。裏ではなにをしていることやら……というのも印象なわけで、事実を知るため夕子に近づいた」

「疑われているのを相手は知っているのか？」

「まさか。両想いと信じてくれているさ。そうなるように努めたからね」

好意を利用して目的の達成を狙う。程度は違えど、俺も夜子に近い行いをしている。非難はできなかった。

「どうして俺に打ち明けた？」

「協力を要請したくてね」

「俺なんかになにができる？」

「夕子と懇意にはなれたが、行動範囲は制約つきで、僕には立ち入れないエリアもある。たとえば夜子の部屋だ。難なく突破できる麻生さんに佳純の痕跡がないか探してもらいたい。次に第三者視点だ。館全体を見渡したとき、僕には取るに足らないものでも、第三者視点で眺めれば重大ななにかが見つけられる可能性もある。複数視点は有用だ。真実に迫る確率を高められるからね。海外へ飛び立たれる前になんとしても決着をつけたい。どうか手を組んでくれないだろうか。借りはいずれ返す」

「……俺が夜子に密告したらどうする。利害関係で言えばあちらの方がはるかに上だ。彼女に恩を売ろうとするかもしれない」

「信用を得るには、先に自分の秘めたものを開示する。基本さ。これで切り捨てられるのであれば、僕の目が腐っていただけの話だ。潔く諦めようじゃないか」

正々堂々とした態度を前に、腹を決めた。

この信頼には応えようと。

敵に回ってもおかしくない俺に協力を頼むほどだ。相当な覚悟と切迫度合なのだろう。程度の差こそあれ、覚悟をもって乗りこんできたのは俺も同じだ。依頼を蹴るという気持ちにはなれなかった。

それに心情面だけではなく、実利面でも味方ができるのは歓迎すべき誘いだ。今後真里や夜子への対応など、単身での対処が難しいケースが発生したときに頼れる。

「……しょうがない。困ったときはお互い様だ」

「感謝するよ。なにかあったら言ってくれ。僕も助力は惜しまない」

「そのときは頼む」

こうして協定は結ばれた。

御子柴の変貌や目的には驚かされたが、決めたからにはできるだけ視野を広く持とう。失踪に関係がありそうなもの、怪しげな場所や誘拐を示唆《しさ》する痕跡があれば見逃さないようにする。

「……そろそろ時間だ。夜子の部屋へいってくる」

「僕はもうしばらくここにいるとしよう。頼んだよ」

「ああ、視野を広げておくよ」

「明日会う御子柴弘樹はまた元の御子柴弘樹に戻る。対応は間違えないように」

「……了解だ」

御子柴は数分前の笑顔さわやかな若者に戻っていた。

俺にとっての戦いはこれからだ。

誘惑、取引、泣き落とし、夜子がどんなカードを場に出すかわからない。それらを受け流し無傷で朝を迎える。それが俺の勝利条件だ。

ぶれないよう自分に言い聞かせ、夜子の部屋を目指した。

三

「あぁ……なぜヒトはかくも美しいのでしょう」

産毛の一本まで剃り落とされたあたしの頬を朝子がなでた。

「爪の光沢や不揃いな歯、宝石みたいな瞳。しわの一本一本まで愛おしいね。神って憎たらしい。こんな芸術作品を生み出してくれるんだから」

あたしの小指と薬指、人差し指と中指を縫い合わせながら夕子がぼやいた。直立不動で激痛に耐える。

「そんなワタシたち自身も神様の創作物なわけですが……」

鏡に映る姿を見つめながら、夜子は身体のラインをなぞる。

「巷《ちまた》に溢れる凡人たちは己の価値に気づかず、無価値な時間を貪るのね」

「ヒトこそ至高の芸術品だというのに、芸術的感性が鈍いのは不幸ね。だからこそウチらはやり遂げないと」

「ヒトを超越する人形を生み出し神を超える、ですね」

正面にはあたしそっくりの人形があった。それは生人形《いきにんぎょう》の極致だ。幽体離脱して自らを眺めているようで気が変になりそうだった。夕子はあたしと見比べながら、人形の指も縫い合わせていく。それが不機嫌そのものの顔なので、危険を察した心臓が暴れる。虐待の回数こそ減ったものの、ゼロになってはいない。

朝子が深くため息をついた。

「ダメね。いかにヒトに似せようと所詮は人形。魅力は段違いに劣るわ」

「モデルがでかすぎなのよ。ウチとしては、こんなサイズだと人形という感じじゃなくなるわ。ダッチワイフでしょ、もはや」

「ダッチなんとかはともかく、ワタシも腕に収まるサイズが望ましいですね。大きいのは不恰好ですし、かわいさがありません」

「そうね……けれども、どう方策を講じてもヒトの魅力には近づけていない。似せればよいというものではないのよ。ミクロな機微に注目しても不発、素材にこだわったところで無駄骨。ヒトにあって人形にないものとは……悩ましいわ。知れたこととは言え、神の手腕に並ぶのは至難ね」

ゴミとばかりに、あたしそっくりの人形を暖炉へ投げ入れた。紅蓮の炎に纏《まと》わりつかれながら顔が崩れていく。爆《は》ぜる音だけが室内を飛び交った。

「……一部を拝借というのはどうでしょう？　いっそヒトを材料に作ってしまうのです。技術の限界を超える部分を、ヒトを素材にして補う」

「悪くないアイディアなんじゃない？　ゼロから生まれる作品なんてない。既存の素材の組み合わせで良質な作品ができるのだ、という格言はよく聞くもの。人形のよさとヒトのよさを掛け合わせるのはうなずける手法よ」

「ハイブリッドね。ヒトを超越する作品を志向しているのだから、ヒトを材料にしてはならない、という掟はたしかに存在しない。ヒトもまた作品の素材となりうる。神はヒトを土から作られた。ゆえに素材も粘土にこだわっていたけれど、別の道を模索すべきときがきたかしら」

「小難しく考えないで試してみましょうよ。ちょうどおあつらえ向きの素材があるんだし」

「ですね。さっそく、やってしまいましょう」

腕にナイフを突き刺される。ふりではない。夜子にそんな常識はない。本物のナイフを本当に振り落とされた。ガタガタと震えながら耐えていると瞼《まぶた》の裏が真っ赤になる。なにをされても悲鳴を上げてはいけない。声を発したが最後、さらなる責め苦が待っている。

止めてくれた母はもういない。嘘でも遊びでもなく肉が抉《えぐ》られる。耐えられる、これが日常だから。

皮膚が切り取られ、縫われた指から血が滴る。姉たちも慣れたもので、どの程度なら致命傷に至らないか心得ていた。

「間近で観察するとやはり別物ですね。皮膚の模様や色彩が」

「ミクロの機微が人の心を摑む境界になっているのかしら」

「ウチは産毛なんか不要なんだけど。こんな実物よりは美を極めたようなつるりとした肌が好きよ」

あたしの皮膚と素材の皮膚を比較しての品評がはじまる。

「そうね。人体より上質なパーツは作りうるはずだわ。ならばこだわるのは内部かしら。魅力とは目に見えるものだけではないもの。本物の骨と内臓をつかってみましょうか」

「目に見えなくとも、凝らした工夫は伝播しますからね」

「試してみる?」

視線があたしに集まった。

殺される、覚悟は何千回としてきた。顔が変形するほど殴打され、ブラックアウトするほど首を絞められ……ストレス発散の娯楽として弄《もてあそ》ばれてきた。けれど、これまでとは事情が異なる。姉たちは人形制作を極めるつもりだ。創作の材料としてこの腹を裂き中身を取り出すのに躊躇《ちゅうちょ》はしない。

視界がぼやけた。

「あんたの泣き顔久しぶりに見たわ。いい顔するね」

「安心なさい。血のつながった妹を素材にするはずがないでしょう」

「えっ、しないのですか?」

ナイフを所持した夜子は本気で驚いていた。

「この子は人形になる才能もあるけれど、人形を作る才能もある。それは認めるところでしょう」

「そうですが……」

つまらなそうにナイフを机へ刺した。

「才能がある子は手厚く保護しなければならないわ」

手厚くされてこの状態ならば、才能がなければどう扱われていたのか。暖炉で燃えているのはあたしだった。

「この子をつかわなくとも、夜の駅にでもいけば素材は腐るほどあるし」

「なるほど。そういうことですか！」

パンッと明るく夜子が手を叩いた。

「聞いてください。あのヒトたちにヒトである以外の存在価値がどこにあるのか不思議だったのです。ようやく謎が解けました。ワタシたちの作品の素材になるために神様が与えてくれたのですね」

なんの邪気もなく純粋にのたまう。

存在価値がないのは他の誰でもなく、あんたたち自身よ。

そう口にできるはずもなく、生き永らえて安堵することしかできなかった。

四

姉の御子柴佳純は生まれたときからずっと一緒で、二卵性の双子だけに意思疎通も完璧だと思っていた。一卵性の双子のように言動がシンクロしたり、考えの一致もよくあった。そんな佳純が、最近よくわからない。

なんであの男と別れないのか。

あの男、榊雄心《さかきゆうしん》。四十代の男だ。名前を思うだけで虫唾が走る。何度殺してやりたいと願ったか。短髪で蜥蜴《とかげ》のような爬虫類顔には嫌悪感しかない。その頭を乗せているのはプロレスラーはだしの筋肉に覆われた体で、今日もあの武骨な手で細い佳純の腕を引っぱっていく。自分は目を伏せた佳純がつれていかれるのを黙って見送るしかできない。弱虫だ。爬虫類に逆らえない虫だ。あの腕で殴られると想像しただけで足がすくんでしまう。

ある日、自分を棚に上げて訊いた。

「どうしてあいつと別れないんだよ」

「……好きだから」

青痣のある顔で佳純が笑った。雄心につれていかれるたび、佳純は必ずどこかを怪我して帰ってくる。好きなんかでないのは馬鹿でもわかる。

無言でいると手を握られた。

「大切だから」

透明な目がまっすぐこちらへ向けられている。『大切』という言葉が、あの男ではなく目の前にいる弟に向けられているのは明白だった。

おかげで謎が解けた。

佳純は脅されているんだ。男女間交際でＤＶが起こるのはままあるらしい。別れたとしてもストーカーと化した男に危害を加えられる事件も見聞きする。あの男がそんな危険人物で、もし別れたら弟を殺すとでも脅されたとしたらどうだろう。やさしい佳純のことだ。自身がどんな扱いを受けたとしても耐えてしまう。

警察に通報しようか？

いや、接近禁止の命令が出たところで、あいつは守るような男じゃない。

どうにかして話し合って穏便に別れてもらうか？

それができればとっくにしているはずだ。話が通じない男だからこうして悩んでるんだ。

両親もとっくに他界していて、頼れるような近い親戚もいない。肉親である自分が助けないでどうする。

「そうだ。夕ご飯まだじゃん。すぐ作るね」

話は終わりとばかりに膝を叩いて佳純は腰を上げた。

「あ、佳純さ……」

「ん？　なに？」

「……なんでもない」

座ったまま言った。あの男の冷たい眼光が脳裏をかすめたからだ。それだけで首を絞められたように声帯が締まる。

死にたくなりながら、佳純の作ってくれた温かい夕飯を食べた。

なにも進展しないまま、佳純の傷だけが増えていく日々で、大学生生活は色なく消費されていった。

深く沈みに沈み、汚れに汚れた。最低の弟だ。

腐敗した死体は爆発することもあるらしい。それには火が必要だ。

冬の夜中だった。また腕を掴まれ引っぱられる佳純を見て爆発した。

なにが火種だったかはわからない。とにかく沸騰する感情に突き動かされ立ち上がっていた。腐り切って発酵に発酵を重ねた怒りは制御できない。

さすがの雄心も狼狽えていた。蟻が噛みつくなんて予期すらしてなかったんだろう。飛んできた拳が顔面に当たる。首が思い切りのけ反ったが、痛くはない。鼻先がとてつもなく熱くなっただけだ。負けずに掴みかかってやる。太い腕で投げ飛ばされた。それでも向かっていく。何度目か殴られたとき、冷静な部分が働く。

これじゃ埒が明かない。体格差がありすぎる。

そうだ、殺すしかない。キッチンへ向かい収納棚にある包丁を掴んだところで、騒がしい足音がした。

佳純の腕を引いて雄心が逃げ出していた。

すぐに追走したものの、唸るエンジン音が聞こえた。全力で走り車の窓を叩く。

「出てくれ、佳純！」

「やめて。危険だから」

後悔する。なにもしなかったせいで諦めてるんだ。諦めさせてしまった。長年の精神的拘束に縛られている。

ごめん。そんな鎖は破ってやる。抜け出させてやる。

加速した車のガラスを包丁で叩く。割れない。

論理的思考もなにもなかった。本能的に車のボンネットへしがみつく。こんなことじゃ止められないのはわかってる。わかってるけど……苦々しそうにハンドルを握る雄心を睨みつけた。

「危ないからやめて！」

首を横へ振りながら佳純が叫んだ。大丈夫だと目で返事をする。

車体が右へ左へと振られるが、死に物狂いでしがみつく。

加速する。体が吹き飛ばされそうだ。それでも離せない。

佳純はどんな顔をしている？

一目見ようとしたとき、一際大きなブレーキ音がした。

＊

白い天井がある。

どこだ？　なにがあった？

混濁した記憶のスクリーンへ徐々に映像が浮かぶ。

佳純。佳純は？

起き上がるや、稲妻が走るような痛みが全身を襲う。

意識が消える直前の光景が思い出される。迫る壁。遠心力に翻弄される体。そして佳純は……。

痛みにかまけている場合ではない。佳純。佳純は無事なのか。たしかめなければならない。体に刺さった管を抜く。

「よかった、目覚めたのね」

見れば痩せた中年女がベッドの横にいた。腫れた瞼《まぶた》を限界まで開くと、それは知人だった。

「ひょっとして君が？」

そう言えばあの地区に住んでいたのだった。

「大きな音がして駆けつけてみればあなたがいるんだもの。驚いたわ。誰かくる気配もないし、あたしがいなければ死んでいたところよ」

「そんなことより佳純はどうなった？」

「無理をしないで。まだ動ける状態じゃないわ」

うるさい。佳純はどこだ？

力の入らない腕、げっそりとした脚。身体感覚がずれにずれている。それほどの事故だったのだろう。吐き気も治まる気配がない。佳純はどこだ？

制止の声を振り切り、足を引きずりながら病室を出る。

「佳純は？　佳純！」

大声を上げながら彷徨っていると、看護師が飛び出してきた。全員を突き飛ばしてやったが、激痛で意識が飛びそうになる。

どこだ。無事なのか……。

嘔吐しながら歩き、ある病室の前で立ち止まる。ベッドの上で機器につながれた女性がいた。

明滅する視界に耐えながら近寄る。

「佳純」

長く艶のあった睫毛《まつげ》は縮れ、瞳は閉じられている。陶磁器のようにすべらかだった肌は赤黒く腫れ、輝いていた頭髪は半分がなくなっている。あの美しかった顔は見る影もない。

目の当たりにして、ようやく……ようやく悟った。

いかに罪深いことを僕はしてしまったのか。

佳純がこうなった直接の原因はあいつにある。しかし、僕が遠因であるのは疑いようがない。ずるずるとあの生活を継続していたならば、遠からず佳純はこうなっていただろう。

正常な生活でない自覚はあった。であるにも拘わらず改善できなかったのは弱さ故だ。ひたすらに愚かであった。佳純に甘えていたのだ。

笑顔の佳純が五体満足でそばにいてくれる。それに勝る幸せがあるだろうか。

小さくではあるが、胸は上下している。生きている。まだやり直せる。やり直すと誓う。

それが天に通じたのだろうか。

ゆっくりと、佳純が瞼を開く。

「……弘樹」

佳純の声に、僕は神へ感謝した。

＊

邪魔者がいなくなり二人だけの生活は幸福そのものだった。もう佳純はどこへも逃げない。僕は社会人一年目となり忙しい毎日だが、ゆっくりと将来への基盤を固めていこう。視界には輝ける日々が広がっている。

なにより笑顔溢れる佳純がそばにいてくれることがすべてだった。二度とこの笑顔が失われぬよう、なにを犠牲にしても死守する。

ただし、異変も生じていた。

事故の後遺症だろう。佳純は顔の傷こそ完治し美しさを取り戻したが、趣味嗜好は一変していた。

ある日の昼下がり、佳純がリビングで熱心に雑誌を見ていた。肩越しに覗くと、誌面には首吊りをした腐乱死体が写っていた。

「弘樹はどう思う、この人形」

「人形?」

とてもリアルで人間かと思えた。

「いい気分はしないな」

「そうでしょうね。わたしも同意見」

「それにしては熱心に見ているね」

「美しいから」

感情の起伏がない声で、視線は絶えず首吊り人形へ注がれている。

美しいものは僕も好きだが、この写真に美は感じない。

思い出す。意識が戻ってしばらくの間、日がな一日佳純は鏡を見ていた。醜さに絶望しているのではないかと気を揉んだが、瞳は酷く澄んでいた。あれは事故後の顔に見惚れていたのかもしれない。

以降、佳純はグロテスクな芸術に傾倒していった。死体の写真集や異形の人間が集う絵画などだ。たどり着いたのが、常世三姉妹の作品であった。事故をきっかけに僕の思考が変わったように、佳純もまた異なる方向へ変わったのだ。

しかし、些末なことである。好みの変遷があろうと佳純は佳純だ。五体満足であればなにもかも取るに足らない。

佳純は作品展があれば全国各地へ飛び、なけなしの金で人形も購入していた。なにかに取り憑かれているようだったが、生き生きとしていた。

いつしか制作過程にも興味を持つようになり、見学を熱望するようになる。

その賜物《たまもの》だろう。どういう経緯なのか、常世三姉妹と知り合えたと輝く笑顔で報告してくれた。二人でお祝いをした。

それからちょうど一か月後である。

『朗報。ついに常世さんたちから家に招かれた。これから一緒にいってくる。家は圏外になるらしいからまた連絡するね』

携帯からのメッセージを残して姿を消した。

一週間、一人きりの食卓で考えた。

どこへ消えた？

クズだった雄心が生きていたころであれば自主的な失踪と断定できた。それほどの腐った生活だった。

それも今は昔。佳純から苦しみは消えて久しい。僕との関係も良好で失踪する要素がない。

ならば事故か？

可能性は低い。メッセージには『一緒にいってくる』とあった。常世三姉妹の誰かと自宅へ向かったのだ。目下、姉妹の誰かが行方不明である、事故に遭ったなどの情報はない。

楽観論を取るならばこうだ。佳純は常世家に長期滞在しており帰ってきていないだけである。

真偽は彼女らに訊けばわかるが、あいにく連絡先を知らない。手がかりを求めて佳純のパソコンを探ってみる。日常的にリビングなどで使用していたため、ロック解除のパスワードは記憶している。

メールボックスにアクセスした。仕事関係のメールばかりだが、私信らしいものがあった。竹内とある。

『創作室に興味があると言ってたね。私がかけあってあげるよ。常世家に来た時じっくりと話そう』

怪しい。

それが直感であった。

竹内とやらが怪しいのではない。あまりにもあからさまなこのメールが怪しいのだ。

竹内という人物が佳純との会話に出てきたことはない。メールは一通のみで、このメールだけが浮いている。削除したのだろうか。ゴミ箱には完全削除されていないメールが半年分残っている。やりとりをはじめた日にもよるが、削除するならばゴミ箱のなかをまとめて消すのではないか。個別に完全削除する意味はない。半年ぶりのやりとりだとでも言うのか？

また、佳純はパソコンのメールを仕事関係でのみ使用していた。この文面に仕事の雰囲気はない。趣味や友人との連絡はスマートフォンのキャリアメールを使用しており、友人とはそちらでやりとりをしていた。

不審点はメールの送信日時にもある。佳純から最後に僕のスマートフォンへ届いたメールの四時間後だ。タイミングがよすぎる。竹内を疑えと言われているかのようだ。竹内とやらはスケープゴートにされているのではないか。唐突で失踪の理由づけをするかのようなメールへの印象は、怪しさのみだった。

怪しい。怪しい。怪しい、が所詮は直感にすぎない。

疑念は湧くが、一度棚上げする。

肝心なのは常世三姉妹だ。そこから攻めるのが定石である。メールアドレスはないか？

パソコン内にはなく、佳純のスマートフォンも手元にはない。

直接会いにいきたいが、しばらく作品展の開催はなく住所も非公開だ。

警察に失踪届は提出したものの、行方不明者は成人女性である。一週間家を空けたところで重い腰を上げはしないだろう。

誰か頼れる者はいないかと、佳純のアドレス帳やメール、自宅に届いた手紙などを探ってみる。すると遠い親戚に人形専門店を経営している男がいたことを知った。佳純と常世三姉妹のつながりもその経路らしい。男の名は関島巌。

コンタクトを取ると、常連である佳純ならいざ知らず、僕にはまだ連絡先は教えられないとの返事であった。その代わり佳純の行方は尋ねてくれるとのことだ。

数日後、返答がきた。彼女たちはこう言ったそうである。

たしかに自宅へはきたが、別れてからの行方は知らない。帰ったものと思っていた、以上。

鵜呑みにするほど平和ボケはしていない。怪しいのは竹内ではなく、常世三姉妹だとの直感が強く働く。

疑う要素は彼女たちの黒い噂にもある。数々の行方不明案件に関わっているという噂、人形の素材として生身の人間がつかわれているという噂などだ。眉唾かもしれないが、火のない所に煙は立たぬ。現に佳純がいなくなっているのだ。

警察が動かないのであれば独自に動く他ない。

姉妹に近づこう。相手の腹を探るには濃い関係性を築くのが近道だ。男女の関係になるのが手っ取り早い。関島が経営する人形店に潜りこめば、常世三姉妹と取引をしている以上、いずれは会える。強硬策は最後の手段だ。すべてが僕の思いすごしで、佳純が何事もなく帰る可能性もある。初手は穏便にいく。

ターゲットは三人の誰にすべきかをネット情報や人脈を駆使して探った。

大前提として醜い朝子は僕の好みではない。パスだ。面食いという夜子はこの顔をお気に召さないだろう。夕子は雑食のようであったが、常にニコニコしており、お嬢様扱いをしてくれる男がタイプとの情報がある。僕とは真逆のタイプだが、好みに合致する御子柴弘樹を作り上げれば陥落できるだろう。

狙うは夕子で決まりだ。

＊

佳純が泣いている。

ほんの数秒、そんな感覚に囚われた。

サロンの床にうずくまり、涙目になっているのは麻生真里だ。

思い出す。あれは初対面の瞬間だった。佳純と生き写しのような麻生真里の容貌に感情が激しくかき乱された。なんの運命の悪戯《いたずら》であろうか。佳純はここにいると神に宣言されたかのように思えた。

麻生真里は大人になれば必ずや佳純と近似した容貌になる。

だから放ってはおけない。なぜ泣いている？

蛙頭で鱗腕に金属の足がついた奇妙なぬいぐるみを抱いていた。幼い女の子が好むものではない。これは常世三姉妹の趣味だ。周囲にはなにかの残骸が散らばっている。

尋ねてみると、夕子と朝子に改造されたのだと涙目で教えてくれた。

怒りが湧く。佳純を泣かせるのは許されない。

「ごめんな」

佳純に……いや麻生真里に頭を下げた。もう泣かさないとの誓いを裏切ってしまったようで罪悪感に締めつけられた。

「御子柴さんのせいじゃないです」

大人びた口ぶりで麻生真里は首を振った。

僕の名前を覚え、さん付けまでできる子供などはじめてだ。

「注意してこよう。許されることではないからね」

声色に素の自分が出てしまうのを自覚したが、演技をするゆとりはなかった。

「……やめて」

いこうとしたところを止められる。

「なぜ？　過ちを犯した人間は悔い改めるべきだ」

「そうだけど……叱ったりしないで」

「大切な人形なのだろう。バラバラにされて悔しくはないのかい？」

「パパが知ったら絶対怒ると思う。そしたらお仕事のお話がなくなっちゃう」

この年頃の子が自らより父親の仕事の心配をするとは。並みの子供にはできない。それほど父親を慕っているのだろうが……。

「この人形はどうするつもりかな？　それを見て原因を聞き出さない親はいない」

「なんとか直してみる」

「そんな技術があるのかい？」

「……どうにかなるよ」

「いずれ直ったとして、今日や明日はどうする？　隠しとおせるかな？」

「大人になりたいから人形はもういらないって言うよ。部屋もパパと別々にしてもらう。そしたら人形は見られない」

理路整然としている。口ぶりや思考回路だけならば、十や二十は年上に思える。

世界は広い、こういう子供もいるのだろう。そう納得もできるが……引っかかるものがある。しかし、ひとまず先送りするとしよう。夕子たちを窘《たしな》めるのが先決だ。佳純を泣かせておいて放置できるものか。

「そこまで望むなら彼女たちを叱るのは控えよう」

嘘をつく。

見逃せばまた手を出すだろう。そういう人種である。佳純を泣かせないと誓ったからには、せめて釘を刺しておかなければならない。同じ愚行は繰り返させない。

ぬいぐるみを改造した動機は推測できる。だてに夕子とつき合ってはいない。創作意欲の怪物たちだ。子供向けのぬいぐるみを見て欲望が掻き立てられたのだろう。改造を施しアップデートしたつもりでいるのだ。

麻生真里と別れると、二階にいた夕子たちはすぐに見つかった。

「やっと発見した。どこいってたのよ」

「それより話があるんだ。時間をもらっていいかな」

夕子向けの御子柴弘樹を表に出すが、笑顔は控える。

「なによ、怖い顔して」

不満そうに夕子は口を尖らせた。

「朝子さんもお願いしますね」

「暇ではないのだけれど……では、夕子の部屋へいきましょうか」

本気さが伝わったか、無駄な会話は最低限ですんだ。文句を垂れる夕子と部屋へ赴く。

室内にも所狭しと人形があり、テーブルには作りかけの人形が寝ている。粘土で作られた無着色の頭部と胴体のパーツ、針金やヤスリ、絵具や筆、発泡スチロールにコンプレッサーなど数えればきりがない。下図がないのは、感性のまま制作を進めるからのようだ。

「怒る気満々ね。そういうのはつまらない」

顎をとんとんと叩きながら夕子はぼやいた。

「心当たりがあるのかい？」

「ないけど、その顔で怒らなければ嘘でしょ」

悪気がない故に悪事の自覚がないのだ。質《たち》が悪い純粋さである。

「わからないなら教えてあげよう。真里ちゃんにやったことを思い出してくれ」

「……真里ちゃんって？」

「麻生さんの娘さんだよ」

「あのガキんちょか。あれがどうしたの？」

「ぬいぐるみを壊しただろ」

「それで怒ってるの？」

窓から槍の驚きようだ。

「あんなオシャレにしてあげたのに？」

「凡庸なぬいぐるみに価値を与えてあげたのよ。感謝されこそすれ、批判される謂《いわ》れはないわね」

朝子も不機嫌そうに吐き捨てた。

「芸術界ではどうか知らないけど、社会通念上は許されないよ」

「ここでは常世家のルールに従ってもらわないとね」

「大量生産品で我が家の調和を乱されては迷惑だわ」

「主張はよくわかった。なら、せめてあの子には手を出さないと約束してくれないかな。あとは二人のルールを尊重する、というのではどうだろう」

確保したいのは麻生真里の安全だ。あとは大抵の条件を呑める。

「それはウチの勝手でしょ。命令しないでくれる？」

「特別なになにかは要求してない。真里ちゃんにはかまわず放っておく。簡単だろ。発散したければ僕ですればいい」

「へぇ、そういう交換条件か」

「どう解釈してくれてもかまわない。約束してくれたらね」

「みこちゃん次第かな」

「仰せのままに。朝子さんも頼みましたよ」

「はいはい、仰せのままに」

朝子は鼻で笑った。

これ以上を要求するのは僕にとっても不利益だ。怒りを買って見放されてしまえば本末転倒となる。培った関係性を崩さず、麻生真里への被害も防止するにはこの辺りで妥協するのがベターだろう。

「これで条約は締結ね。こんな話は終わり」

飽きたとばかりに夕子は大きく手を広げ、

「そんなにガキんちょが大事なら、ガキ作りしようか」

猫のような顔つきになり車椅子を進めてきた。面倒だが、飴も必要である。らしい笑顔を作ってやると、朝子が口をはさんできた。

「待ちなさい。弘樹さんはまだ我々の作品を過小評価しているようだわ。せっかくだから制作過程をその目で味わっていきなさい」

「過小評価なんて……」

「いいえ。価値をわかっていれば、先ほどのような批判はしないはずだわ」

プライドが高い女だ。

「ちょうど作りかけがあるわ。夕子、見せてあげなさい」

「そうね。言われっぱなしは癪《しゃく》だし」

夕子が腕まくりをしてテーブルの上の白い塊と筆を取った。

瞬間。

パチッ。

スイッチ音が聞こえた気がした。夕子の眼光が鋭くなり、視点が手元に集約する。纏《まと》う雰囲気が重量を持った。

「いまは歯茎を作っているようね」

「歯茎……」

「神は細部に宿る、とはよく言ったものね。妥協の産物に心を動かされはしない。歯茎、爪、頭髪までも独自に表現してこそ本物になるのよ。ごらんなさい。あそこに歯もあるでしょう。歯科技工士に習い、セラミックで歯を作ったこともあるわ。妥協なく手をかけてはじめてヒトに比肩する生人形《いきにんぎょう》が誕生するのよ」

「趣味の域じゃないね」

「これが暇潰しであり、鍛錬よ」

歯茎を形作る夕子は憑依されたかのような目つきで手を蠢《うごめ》かせ、繊細な筆づかいは職人技である。歯肉が見る間に色づいていく。

「弘樹さんはわたくしたちの作品にどういう感情を抱いているかしら」

「……すごい作品だよ」

彼女らには嘘に嘘を重ねているが、それは本音だった。

「抽象的ね。関島さんなら、小一時間語ってくれるのだけれど」

「僕の語彙力では、そうとしか表現できない」

「『すごい』のなかには不気味さや恐怖、不快という感情もあるのではなくて？」

「ない、とは言わないよ」

「それでいいのよ。わたくしたちの目標は嫌悪の感情を抱えながらも、本能は抗えず魅了される。

そうした蠱惑《こわく》の人形の創造なのだから。あなたの心にも聞こえるでしょう。もっと見たい、もっと見たいと乞う声が」

「まあ、ね」

我が意を得たりというように微笑まれたが急転、真顔になる。

「この頂へ上るまでには、とてつもなく大きな壁が立ちはだかっていたわ」

冷たい指が首筋を這い吐息が耳にかかる。どうやら顔をなでられているようだが、反応せず受容する。

「大前提を共有しておきましょう。至高の芸術品はなにかと問われたら、弘樹さんはなんと答えるかしら」

「……ゴッホのひまわりとかかな」

「ものの数にも入らないわね。教えてあげるわ。ヒトよ。ヒトこそが至高の芸術品なのよ。弘樹さんも立派な芸術品だわ。さすがは神の創り給うた作品、そう思わないかしら?」

僕には一片も理解できないが、常世三姉妹の根底に『神の作品であるヒト』への憧憬があるのは理解した。

「ところが、あなたを含めてヒトが持つ魅力に無頓着な者が多すぎる。生まれた時分からありふれた存在なので慣れてしまっているのでしょうね。罪なことだわ。だから教えてあげなければならない。ヒトの大いなる魅力を知らしめるために、わたくしたちはこの世に生を受けたのよ」

「それなら子供を作ってみるのはどうだろう。手を動かさなくても至高の芸術品が産み出せる」

「安易ね。同等では意味がないわ。ヒトを凌駕《りょうが》する魅力を生み出してこそ、凡人を開眼させられるのよ。それには神の作品を超えるしかない。針の穴に駱駝《らくだ》をとおすような行いでもね。案の定、ヒトと並ぶ魅力を人形に付与するのは困難を極めたわ。どれほどヒトに近づけようと、いえ、ヒトをも超える一体を作り上げたとて及ばなかった。所詮、人形は人形、神の芸術は超えられないのかと絶望したわ」

顔にふれられ、まじまじと見つめられる。目線は合わせない。

「人生を賭けてヒトを模し、精密に形作り、丹精をこめても到達できないのではないか。神に届かなければ創作をする意味があるのか、懊悩《おうのう》したものだわ」

彼女たちが姿を消した時期があったが、その期間だろうか。

「弘樹さんの見解はどうかしら。人間が神の御業に追いつけるか否か」

「……人工物だからこそ心を打つものもあると思う」

「興味深いわね。聞かせて」

「たとえば絵画だ。リアルなものが見たいのなら写真で充分と言える。しかし、僕らは自然の風景より絵の自然に感動することもある。本もそうだ。史実よりも、人工の物語に感情が震えることがある。人の手が加わってこそ魅力を持つものもあると僕は考えるね」

「すばらしい見解だわ。関島さんの親類なだけあるわね」

耳元で歓喜の声がした。

「わたくしたちの解答は少し異なっていたわ。人間の力だけではどうしても神の作品に劣る。ならば対抗するのではなく、神の力を借りればよいのではないか。気づけば悩みなどバカらしかったわ。試してみると、そこには理想の人形が完成していた。あの感動は昨日のことのように思い出せるわ」

満足そうに笑い、朝子が離れた。

神の力＝神が創ったヒト、つまりは人体という意味であればあの噂は事実となる。

常世三姉妹は人体を人形の材料にしている。

人形と人体を組み合わせ、新たな芸術を創造したのでは？　醸し出す魅力が増幅したのはそのため？

事実ならば、その材料として……。

「ああ……」

「どうしたの？」

「いや、別に」

すでに佳純は殺されているのではと思っただけだ。

解釈が真ならば、すでに人形の材料として消費されている。どこかの好事家《こうずか》に買われ、惨めな姿を晒して……。

視界が暗闇に覆われた。音も臭いも重力も消え、僕自身も消滅しかける。

……勇み足だ。すべては想像にすぎない。闇のなかにはまだ細い糸がある。人形と人体を融合させるだと？　素材を替えた程度で、あの得体のしれない魅力が生み出せるものか。諦める段階ではない。

歯茎の塗装は終盤に差しかかっていた。もはや人体から切り取ったものにしか見えない。

「そう言えば、お姉さんの行方は判明したのかしら」

息が詰まった。頭のなかを解析されたかのようなタイミングだ。

「さっぱり。どこをほっつき歩いているのか」

なんでもないふうを装う。彼女らを疑っていると感づかれてはならない。

「ここを訪れたときも元気そうだったのに、どうしたのかしら。竹内さんも心配していたわ」

竹内、がやや強調して聞こえたのは、気のせいではないだろう。

「姉の行方はまったく？」

「ええ、招いておきながら、作品展の打ち合わせを失念していたのよ。ここへ残して別れたのがいけなかったわ。帰宅したときにはすでに発ったあとだと聞かされて、予定を忘れていなければなにか変わったのでは……と後悔しているわ」

説明が白々しい。三人そろって予定を忘れるものか。ミスリードだとするならば不発だ。彼女たちこそが佳純を消した張本人という疑いは濃厚になってきた。

そちらが仕掛けてくるのであれば、こちらも探りを入れさせてもらう。

「ところで、竹内さんとはどういう関係？　いまどき執事なんてめずらしいよね」

「彼には悲しい過去があるのよ」

言いつつも微笑が浮かんでいた。

「事故で記憶喪失のような症状になり、自分が誰かもわからなくなっていたのよ。途方に暮れた中年男を施設へ送るのもしのびない。記憶が戻るまで預かりましょうと申し出たのよ。ちょうど家事に従事してくれる者を望んでいたので渡りに船だったわ」

記憶喪失で住所不定の中年男とは、罪を着せるには適役である。

無論、事故の影響で理性のタガが外れたすえに暴走し、佳純に手をかけたという線もあるにはある。

どうあれ、佳純の背中が近づいている実感はあった。

＊

目を開けた。寝入っていたようだが、窓の外はまだ薄暗い。

寝起きを出迎えたのはベッドを取り囲む不気味な人形たちである。元々夜子の部屋だが、二階へ移った夜子に代わり、ここが僕にあてがわれた。

昨夜は竹内の帰還を遅くまで待ち、睡魔に負けた。竹内犯人説を有力視はしていないが、裏づけは取りたい。いまから訪ねてみるか――。

「起きてるようね。感心感心」

いつの間にか夕子が車椅子をこいで入ってきていた。

「いま起きた」

「ウチの気持ちとシンクロしたということね」

「そういうことにしておこうか」

ご機嫌取りの笑顔を投げてやる。

「朝子姉とフランス生活を語ってたら遅くなったわ。時間もないし、いきましょうか」

有無を言わせず車椅子の取っ手を握らされる。

「ウチの部屋まで頼むわ。今夜は楽しむわよ」

「拒否権は？」

現在午前四時四十七分。もはや朝だ。

「あるはずないでしょ」

「しょうがない。睡眠時間は捧げよう」

「お願いするわ」

気分はお姫様のようだ。

「そうだ。夜子も楽しんでる時間だろうし、姉として応援にいこうかしら」

「馬に蹴られて死ぬよ」

「ノリが悪いわね」

「一般常識を言っただけだよ」

麻生は一線を死守できているだろうか。彼の心身の健康は僕の目的にも影響を与える。無事でいればいいが……。

廊下に出て夕子の部屋へ向かおうとしたときだ。

視界の隅をなにかが横切った。

ロビーへつながるドアが開いている。そこを小さな影が見切れた……うしろ姿だったが、麻生真里……か？

こんな時間になにを？　朝早く目が覚めて探検でもしているのだろうか？

「どうしたの？　時間がもったいない」

「……かしこまりました」

部屋前でもう一度廊下を見た。誰もいない。僕はゆっくりとドアを閉めた。

＊

ベッドを下りてカーテンを開けた。朝日がまぶしい。

三十分ほどだが安眠できた。懸命に楽しませた甲斐あり、解放後は二階の空き部屋で夢を見られた。ここは窓が二つあり明るく、夜子の部屋と比べ人形も圧迫感も少なく幾分か快適だった。

前夜は夕子のご機嫌取りや竹内の不在、館の構造把握に時間を費やし、ろくに捜索できなかった。本格始動はこれからである。

八時すぎ、小鳥のさえずりを聴きながら身支度を整え、ドアを開ける。

ドア前にはすでに夕子がいた。

「あら、昨夜の再現をしようと思ったのに」

「車輪の音が聞こえたからね」

「敏感なのはいいことだわ」

「エレベーターまでエスコートしよう」

「そうこなきゃね」

「そのつもりでわざわざきたんだろ」

夕子は笑って車椅子を反転させた。ゆっくりと車椅子を押してやる。エレベーターは部屋のすぐ前にある。

「昨夜は楽しかったわね」

「おかげさまで寝不足だ」

「そのままウチの部屋で寝ないからよ。自業自得ね」

「圧迫感があると眠れなくてね」

「神経質」

「敏感なだけさ」

「なら気づいたでしょ、さっきの地震」

「ゆれは感じなかったけど。僕が寝ている間かな」

「敏感が聞いて呆れるわ」

「どこでゆれを？」

「エレベーターで。天井がゆれてた」

「エレベーターはゆれるものだ」

「馬鹿にしてる？」

「滅相もない」

くだらないやりとりをしながら件のエレベーターへ。なかに人形はなく、すっきりとしている。反面、内装は独特である。天井の大きな箱形の照明カバーには血の表現なのか、黒い血痕のような模様が広がっている。そのせいか光量が少ない。血の滴りのような色彩をした扉は前後についており、車椅子を反転させずともロビーへ出入りできる構造だった。

「下で会いましょう」

一人でエレベーターに乗り、ボタンを押した。独占欲の強さはエレベーターにも及び、僕とて乗せてもらえない。乗りたくもないのだが。

「……と、思ったけど取りやめにするわ」

閉じかけた扉が開き、薄ら笑いの夕子がバックしてきた。

「なにかあったのかい？」

「二階まで上がってきたのにエレベーターじゃ費用対効果が悪すぎかなとね。下までエスコートされていくことにした」

「あのスロープを押していけと?」

「そういうことになるわね」

「人使いが荒いな」

「片時も離れたくないだけよ。健気でしょ?」

「そういうことにしておこう」

お姫様扱いをしてやり、中央階段までつれていく。スロープはゆるやかに作られているが、公共のものに比べると急だ。自力ではなく、介助によって上り下りする想定なのだろう。基本はエレベーターを使用しているので問題はなさそうだ。

ロビーの人形迷路の間を縫うようにして車椅子を進めていった。サロンでは竹内が配膳中で、テーブルには朝食中の関島と麻生親子がいる。麻生真里は夕子を発見するや一瞬顔をしかめた。

「わかっているね、夕子嬢」

小声で忠告すると、振り向いてにやりとした。

「みこちゃんにかかってるわね」

「見返りは昨夜、過労死するほど払っただろ」

「あの程度だと腹の足しにもならないわ」

「検討するから、とにかく相手にしないであげてくれ。それだけでいい」

「検討するわ」

軽快に車椅子を操り走っていった。コマのように車輪のスポークカバーが回転する。

不安になるが、あれで僕の言うことは聞く方である。よほど創作意欲を掻き立てる物事がなければ大人しくするだろう。しばらくは見守るしかない。約束を違えることがあれば対応を考えよう。もう佳純を泣かせはしない。

夕子の隣に座るや、竹内が皿を差し出してきた。半熟の目玉焼きで香りは悪くない。記憶喪失ということだが、こなれている。

トーストやサラダも並び平和な朝食がはじまる。

「真里ちゃん、昨夜は寝られたかい？」

「寝られたよ」

「それにしては、くまが気になるね」

「……パパにも言われた。ちゃんと寝たんだけどな」

満足には寝られなかったようだ。朝方からうろついていたからだろう。

「夜更かしは美容の大敵だ。睡眠はとった方がいいね」

「そうなのパパ？」

「まだ心配しなくて平気だ。それよりも寝てないと元気に遊べなくなるぞ」

やさしく娘の頭をなでるが、疲労が顔に出ているのは、僕と同じく朝方まで相手をさせられたからだろう。

「竹内、朝子姉はまだきてないの？」

車椅子の背もたれをつかい夕子が反り返る。

「今朝はまだお見えになっておりません」

「名が体を表して朝に強いのに？」

「もしやまた新作に取りかかっているのではないですか？」

静かに食事をしていた関島が身を乗り出した。

「ないわね。材料不足だもの」

材料＝人体、という構図が浮かぶが黙っておく。

「それは残念」

心底無念そうに腰を下ろす。

「落ちこまないの。海外製の新作は最優先であげるから」

「おおっ、それはまことですか！」

「その代わり、関島が朝子姉を呼んできてよ。竹内は仕事中だし、この時間ならそろそろ起きてるでしょ」

「お安い御用だ。早速いってきましょう」

言うが早いか年下に顎でつかわれていった。

「まだまだ冷えるし、なにかしらの体調不良では？」

あの図体だ。心不全で永眠していたとしても不思議ではない。

「どうせ飲みすぎただけよ」

「それならいいんだが」

戯れてやっていると、関島が戻ってきた。

「ダメだ。起きやしないよ。鍵がかかっていたから部屋にいるとは思うんだがね」

「遠慮いらないから、もっと大声出しなさいよ」

「勘弁してくれないか。無理に起こして万一にでも機嫌を損ねられたら事だ」

「ったく、役に立たないんだから」

車椅子を押せとの命令を受け、関島とつれだち朝子の部屋へ赴く。

「そろそろ起きろ！」

大声を上げながら夕子はガンガンとドアを叩く。

反応はない。

舌打ちをしてさらに強くドアを叩く。

反応はやはりない。

僕も呼びかけたが、なしのつぶてだ。ノブを捻って押し引きしても開かない。

「どうだ、起きそうか？」

食事を終えた麻生親子も様子を見にきた。

「さっぱりだね」

肩をすくめてみせた。

「この騒ぎで起きてこないとなれば、なにかしらのアクシデントでは？」

「それは一大事だ！　もしものことがあれば世界の損失だよ」

火がついたように関島が慌て出す。

「マスターキーはないのかね？　マスターキーは！」

「あるのは客室用だけよ。ウチらの部屋にはつかえないわ。プライベート空間は侵させたくないからね」

「なら救急車だ。至急！」

「そう泡を食わないでください。まずは状況確認をしてみましょう。外に回って窓から様子を見るとか」

冷静に麻生がなだめると、やや落ち着きを取り戻し、

「そ、そうだな。確認が先だ」

「なら僕がいってこよう」

そうすれば夕子のご機嫌取り業務を休める。

「俺もいこう。なにかあれば、人手は多いに越したことはない」

「じゃあ、麻生さんもご一緒願おうかな」

「よし」

麻生親子を伴って庭から朝子の部屋前へと向かった。

「ここだね……窓は開いているようだ」

半開きの窓でカーテンがはためいている。窓下にあった木箱をどけ、窓枠に手をかけた。

「……開くのはこれだけか」

動いたのはわずかだ。それ以上はびくともしない。

外から手を入れカーテンをめくり、室内を観察する。

何十体もの人形があちらこちらに飾られているが、もはや自然な光景として映る。注視すべきはベッドであった。床からベッドにかけて墨でも塗ったように黒々としている。かすかに焦げ臭さが漂う。ベッド上には巨大な黒い塊があった。

焼死体だ。体格からすると朝子なのだろう。

麻生の叫び声がしたが、僕の頭は冷めていた。なにかしらの死を目の当たりにする覚悟ができていたからであろうか。救急車を呼ぶべきだろう……いや、死体は警察に通報すべきか。

麻生が窓枠を掴み引っぱるが、頑丈で開かない。隙間からの侵入を試みるも、頭が引っかかり

入れない。ならばと木箱を持ち上げて窓に叩きつけた。でかい音が響くだけで傷もつかない。何度叩きつけても割れる気配はなかった。僕も大きめの石を投げつけたが、防犯ガラスのようで無意味だった。

「窓が無理ならドアを破ろうか。木製だからどうにかなるはずだ」

僕の提案に麻生はうなずいた。

「それしかなさそうだな」

うなずき合い、館に戻ろうとしたときだった。

「私なら入れる」

木箱に麻生真里が飛び乗っていた。意図を察したときには遅かった。止める間もない。体を横にしてするりと窓の隙間から室内へ飛びこんでしまう。

「戻ってこい！」

叫びながら麻生が窓にしがみつく。

「真里なら平気だよ。困ってる人がいたら助けましょうって、先生も言ってたもん」

堂々とした態度でそう主張した。

「そういうのとは違うんだ。危ないから戻れ」

「ドアを開けなきゃなんでしょ。破るより私が開ける方が早いよ」

「そうだが――」

「麻生さん、言い合っているだけ時間の無駄だよ」

正論を述べてやると、麻生は髪を掻きむしる。

「ああ、くそっ。鍵を開けるだけだぞ。約束だ」

「わかってるよ」

どう見ても焼死体でしかない物体がある部屋へ飛びこむ六歳の子供か。ますます興味深い。怖れて泣く、父親に抱きつく、呆然と立ち尽くす。それこそが正しい反応だろう。彼女は正反対に父親から離れ勇敢に現場へ飛びこんだ。僕のなかにある子供の概念には存在しない。

麻生は吹き飛べとばかりに館の玄関扉を開け放ち、館内へ走りこんだ。転倒しそうになりながら朝子の部屋の前まで駆ける。

「やっと戻ってきた。なにしてたのよ」

不満そうな夕子だが、麻生はそれどころではない。ノブを捻るも開かないようだ。

「真里、どうしたんだ。鍵は？」

ドアを叩きながら叫ぶ。

鍵を開けるなど数秒だろう。まだ手つかずなどありえない。室内でなにをしている？

「ちょっと待ってて、すぐ開けるから」

ドアを隔てて声が返ってきた。

「どういうことよ。なんであのガキがなかにいるわけ？」

「説明より見てくれ……いや、見ない方がいいか」

「なにが言いたいのよ？　意味がわからないわ」

解錠された音がし、ドアが開いていく。

「開いたよ、パパ」

一も二もなく麻生は娘を抱き上げた。感動の再会を眺めつつ、僕は夕子の車椅子を押さえつけた。

「入らない方がいい」

「なんでよ」

黙っていると、夕子は僕の手を振り払い前進をはじめた。

阻止はしない。姉の焼死体を見たければ見るがいいさ。

彼女は一メートルほどで停止した。あ、あ、と感情がうまく声にならないようだ。関島は事態を把握できておらず、目玉をきょろきょろさせているだけだった。

焼けたベッドに巨大な黒い塊がある。壁からベッド、床にかけて黒く染まり、うっすら焦げた臭いもする。粘土や木材、セルロイドなどの臭いではない。スプリンクラーがない代わりに消火器が床に置かれ、消火液がまかれた形跡もある。ゆっくりとベッドの方へ向かう。黒い塊はベッドの四隅から伸びたワイヤーに手足をつながれていた。熱気はすでになく、焼かれてからある程度時間が経過していると思われる。

等身大人形ではなさそうだ。不自然に曲がった指から苦悶の叫びが伝わってきた。爛《ただ》れた皮膚をさわってみたが、おそらく本物の感触だ。

「そ、それが朝子姉だなんて言うつもりじゃないでしょうね」

「サイズからして朝子さんと考えるしかないね」

「おいおい、弘樹君。冗談はよしたまえ。新作だよ。彼女の稚気に決まっているじゃないか。見事なものだよ。またいい作品を作ったものだ」

黒目を右往左往させながらまくし立ててくる。娘を抱えた麻生は廊下へと出ていった。焼死体は子供が見るものではない。正しい判断だ。

正常でないのは、そんなものがある現場へ入りこんだ麻生真里である。

「朝子さんはこういう作品を手がけていたのかい？」

「知らないわよ」

「このサイズの人形も？」

「こんなでかいの、もう作ってないわ」

「過去には作っていた？」

「もう全部焼き捨てたわ」

「朝子さんが個人的に作っていた可能性は？」

「昨日部屋にきたときこんなものはなかった。創作室にもね」

「これだけ大きくて精巧な人形を人知れずに短時間では作れない。いくら君たちでもね。つまり本物と考えるしかないということだ」

なにげなくずらした視線の先に、それを見つけた。

窓から覗いたときは焼死体に目を奪われ気づかなかったが、窓の下に他と一線を画す人形が落ちていた。全身が焼け爛れた人形である。昨夜披露された人形だろうか？

拾い上げようとした僕を絶叫が止めた。

「さわらないで！」

夕子は叫びながら車椅子を急発進させ、窓際の人形を奪い去る。

鬼の形相をした夕子をよそに、僕は冷めた頭で思った。

火傷まで再現した朝子似の人形が、焼き殺された朝子の部屋にある。まるで制作者の死をなぞるようではないか。

被害者の死に様をなぞるような唄や絵、人形などが現れる推理小説では馴染みの趣向……そう、見立て殺人。

「なんでここに……」

瞳孔が開き指先を震わせる夕子はいまにも発狂してしまいそうだ。

「それは朝子さんが持ってきたのでは？」

「違う！」

人形の首に指をめりこませて絶叫した。

首が潰れそうになる人形を見ながら思う。

あれは最初に披露され、出来損ないと断じられた人形だろう。その証拠に、あの人形には欠片《かけら》も感情を動かされない。夕子が乱暴に扱っているのもそのためだろう。

夕子は人形とともに部屋から出ていく。

「待ってください！　まずお話を！」

騒ぎながら関島はあとを追いかけていった。

「ついてくるなら、二階まで押していきなさい。エレベーターより素早くね」

「わ、わかりました」

僕は関わり合いにならない。追いかけたところで待つのは面倒事だ。

一般人として正式なプロセスを踏んでおくとしよう。警察への通報である。

漁夫の利を狙うのだ。殺人事件ともなれば腰の重い警察も動き、朝子の寝室のみでなく館全体の捜査に着手するはずである。そこで佳純のいた証拠、または他の犯罪の証拠発見も期待できる。個人で這いずり回るより効率的だ。利用しない手はない。

部屋を出てサロンへ向かう。

付近は携帯が圏外だった。唯一外部と連絡できるのが固定電話だ。

「電話をつかわせてもらう」

サロンにいた竹内に断りを入れ、受話器を取った。いまや貴重なダイヤル式だ。いっては戻りいっては戻りするダイヤルを眺めながらコールを待つ。

なんの音もしない。おかしい。電話機に故障はなさそうだが……。

電話線を手でなぞっていき……ぷつりと途切れた。切断されている。断面は平らで、刃物かなにかによって切られたのは明らかである。

「いかがなさいました？」

「電話線が切られていますね」

受話器を戻し、サロンを出て階段を上がる。西側フロアではおろおろする関島の横で夕子がドアを連打していた。

「いつまで寝てんの夜子！　早く起きなさい！　まさか死んでないでしょうね」

我関せずで就寝した空き部屋に入り、ハンガーに吊るしたジーンズのポケットから自動車のキーを取った。一階まで下り、玄関を出て歩く。

速足で進むと橋が見えてきた。見えてくるはずだった。

足が止まる。どうやっても先へは進めない。

橋がなくなっていた。正確には焼け落ちており、ワイヤーだけが向こう岸とつながっている。

犯人は橋にも火を放ったか。

こうなれば僕が思考すべきはひとつ。この殺人が佳純の行方とつながっているのかどうかだ。

＊

サロンで夜子が泣いている。麻生の膝の上だった。麻生真里はその様をじっと睨んでいる。仇敵への眼差しであり、子供の目つきではない。

観察していると、怒鳴り声で覚醒させられた。

「いつまでめそめそ泣いてんの！　ガキじゃないんだから立ちなさい」

関島をお供に、火掻き棒を担いだ夕子が帰ってきていた。

「ご、ごめんなさい。でも……」

涙を拭き、顔を上げたのは二十分ぶりである。

「でも、じゃないわよ。状況がわかってんの？」

「……わかってます」

泣いて精神の安定をはかる夜子と、怒りでショックを発散させる夕子。姉妹でも対照的だ。

「全員集合したようだね。どうだろう、状況の確認と整理をしておかないかい？」

僕は手を広げ注目を誘いながら立ち上がった。

「しておかないわよ」

「籠のなかの鳥である僕たちは自助努力をしておくべきだ。せめて情報共有ぐらいはね」

「現状はさっき聞いたわ。電話線が切られて橋が焼き落とされてる。ご機嫌な状況じゃないの」

「弘樹君、犯人は私たちを閉じこめてさらなる殺人を行おうとしている……とでも言うのか？」

「そうと決まってはいないよ。逃げるまでの時間稼ぎとして外部との連絡を断った可能性もあるからね」

「あるいは、作品を盗んで売るまでの時間稼ぎなのかもな。夕子と夜子の人形もなくなっているんだろ？」

我が子を抱きしめながら麻生が意見した。

「保管してた創作室にはなかったわ。きれいさっぱり三体ともね」

「しかし解せんね。保管されていたのは幕開けに披露された劣化版の人形なのだろう。私が譲り受けた二体と、根本社長用の一体は我々の手元にある。盗難目的ならば、それらを放置はするまい。劣る方を盗んだのはなぜだ」

「知らずに盗んだとか？　夕子嬢、創作室の扉は暗証番号がなければ開かない。この認識に間違いはないね？」

「まあね」

「犯人はどうやって人形を盗んだのかな？」

「知るわけがないでしょ」

「暗証番号を誰かに漏らしたりは？」

「しない。ま、竹内が覗き見てた可能性はあるかもね」

「勘弁してください」

冷や汗をかきながら竹内は縮こまる。

「既定回数暗証番号を間違えたらどうなる？」

「館中に警報が鳴るわ」

「警備会社の人間が駆けつけたりはしない？」

「ここへは車で一時間はかかるのよ。到着が遅すぎて役に立たないものを契約はしてない」

契約をしていれば外へ危機を知らせられたのだが。

「なるほどね。ところで、現場にあった人形はどこへ持っていった？」

「焼いたわ」

「あんなのは出来損ないのゴミくずよ。葬ってもらえて朝子姉も喜んでるでしょうね」

夕子が鼻を鳴らした。

「……姉の形見だろ？」

「ずいぶんな言い草だな」

「事実よ」

意外とドライな対応を取るものだ。

「犯人は一度持ち去った人形を、また現場に残していったわけだ。なぜだろうね。マニアたるおじさんの見解は？」

「盗んだのが劣る方だと知って捨てたというところか……」

「なら三体とも残していきそうなものだね。一体だけ残したのがわからない。出来損ないと知ったのであれば本物も狙いそうなものだけど……無事だよね？」

「間違いなく私の手元にある」

「俺もだ」

「夕子嬢、他になくなってるものはないのかな？」

「ぱっと見なさそうだったわね」

館の住人である夕子が言うのであれば信じるよりない。

「もういい？　実りのない井戸端会議なら抜けさせてもらうわ。いくわよ、夜子」

大きく手招きすると、夜子が弱々しく歩き出した。

「いくってどこへ？　犯人が潜んでいるかもしれないのに」

「返り討ちにするだけよ」

「どうしてもいきたいのなら止めはしないけどね、その前に一点だけ。夜子さん、昨夜なにをしていたか教えてほしいね」

「アリバイ確認、ですか？」

「捜査の基本だからね」

「ワタシは真哉さんといました。朝食の直前ぐらいまでずっと。ね？」

同意を求められた麻生は無言でうなずいた。

「ウチは訊くまでもないわね」

「夕子嬢のアリバイは僕が証明するよ。午前四時四十七分以降だけど」

「充分でしょ。その前まで朝子姉は生きてたんだから。でしょう、竹内」

「はい。四時三十分にはお二人がご一緒だったのをこの目で確認しております」

「ウチが犯人なら犯行時間は十七分しかない。みこちゃんと離れ離れだったのも三十分かそこらだった。この体であんな殺し方は不可能よ。犯人からは除外してもらうわ。犯人はガキか、竹内か関島。もう三人まで絞れたわね。よかったじゃないの」

話は終わりとばかりに手を振る。

「誰が犯人であれ、みんなで一緒にいれば手は出せない。バラバラに行動して不幸な目に遭うのはホラー映画の定番だよ」

「ご心配なく、自分の身は自分で守れるから。みこちゃんたちは探偵ごっこでもしてなさい」

事件が継続中であるならば、危険なのは彼女たちだ。防御を固めればいいものを。

姉妹の生き死にに興味はないが、二人は佳純の失踪に関与している疑いが強い。まだ死なれては困る。

「夜子は特別にエレベーターに乗せてあげるから即二階へいくわよ。やることはわかってるわね。さっさと片付けるわよ」

「……はい」

懸念をよそに夕子たちは出ていった。追随する者はおらず、誰からの発言もない。

ひとまず夕子たちは自由にさせておき、探偵ごっこを継続しよう。この件が佳純と無関係である保証はない。情報収集は肝要だ。

「竹内さんはどうです、昨夜は？」

「お二人とお会いしたあとは部屋で休んでおりました」

「おじさんは？」

「わ、私を疑っているのか」

「疑ってなんかいないよ。朝子さんを殺したら作品の供給がなくなるのだからね。動機の面では一番シロだ。平等に訊いているだけさ」

「そ、そのとおり。私の胸にあるのは深い悲しみだけだ」

「だよね。で、昨夜は？」

「一時ぐらいには寝てしまったかな」

それが普通だろう。アリバイを持つ方が稀有《けう》なのだ。麻生真里は……捜査対象外としておこう。

死亡推定時刻にもよるが、麻生のアリバイは夜子が証明している。僕が犯人でないのは僕がよく知っている。夕子もアリバイはあると言っていいだろう。

「竹内さん、この状況が外に伝わるまで日数はどれほどかかるでしょうか?」

「フランスへ発つ前日に取材が入っておりますから、遅くても二日後には事態が伝わると思われます」

「どこに殺人犯がいるかもわからんところで二日もすごせというのか」

関島が机に拳を叩きつける。

「怒鳴ってもしょうがないよ。どうやれば二日後まで無事にすごせるかを考えよう。食料などは問題ないですよね?」

「ストックは五日分あります」

「武器の類はどうです? どこに犯人が潜んでいるかわからない以上、護身用に持っておきたいのですが」

「武器……ですか? 包丁、鑿《のみ》、彫刻刀、錐《きり》……ビリヤードのキューや暖炉に火搔き棒などもございますが」

「わ、私は包丁をもらうぞ。まだまだ死ぬわけにはいかん。宝の山は絶対に生きて持ち帰らなくては」

「どうぞ」

キッチンを示してやると、関島はどたどた走っていった。

差し当たり僕はリーチのあるキューをいただく。武器として優秀そうな火搔き棒は麻生に渡した。子供を守るにはリーチがあり破壊力もある武器が必要だろう。

麻生は火搔き棒を強く握ると、

「これで現場に戻れるな」

予想外の言葉を発した。

「どういうこと？」

「殺人鬼と二日も同居するとなれば、ある程度自力で真実を探る必要がある。俺は現場で真相を調べてくる」

藪から棒になにを言い出すかと思えば。

「真里ちゃんはどうするつもりだい？」

「ここにいれば安全だろ」

「やめてよ、パパ。危ないじゃない」

崖から落っこちまいとするように麻生真里が父親にしがみついた。

「賛成だね。麻生さんの仕事は子守だ。ここでコーヒーブレイクでもしているといい。調査には僕が乗り出そう」

殺人犯はまだ敷地内にいると考えられる。館内で身を潜めているかもしれない。そこに佳純を……いや、麻生真里を庇護者である父親が放置していくなど言語道断だ。いかなる理由であれ同意できるものではない。

「単独行動が危険だと言ったのは御子柴だろ。いくなら俺も同行させてもらう」

「おじさんをつれていくから問題ないね」

「ふざけるな！　私はいかんぞ」

期待はしていない。方便のためだ。

「なら竹内さん、お願いしますよ」

本命はこちらだ。調査しつつ、佳純の件も追及できる。

そんな魂胆だったが、竹内はおどおどと頼りない。

「賛同者はいないみたいだな」

「まあ待ちなよ。よく聞いてくれ、竹内さん。館に殺人鬼が潜伏しているかもしれないのはわかりますね。行動するなら複数人がベターだ。では現場へ誰をつれていくか。麻生さんは子連れで、姉妹は不在。おじさんは専守防衛でいたいらしい。残るは竹内さんだけです。執事は客人の安全を確保するのも業務のうちでしょう？」

竹内は歯をガチガチと鳴らせている。

「男なら打って出ましょう」

「強制はよせ。俺と御子柴が現場へ向かえば丸く収まる話だ」

「前提は大切にしよう。麻生さんが最優先すべきは血をわけた子供の安全確保であり、犯人探しは二の次だ。安全な場所で守りを固める。親としてそうするべきだ。親の責務を放棄してまで、犯人探しをすべきではないね」

「殺人はまだ続くと俺は見ている。犯人の次の一手を防ぐには打って出るしかない」

「続くと言い切るその心を伺いたいね」

「あれは見立て殺人というやつだ。犯人は人形と死体の状況をリンクさせている。消えた人形はあと二体ある。最低二件は殺人が残っている前提で行動すべきだ」

「待ってくれたまえ。夕子さんや夜子さんまで殺人鬼が毒牙にかけるということか？」

関島が冷や汗を垂らす。

「流れから言うと、そうなりそうですね」

「そんな……」

「逆に言えば姉妹の人形が消えた以上、俺たちは安全ということです」

「甘いね。まだ見立て殺人と決定してはいない。毒牙にかかるのは僕らかもしれない。犯人探しが相手の逆鱗にふれたらどうする？」

「反撃のためのこいつだろ」

風切り音を立てて火掻き棒を振り下ろした。

「言いたくはないが、僕やおじさん、竹内さんが犯人だったらどうするつもりだい？　真里ちゃんを預けて行動しているうちに、もしものことがあったら一生後悔するよ。お互い睨みをきかせてお互いを監視する。その抑止力に勝るものはない」

これは効果があった。麻生は腕組みをして考えこみはじめる。

わかっているさ。現場を調べたくてたまらないのだろう。

我が子が犯人である可能性を抹消するために。

心労は察するが、麻生真里の安全を確保できなければ、自由行動はさせられない。

「決まりだね。現場には僕がいく。現場写真は撮ってきてあげるよ」

話を打ち切り、キューを担いで出ていこうとしたときだった。

「パパ、どうしてもいきたいの？」

「ん、あ、ああ……」

ぽかんと麻生が口を開く。

「そしたら、真里もいくよ」

僕は足を止めた。

「なにを言って……」

幽霊でも目撃したように麻生は困惑している。

「真里がついていけば、パパも安心でしょ」

「いや、だが……」

「真里は怖くないよ。邪魔しないで廊下で待ってるから」

「……わかった」

悩んで見せたのは数秒で、麻生はあっけなく提案を呑んだ。

「ただし、これだけは約束だ。絶対に部屋には入らない。いいか？」

「わかった約束する」

そのうなずきによって、二人の間では完結したようだった。

「よし、決まりだな」

親子で離れ離れにはならないが、殺人現場にはつれていく。アクロバティックな解決法である。殺人現場に幼い我が子を同行させるなど前代未聞だ。そんなものは探偵漫画のなかだけの話だろう。

しかし、そうくるのであれば僕も流れに乗るしかない。

殺人犯が潜んでいたとしても、武器を持った男二人においそれと手は出せないはずである。共同で麻生真里を見守るのが現状の次善策だ、と思っておこう。

なにより、あのような提案をした麻生真里の動向にも興味がある。ただただ父親を慮《おもんぱか》ってのことなのか、それとも――。

「なにを反論しようがもう決めたことだ。心配してくれるのはありがたいが、いかせてもらうぞ」

「親子の決め事まで否定はしないさ。そう決断したのであれば、お供しよう」

「私たちは置いてけぼりかね」

「おじさんもよかったらどうぞ」

「いくわけないだろう!」

常識的解答である。おかしいのは僕と麻生親子だ。


焼死体のある殺人現場までやってきた。

麻生真里は現場を見ないこと、なにかあれば遠慮せず大声を上げることを厳命され、入口で室内に背を向けている。

「さて、なにをどう調べたい?」

「まずは全体の観察だろうな。ここでなにがあったのか、気になるところがあれば教えてくれ」

室内を見渡しながら麻生は指示をした。

「了解」

初見より注意深く現場観察をする。

ベッドには黒焦げの死体だ。焼けた毛布がかかっている。死体は大の字で両手足がワイヤーでつながれ、断末魔の叫びを発したままの口内には、なにかが詰まっていた。ハンカチ、またはタオルであろうか。悲鳴を防ぐためのようだ。

自殺でないのは推察できる。両手足をつかわず自身に火をつけられはしない。なんらかの方法で火をつけたとしても、側にある消火器が打ち消している。発火後に消火器のグリップは握れまい。

床にはマッチ箱と空のペットボトルが三本転がっていた。嗅いでみると灯油の臭いがした。

「惨い殺し方をしたものだね。見立て殺人のために焼いたのか。焼いたから見立て殺人のようにしたのか。はたまた、まったく異なる意味があるのか」

「得もなくこんな面倒なやり口はしないだろう」

「犯人は厳重に施錠された創作室からなんらかの目的で人形を盗んでいった。失敗すれば警報が鳴り、盗むところを見咎《みとが》められて詰む。僕にはリスクしか見えないね」

「表向きはな」

気のない返事をし、麻生は部屋の物色を続ける。

僕はずらりと並ぶ人形をチェックしたが、自動殺人装置のようなものはない。

「見立ての理由と並行して、犯人の侵入経路も謎だね」

半開きの窓は一定の間隔以上ビクともしなかった。隙間は狭く、女性陣でも抜けられそうにない。

くぐり抜けられるとすれば、それは小柄な麻生真里のみ。

ある事柄を説明する際、必要以上に多くの仮定をすべきではない。オッカムの剃刀だ。

その原則に基づいてみれば、唯一密室に出入りできる人物は誰か。子供しかいない。イコール麻生真里が犯人である、と解はシンプルに導ける。

麻生も気づいているはずなのだ。汗を流しているのは、娘が犯人という芽を摘むために違いない。

それには密室の解明が必要不可欠だ。娘でなくとも施錠されたこの部屋に下り立てるのだと論証しなければ、やがては娘に害が及ぶかもしれない。

解けるか、この謎が。

焦らずゆっくり探すといい。麻生真里犯人説に至ったのは、おそらく僕と麻生しかいない。子供の犯行だなど、普通は候補にも挙がらないものだ。

「どうして窓がこの程度しか開かない？」

憎々しげに麻生は窓を閉めた。窓が全開になっていれば、誰でも犯人となり得た。絶妙な隙間が娘を犯人と名指ししている。

「泥棒対策として窓の開閉は最低限しかできないようにしたと聞いた。窓ガラスは銃弾でも割れない加工が施されているそうだ」

「さすが資産家だな。それでいて姉妹の部屋の合い鍵はないのか」

「そうらしい。入れるのは本人か、心許された人のみだ。謎が山積しているね。なぜ見立て殺人をしたのか。なぜ、どうやって密室を作ったのか。犯人は誰か」

「密室の謎が先だ。見立ては頭のおかしい奴が道楽でやったとでも説明できる」

「隠し扉でもあればね……」

「建設されたのは明治ごろだそうだ。どんでん返しの床や壁があったとしても驚きはしないが……」

「シンプルな白壁にフローリングの床だ。仕掛けがありそうな雰囲気はないね」

「見落とさないようにローラー作戦でいこう。疑わしきは片っ端から潰す」

壁床にふれ、叩く。材質の変容はない。不自然な音のゆらぎもなし。クローゼットのなか。天井。ベッドの下。数々の人形も調べていく。

残念ながら怪しい点は皆無だった。

「仕掛けはなさそうだ」

額に滲んだ汗を拭った。

「隠し通路がある家屋など現実には存在しない、か」

「次の一手はどうする？」

「前提を疑いたい。本当に他殺と断定していいのか？　一見すると自殺には見えないが、どうにかして自身に火をつける手段もあると考えてみるんだ」

「他殺みたいな自殺をしたのはなぜだい？」

「彼女らは一般の感覚で括れない芸術家だ。自作と自身の死を同調させるところに芸術性を見出した、と考えられなくもない」

「自分の死さえも芸術だと？　芸術家の鑑だね」

「この異常な現場を見てみろ。それぐらい飛躍した考えでもつり合う」

「なにをやらかしても不思議ではない三人だけどね。手足を縛ったまま火をつけ消火までする方法を思いつけなければ、机上の空論だ。または火をつけて消火したのち、手足を縛る方法でも可だけどもね」

返答はなく、麻生は室内をぐるぐる回る。一朝一夕で解ける問題ではない。本来、推理などというものは鑑識が現場を調査し、司法解剖などが行われてから組み立てていくものだろう。徒手空拳で挑むには山が巨大すぎる。

「入口からも出られず隠し扉もないのであれば、やはり窓から出るしかないね」

「窓は調べただろ。そんなところから出られやしない。取り外そうにも蝶番《ちょうつがい》は内側でガラスも防犯ときている。窓より自殺のやり方を考えてくれ。それが現実的だ」

自殺説での一点突破に決めたか。たしかに自殺であるならば密室の謎は放棄できるのだから王道ではある。

課題は、どのようにその理屈を成立させるかだ。

「共犯者がいたと仮定するのはどうだ。朝子は灯油を被ったあと、どうにかして手足を縛った。共犯者は外から火のついたなにかを投げ入れて着火させる。頃合いを見計らって外から消火器をつかい、鎮火後は室内に消火器を投げ入れる」

「『どうにか』や『なにか』が多すぎだね。窓の外で消火器を噴射すれば、窓からベッドまでに消火液の痕跡が残りそうなものだが、それはなさそうだ」

麻生は小さく舌打ちすると、

「……他にも検討してみよう」

徒労に終わりそうだが、奇跡を祈ろう。

ドスン。

唐突に、祈りを遮る鈍い音がした。外だ。窓から覗くと、地面に悪魔像がめりこんでおり、あとから人形も落ちてきた。ひとつ、ふたつ、みっつ、よっつ。

二階の窓からだろうか。作品が次々と落下してくる。

「どうした?」

「なにやらご乱心のようだ」

窓辺を譲ると麻生はしゃがんで窮屈そうに外を見上げた。

「まさか犯人がいたのか？」

「それなら悲鳴ぐらい上げそうなものだね」

「なにがしたいんだ？」

作業を一時中断し、麻生と部屋を出た。

「ちょっと二階へいこうか」

麻生は娘を抱き上げ、愛おし気に頭をなでながら二階へ向かう。

さぞ複雑な心境だろう。幼い我が子が人殺しかもしれないのだから。

抱かれた腕の隙間から見える麻生真里の顔は、子供らしからぬ険しさであった。心中なにを思っているのだろうか。

二階では、姉妹がサッシを外し、そこから作品を投げ捨てていた。夕子が片っ端から火搔き棒で人形を叩き落とし、追撃で頭や体を砕く。崩壊した人形は夜子が放り投げる。

「二人でなにをしているんだい？」

「みこちゃん、いいところにきた。呼びにいこうと思ってたのよ。手伝いなさい」

火搔き棒を突き出してくる。

「心血注いで作った作品たちだろ。あの悪魔像も苦労して購入したと聞いたけど」

「犯人の隠れ家を潰すためよ」

「どういうことだ？」

麻生が疑問を投げかける。

「ご覧のとおり、お館中は作品で溢れています。不審者が潜む場所には困りません。これらを隠れ蓑にした犯人が襲撃してくるというのは、ありえない想定でしょうか？　潜めそうな場所を潰していくのは理にかなっているはずです」

「だとしても壊して捨てていくのはやりすぎじゃないのか？」

困惑の麻生に夕子が口角を吊り上げる。

「ナイフを持って突進してくるとは限らないでしょ。人形に罠が仕掛けられてたらどうするのよ。罠ごと粉砕するのが賢いでしょ」

人形を火掻き棒で叩き落とし、一撃で頭部を割った。

「真哉さん。できれば手伝っていただけませんか」

潤んだ目で見上げる夜子の手にはナイフが握られている。脅しているかのようだが、事実、半分脅しなのであろう。

「いや、遠慮させてくれ」

視線を落とし、娘を少し抱き寄せた。麻生には我が子の疑惑を晴らす使命がある。ゴミ捨てをしている場合ではないのだが、その態度が気に入らなかったのか、夜子の媚びるようだった目つきが暗く歪んだ。

「まさか夜子のお願いが聞けないの？」

先んじて睨みを利かせたのは夕子だった。

「そうじゃない。密室の謎が解き終わっていないからだ」

「無駄よ、無駄。ほら、ガキんちょもお願いしなさい」

「やだ」

父親の足にしがみついて震えている。

ここは転換点だ。僕も対応を考えねばならない。夕子の矛先は麻生親子に向いているが、こち

ら へ照準が移るのは時間の問題である。平時ならつき合うが、僕にも計画があり、何時間も浪費しそうな雑事につき合う暇はない。僕と夕子の関係上、拒絶は難しく、拒んだところで夕子も意固地になって僕を引きこもうとするだろう。そうなれば僕も佳純のための時間を確保すべく戦わねばならない。夕子との関係はまだ保持しておきたいが、最悪切れてもかまわない。貴重な時間を失う方が痛い。

先んじて適度に反論、衝突し、向こうから拒否するように仕向けるか。それで疎まれてもやむなしだ。

「嫌がらせは感心しないな。大人げないよ」

「みこちゃんには聞いてないわ」

「黙っていられないね。二人にも迷惑だ」

「ウチをイラつかせないでくれる?」

「外へ敵意を向けるのは不遜だと言いたいだけだ」

「は?」

夕子が獣の目つきになる。そろそろ引きどきかと頃合いをはかっていると、

「やめてくれ」

麻生の一声が流れを止めた。

「もし殺人犯が潜んでいたら、仲間割れは敵の思うつぼだ。言い争いはやめよう」

思わぬ援軍だ。

「……俺が二人分手伝う。これらを片づけてから犯人探しでも遅くはないからな。代わりに御子柴には真里の面倒を見てもらいたい。頼めるか?」

目的よりも調和を優先か。争いの要因となる僕にお守りの役目を与えることで、この場から遠ざけようとしてくれているのはありがたい。麻生と信頼関係を築いた価値があったというものだ。

僕は麻生の腕を引いて姉妹から距離を取った。

「謎解きはいいのかい？」

「一通り現場のチェックはできた。夜子たちにも話を聞きながら、考えをまとめる時間に充てるさ。体を動かしている方が頭も働くからな。険悪になるぐらいなら手伝って早く終わらせるのが賢いだろ」

大した冷静さだ。

「助かるよ。真里ちゃんは任せてくれ」

足にしがみついたままの彼女に視線を送る。

「御子柴こそかまわないのか？　ああは言ったが、子守をしていたらお姉さんを探す時間が減るぞ」

小声の麻生へ笑顔を返す。

「協力を頼んだ僕が胡坐《あぐら》をかいてはいられないさ。子守りぐらい任せてくれよ」

「すまないな」

「謝るのは僕の方さ。モンスターの相手をさせて悪いね」

「黙々と作業をしていれば気にならないだろう」

「内緒話はそれぐらいにしておきなさい。時間は有限なのよ」

夕子がじれている。長話は終わりだ。

「真里ちゃん。それなら僕と下へいこうか？」

顔を上げた麻生真里は僕を見たあと、父親へお伺いの目を向ける。

「嫌じゃなければ、いってきてかまわない」

「いいの？」

「いってきなさい」

「大丈夫かしら？　みこちゃんが犯人かもよ」

にやけ顔の夕子がナイフで刺すジェスチャーを繰り返す。

「これで真里になにかあったら犯人確定だ。御子柴がよほどのまぬけでなければ手は出さない」

「あっそ。それなら即労働しなさい。さっそくあれを頼むわ。女の細腕だと重くて」

廊下奥に人間が絡まったトーテムポールのようなものがある。

「あとみこちゃんには、これだけ言っとくわ。盗まれた人形がもしあったら即行教えにきなさい。ウチがこの手で葬るから」

「承知したよ」

どうしても自ら手を下したいようだ。売却済みの作品を壊して回っただけのことはある。

「いいか真里。お兄さんの言うことを聞いて大人しく待っているんだぞ」

「うん、お約束できるよ」

トーテムポールへと走っていく麻生を見送り、階段を下りた。

ロビーも一面、彼女らの作品で溢れている。すべてを除去するのであれば何時間かかることか。ご苦労なことである。

僕のなかでは結論が固まりつつあった。数十分前までは未知の犯人も想定していたが、いま頭にあるのはただ一人である。

麻生真里。論理は単純明快だ。あの犯行が可能な人物こそ犯人であり、可能だったのは麻生真里しかいない。現場の調査でその結論を強くした。この機会にじっくりと見定めさせてもらおう。しかし、まずは竹内への事情聴取だ。同時進行で、さらに見極めるため麻生真里へと餌を撒く。どう行動するか見ものだ。

隣を歩く麻生真里の顔色はかすかに紅潮していた。先程の険しい顔とは比べるべくもない。彼女はこの自由時間にどのような行動を起こすだろうか。興味は尽きない。

サロンに入ると、掃除をする竹内とワイングラスを傾ける関島がいた。

「真里ちゃん、これから話をしたい人がいるんだ。ちょっと長くなると思う。ひとりで遊んでいられるかな?」

「いいよ。どれぐらいお話しするの」

心なしか声が弾んでいる。

「そうだね……一時間以上、場合によってはもっとかかるだろうね」

「うん！　平気だよ。ひとりで遊んでるね」

餌はお気に召したようである。ぱたぱたとサロンのなかを走っていった。キッチンに入ったのを見届け、僕は開口一番こう言った。

「おじさん、一大事発生だ。彼女たちが作品を捨てているよ」

「もう一度言ってくれるか？　作品を捨てている、と聞こえたが」

「館中の、作品を、捨てている」

一言一句はっきり言ってやると、関島はワイングラスを落として飛び上がった。

「ほ、本当かっ！」

「本当だよ」

「待った待った！　正気じゃないぞ、それは！」

海でもがくように手を振り回し退場していった。これで竹内とじっくり対談ができる。

キッチンにいる麻生真里はお菓子を食べつつ、目線の端でこちらを窺ってくる。わかりやすい。気づかないふりをしてあげよう。

逃げ道はそこにある。いつでも出ていくといい。隙はこれから作る。

「それにしても大変なことになりましたね。生きているうちで殺人事件に巻きこまれるとは思いもしませんでした」

椅子に腰かけ、竹内へも着席を促す。

「同感です。いったい誰が……怖ろしいことです」

着席した竹内は心苦し気に顔を伏せる。それは本心に見えた。

「怖ろしいと言えば、こういうことがありました。ある女性がこの館を訪ねたのです。ところが不可解なことが起きました。ここへきて、それきり帰りを待つ家族の元に帰らなかった。たしかに館へきたはずなのにです。怖ろしいと思いませんか？」

身じろぎせず竹内は僕を凝視してきた。

「どういう意味でしょうか？」

感情の起伏は見えない。表情と声から心の深層はわからなかった。

「御子柴佳純。知っていますね？」

「ええ。朝子様たちのご友人でございますね」

「佳純は僕の双子の姉です」

「……そうなのですか」

佳純の名前や血縁関係を続け様に提示してみたが、動揺はない。表れたのはむしろ気づかいである。

概《おおむ》ね僕の予想内の反応だが、さらに深く掘る。

「竹内さんの姉宛てのメールを読みました。創作室に入らせるという約束でしたが、どのように入らせるつもりだったのでしょうか？」

表情、仕草、声音。微細な変化を見逃すまいと観察する。先入観は捨て、五感を研ぎ澄ます。

竹内は無言で黒目を斜め上に動かす。数秒動きを止めていたが、

「メール、ですか？」

「はい。姉に送ったメールです」

「申し訳ありませんが、記憶にありません。パソコンは支給されておりますが、プライベートなメールは送ったことがないのです。送るような友人もいないので」

淀みのない説明だ。

「パソコンを見せてくれと頼んだら、どうします？」

「ご希望であれば」

「お願いします」

「わかりました。先ほどまで作業をしていましたので……」

嫌がるそぶりもなくノートパソコンを持ってきた。ロックはかかっていない。操作は何者でも可ということになる。

メールソフトを開き、送信済みメールやゴミ箱を閲覧する。佳純へのメールはない。メールア

ドレスも照合する。

アドレスは佳純のパソコンに表記されていたものと同一である。このパソコンから送信されたのは確定した。

「メールを送った心当たりはないのですね？」

「大変申し訳ないですが……」

信じよう。直感とも一致する。メールは竹内に罪を着せるべく送信された線が濃厚だ。

誘い出して誘拐するのであれば、自宅のパソコンへのメールは悪手である。証拠が残ってしまうからだ。他方、スマートフォンへの送信であれば攫《さら》う際に奪え、証拠は残らない。ハッキング技術があり、遠隔でメールを消せるのであれば別だが、メールは残っていた。その線はうすい。自宅のセキュリティソフトは正常に稼働していたので、ウイルスの線も一応はないと言える。実弟がメールとその文面を明らかにしている状況で「メールは送信していない」との立場を取るのも悪手だ。疑いを濃くされるだけなのはわかるだろう。ではメールの痕跡を残すという悪手が行われた理由はなにか。竹内がよほどの低能でなければ、送信者を犯人と疑わせたいからではないだろうか。

送り主は常世三姉妹の誰か、あるいは全員の仕業とみる。いつでも竹内のパソコンを操作できるのだから。

パソコン内をさらに探っていると、あるファイルを発見した。画像データだ。開く。ずらりと肉塊が並んでいた。切断された人の腕、顔面蒼白な男、血を吐き倒れている女。人形でなければ、これは死体なのだろう。

「こんなものが出てきましたが、心当たりは？」

「い、いいえ、写真の保存をしたことすらありません。なぜこんなものが……」

寝床で幽霊に出会ったかのような顔だ。

いくつか解釈はできる。

第一は、真犯人が竹内に罪を着せるため画像を潜ませた。

第二は、竹内が逆張りをしている。犯人ならば、こんなわかりやすい証拠は残さない。よって真犯人にハメられているのだ、と。

第三は、竹内の記憶が消失しており、犯行を忘れている。彼は記憶喪失の過去を持つ。後遺症でメールや画像の記憶がなくなっている可能性だ。

もっとも蓋然性が高いのは『一』である。感覚的なところが強いのは否めないが、佳純の行く先が竹内へ誘導されている臭気は非常に強い。取ってつけたような画像も拍車をかける。ただし証拠はなにもない。

『二』はない。危険な賭けであるからだ。逆張りをしたところで、疑われる危険を上回る利益はない。よほど強固なアリバイでもあれば別だが、竹内は佳純の失踪直前まで同じ館にいた。疑いを二重にさせる意味はない。

『三』に関してはわずかながら可能性はある。

「竹内さんは記憶喪失になった過去があるそうですね？」

「ええ、路頭に迷うところを常世家で拾ってもらいました」

「後遺症はないのですか？　記憶障害とか」

「医師からそのような診断はされていません。記憶喪失についても脳に異状は見られない、と言われたほどですので」

「頭ははっきりしていると」

「はい、このような写真は保存しておりません」

記憶がないのであれば、この断言も信用できないわけではあるが……医者のお墨付きはあるようだ。

「記憶喪失にはどこでどういう状況で？　差し支えなければ教えてもらえますか」

「一年ほど前、隣町での出来事でした。乗っていた観光バスが事故を起こしたのです。目覚めると病院で、看護師に名前を問われ答えたのです。ところが看護師は怪訝《けげん》な顔をしておりました。あとで訊くと、所持していた免許証と答えた名前が違っていたので驚いたのだそうです。免許証には見知らぬ顔があり、鏡にも別人が映っていました。信じられませんでした。私は病院を抜け出し、記憶にある我が家へ帰りました。待っていたのは妻……と思っていた女性でした。夫は亡くなった。気味の悪い冗談は止めてくれと追い返されましたよ。そこで諦めました。おかしいのは私の方だ。私は竹内太《たい》蔵《ぞう》なのだと。切り替えはしましたが不安は募りました。記憶にある自分とは別人となっているのですから。どうやら独り身だとわかり、今後どのように生きていくか途方に暮れていました。それを不憫に思った常世家に雇われ、館に住まわせてもらっているという次第です」

　なるほど。僕でなければ出来の悪い言い逃れだと断罪するような物語である。

「私は疑われているのですか？」

「いえ、創作にしては荒唐無稽にすぎるでしょう」

「そう言っていただけると幸いなのですが……」

「一応、姉が訪問したときの詳細も伺ってかまいませんか？」

「憶えている範囲でよければ」

「充分です」

「語るほどの内容ではありませんが、あの日の十五時ごろでしょうか。朝子様たちが御子柴様のお姉様――佳純様とお帰りになりました。作品のファンだと紹介され、興味深そうに人形を観察されておられました。数時間たったころでしょうか。朝子様たちが予定を失念していたとのことで、館を離れられたのです。佳純様はもうしばらく滞在してよいとのことで、残って作品を見ておられました。日が落ち切ったころまで見学され、橋向こうにある駐車場までお見送りして、私が知るのはそこまでです」

「姉の車の行方は……知るわけありませんよね？」

「申し訳ないのですが……」

僕が知るプロセスと大差ない。その後なにかあったのであれば山中か、町へ下りたあとの道程か。拉致するならば山中が好都合であろうが。

攫って、自由を奪い、車中にでも監禁する。竹内が就寝したあとで館へ運び、秘匿性の高い創作室で……その後は暖炉、いや焼却炉で証拠隠滅を……想像を停止した。

「ありがとうございます。きっと家出でしょうが、どうしても気になってしまい……不快に思われたらすみません」

「いいえ、こちらも案じておりますので」

「お気づかい感謝します」

一貫して、表情や発言に嘘の臭いはなかった。第一工程は終了だ。以後は仮説の正誤を見極めるフェーズに入る。

その前に——。

キッチンを覗く。

無人だった。食べかけのお菓子だけがあり、窓から風が吹きこんだ。

どうやら餌に食いついたようである。

キッチンの窓から外を見下ろしてみた。姿はない。窓は大人の身長ほどの高さがあり、外には木箱がひとつだけ転がっている。あれを足場にすれば、低身長でもこの窓から戻れるだろう。

念のため、収納棚をひとつひとつ見ていく。調理用品などがあるのみで人はいない。

さて、どこへ向かったか？

自由に泳がせればどういう行動を取るか興味はあったが、彼女がなにを目指すかは予測しきれていない。犯人探し、証拠隠滅、探検、気まぐれ、次の犯行準備。候補はどれもありうる。

一時間は話すと言ったが、そのつもりは毛頭なかった。麻生真里がその気で悠長に構えていたならば、さぞ面食らうだろう。現場を押さえ、目的を知れたら僥倖《ぎょうこう》だ。

さて、いくとしよう。

その前に、慌てる様子を見せておく。

「真里ちゃんは見ましたか？」

キッチンから飛び出して言った。

「そちらへ入っていかれるのは見ましたが」

「どこかへ出てはいませんか？」

「いいえ。まさか、真里様がいなくなったのですか？」

無人のキッチンを見て竹内は慌て出す。

「残念ながら。僕は外を探してきます。危険なので出たあとは玄関の鍵を閉めてください。真里ちゃんが戻ってくるか、僕が声をかけたら開けてください」

「承知しました」

「まだ外へ出たと決まっていません。麻生さんたちには黙っていましょう。ただでさえ張りつめた状況を無駄にかき乱すべきではありませんから」

「そうですね」

口止めしてからサロンを出ると、関島も加えて作業を続ける麻生たちが見えた。何食わぬ顔で玄関から外へ出ると、扉を閉め周囲を確認する。庭は紅葉した木々があるのみで、木の上も見上げたが、雀一羽いない。

館を周回した。いない。館を囲む崖まで進み見下ろした。切り立った崖と砕ける川の流れに落ちれば一巻の終わりだ。

朝子の部屋前へやってくる。窓から室内を覗くが、変わった様子はない。焦げたベッドと遺体、大量の人形しかない。現場で暗躍しているかとも考えたが、当てが外れた。僕の足音を聞き取って、一足早く逃走したのかもしれないが。

創作室の周辺にいたのは野鳥ぐらいであったが、近くに梯子《はしご》が放置されていた。昨日散策したとき梯子は木に立てかけてあった記憶があるのだが……。

持ってみると軽く、子供でも運べる重量だ。屋根には煙突があり、高所恐怖症でなければ登れなくもないだろう。目的地は創作室内か？　いずれにせよ、僕の体では煙突を通過できない。

二階からは絶え間なく人形が落ちてくる。いまだ断捨離中のようだ。

尋ね人は発見できず、最後にキッチンへと歩く。窓の真下に木箱があった。僕は動かしていない。ならば移動させたのは……つまりはそういうことなのだ。玄関まで戻った。

「竹内さん開けてください」

声をかけてノックすると、扉が開いた。

玄関には気まずそうな竹内と、

「そこにいたんだ」

麻生真里が立っていた。笑いそうになるが我慢した。

「ここで待機しておりましたら、うしろから話しかけられまして……」

「どこにいたんだい？　探したんだよ」

力一杯に心配気な顔を作り、しゃがんで茶番につき合う。

「どこって、キッチンにずっといたよ」

「いなかったよ、どこにも」

「いたのはキッチンの棚のなかだよ」

「棚のなかに隠れていたのかい？」

「そうだよ、ずっと隠れてたのに見つけてくれないんだもん」

頬を膨らませているが、僕は嘘だと知っている。なかには誰もいなかった。

「もしかして、かくれんぼしてたとか？」

内心をおくびにも出さず尋ねた。

「うん」

子供らしく元気にうなずく。

キッチンから子供が消え、窓が開いていれば、誰もが窓から出たと慌てる。その状況下で棚を開けて調べる者はまずいない……とでも予期していたのだろうが、生憎と僕は普通ではない。

「全然わからなかったよ。今度隠れるときは言ってね。おにいさんびっくりしたから」

物わかりのいい大人を演じる。

「ごめんなさい」

謝罪しながらも麻生真里の視線は入口の扉へ流れている。未練があるのだろう。抜け出してまで遂げようとした目的は達せられなかったようだ。ひとりにしてやればまた動くだろうが、麻生真里への疑惑を確定させるという僕の目的はほぼ達せられた。彼女をただの子供として扱うべきではない。腹に一物あるのはもう疑いようがなかった。

この辺りで、一度本来の目的へ注力するとしよう。

「そろそろパパたちの様子を見にいってみようか」

「え、あ、うん」

浮かない返事だった。

親元へ返されると自由はさらに制限される。それを危惧しているのだろう。

竹内を残してサロンから出た。

麻生真里の足取りは重い。考えこむようにうつむき、かろうじてついてきている様子である。

二階では忙しく作業をしており、東側は多少片づいたようで、広々として見える。

「ほら急ぎなさい」

夕子が手を叩いて煽り、麻生は黙々と作業をこなし、関島と夜子は小物を捨てていた。人形はずいぶんと数を減らしたようである。

「みこちゃんも悔い改めて手伝う気になったの？」

僕たちに気づき挑発的な笑みを投げてくる。

「貢献は別方向でさせてもらうよ」

「なにするつもり？」

「僕は僕で犯人探しをするつもりだ。犯人を追いこむのもいいけど、こっちから攻めるのも悪くないだろ」

「無駄よ」

「そればかりだね。犯人さえ見つけてしまえば、大掃除の必要もなくなる」

「好きにすれば。ウチらは忙しいの」

館を探られても問題はないと。ならば遠慮なく動かせてもらおう。

「そういうわけだ、麻生さん。悪いけど子守りは……」

「聞いていたよ」

像を窓から投げ捨て、麻生が腰を伸ばした。

「いくぶんかは片づいて見通しもよくなった。真里がいても目が行き届くだろ。世話をかけて悪かったな」

「全然」

「そういうわけだ真里。ここでいい子にしていられるよな？」

「え、う〜んと」

歯切れが悪く父親から視線を逸らし、

「真里もおにいちゃんについてっちゃダメ？」

意を決したように言った。

「……ダメに決まっているだろ。我儘《わがまま》も大概にしなさい」

苛立ちが含まれた声で咎《とが》める。

「だって……悪い人を捕まえるのはいいことだよ」

「そういうのは大人がやることだ。子供はやらなくていい」

強い語気に麻生真里は肩を落とす。麻生は娘の目線に合わせてしゃがんだ。

「いいか真里。お前まであんなことになったらパパは生きていけない。頼むから危ないことはしないでくれ、頼む」

「……わかった。ごめんなさい」

殊勝に返事をして顔を伏せた。

「わかってくれたらかまわないんだ。いいことをしたい気持ちは正しい。いつかそれを他のことで役立ててくれ」

「うん」

気を取り直したように大きく首肯した。

「それなら真里は自分の部屋で待っててていい？　邪魔になっちゃいけないから」

麻生は悩むように手を顎へ当てていたが、

「……かまわないが、パパ以外の誰がきても絶対にドアを開けないと約束だ。いいな」

「パパ以外は開けない。約束」

「それなら部屋を見ておこう。安全をチェックしておかないとな」

親子で手をつなぐ。

「俺はいくが、御子柴も気をつけろよ」

「了解。お互い無事で再会しよう」

「休憩はそこまでよ。これを運びにきなさい」

「少しだけ待っていてくれ。真里を部屋につれていく」

「ったく、一分以内よ」

夕子がカウントするなか、麻生真里の部屋へ親子で向かっていった。あとは麻生真里の行動力次第となる。これでも動くか否か。観察したいが、僕にも使命がある。

ひとまず一階の自室に戻り、道具をナップサックに詰める。

館の捜索を夕子は渋らなかった。誰でも出入りできる場所にはなにもないからだと推察できる。故に、注力すべきは姉妹のみが出入りを許された場所だ。それは創作室しかない。

創作室へ至ると、鉄製の重厚な扉に迎えられた。

見立てで用いられた人形はこのなかで保管されていたという。犯人は鉄扉の向こう側へ侵入し人形を持ち去らなければならない。滞在者で犯人候補は絞られる。暗証番号を知る常世の人間。確率は低いが、暗証番号を盗み見たかもしれない竹内。そして麻生真里だ。

正面から扉をくぐらずともよいのだ。煙突は適度な大きさがあった。子供一人ならば煙突の穴から創作室内へ下り立てる。暗証番号が漏洩したのでなければ、この論理こそ唯一の解となる。

煙突を抜けられない僕は正攻法で番号を推測する必要がある。下ごしらえとしてキーパネルを前日に磨いておいた。キーにふれさえすれば指紋が採取可能だ。インターネットで購入した指紋採取セットで検出できるはずである。

指紋採取に必要な粉末と綿棒を用意した。安物のセットだが、何者の指紋であるかを知りたいのではない。どのキーパネルが押されたかを知りたいのだ。暗証番号が四桁だとの情報までは夕子から訊き出した。残るは組み合わせを推測できれば開く。

慎重に作業を進めた。粉をまんべんなく塗り綿棒で落とす。

指紋が付着していたのは0、4、5、9であった。

四桁の数字の組み合わせは一万通りだという。ランダムに押しても当たらない。しかし、適当に決めたつもりであっても、人間は無意識のうちに法則性に則った選別をすることがある。歯を磨くのはいつも右の奥歯から、など無意識な意思決定が日常行われる。それは教育や生活環境などで個人差が出るものである。事前調査では現在の暗証番号を設定したのは夕子と判明していた。夕子の好きな数字の羅列、組み合わせを勘案すれば、範囲を絞れるだろう。

四回失敗したが最後、警報が鳴り響く。数字は慎重に確定しなければならない。

夕子のスマートフォンのパスコードは盗み見た。好みの数字なども尋ねてある。テンキーの指紋の位置から指の動きを推察もする。その他、今日までに仕入れたあらゆる情報から暗証番号を絞ってきた。甚大なリスクを負うがベットする以外の選択肢はない。

なに、しくじったらそのときは強硬策に出るまで。御子柴弘樹の仮面を脱ぎ、脅してでも真相を聞き出す。どう転んだところで佳純に近づける未来は不変なのだ。

いかなる犠牲を払おうとも僕は佳純の行方を知る。そして取り返す。

「そこに入りたいの？」

声がした方向に振り向く。

いつの間にか廊下に麻生真里がいた。一人だ。他に誰もいない。

存在よりも面と向かって声をかけてきたことに驚く。

「どうやってここへ？」

「パパが運んでた——」

麻生の隙をついて部屋を抜け出した方法を教えてくれた。単純だが、うまくやったものだ。

「すごいけど、約束を破るのは感心しないね」

「しー。パパにバレちゃう」

「帰らないと心配するだろ」

まだ仮面を装着している手前、常識ある大人としてふるまう。

「嫌。パパを助けたいの」

「危ない人がいるかもしれない。なにかあったら大好きなパパが悲しむんだよ」

「大丈夫。真里は強いから」

「君が勇敢なのはとっくに知っているよ。いつか別の形で発揮するといい。いまは戻りなさい。怒られるのが嫌なら一緒に謝ってあげる」

手を握ったが、嫌だと振りほどかれる。

「真里なら入れるよ。この部屋に」

彼女は髪を耳にかけ、指先でいじった。

「ここに入りたいんでしょ？」

発言に驚いたかのような顔を作ると、麻生真里は力強く見上げてきた。

やはり彼女も創作室への侵入を望んでいるのだ。部屋の前で難しい顔をしていた僕を見て、味方に引き入れるべきと英断したのだろう。聡明だ。大人と手を組めば、子供独特の制約も打開しやすくなる。

「真里なら、入れる」

念を押すように繰り返される。

「入れないさ。暗証番号を知っているとでも？」

答えは出ているが、回りくどいプロセスを踏む。

「暗証番号がなくても入れるよ。部屋の外に煙突があったでしょ。真里ならそこから入れる」

「本当に……やれるのかい？」

「うん、やれるよ」

歓迎しよう。僕も暗証番号の賭けに外れた際のリスクをなくせる。

そうと決まれば急がなければ。麻生が娘のいる部屋に入ってしまえばややこしくなる。

「いこう」

廊下とロビーを隔てるドアを開けた。二階を窺うと作業は続行中のようで、麻生真里は夕子の部屋にある窓から外へ出ていってもらった。

見られても問題がない僕は悠然と玄関から外へ出る。

待っていた麻生真里と創作室前へと急ぎ、木製の梯子を屋根に立てかけた。僕が支え、麻生真里を先に上らせる。高さ十メートル程度の煙突には足場があり、そこを伝えば登っていけそうだ。

「怖かったらやめていいよ」

「怖くなんてないよ。いってくるね」

躊躇《ちゆうちよ》もなく、慣れた動作で煙突を登りはじめた。

「侵入できたら内側から扉を開けてくれ」

「わかったよ」

この高さと頼りない足場に臆せず登れるのは、よほど高所に強いか、二度目の体験であるかだ。

昔、煙突掃除は子供の仕事だったと聞く。子供がなかに入り直に掃除をしていたそうだ。この煙突がどのように掃除されていたのかは不明であるが、麻生真里ほどの体型ならば通過できるだろう。

頂上に到達するとスムーズに煙突内へ入っていった。迷いがない。姿が見えなくなると、僕は悠然と館に戻った。静かに館内へと入り鍵を閉める。二階の麻生たちを横目にロビーを通り、創作室まで歩いた。扉前にはまだ何者の姿もない。ドアノブを押し引きしてみるが、ロックされたままだった。

まあいいさ。労せず創作室への切符をもらったのだ。彼女の気がすむまで待とう。

どれほど待っただろうか。ゆっくりと扉が開放される。

「ごめんなさい、遅くなって」

申し訳なさげに麻生真里が顔を出した。煙突の煤《すす》のせいか服が所々黒ずんでいる。

「心配したよ。なにかあったのかと」

顔色を観察する。特段、喜怒哀楽の感情は見受けられない。

「あのね……部屋がなんでかめちゃくちゃになってて、歩くのが大変だったの」

「だから遅れた?」

「うん」

追及しないが、嘘だろう。

「僕は入るけど、どうする?」

「真里も」

当然のごとく二人で奥に進む。短い廊下の先にもう一枚の扉があった。

二枚目の扉を左に折れると、そこはだだっ広い空間だった。地震でも起きたかのように荒れている。犯人か、あるいは人形が盗まれ憤慨した夕子たちの仕業だろう。

異臭が充満しており、割れた瓶からは極彩色の液体が流れている。試験管やビーカー、大人の腰ほどもある大鍋もあった。臭いは調合した薬かなにかだろうか。瓶の液体を嗅いでみると鼻を突き刺す臭気がした。異臭の一端ではあるが、別種の様々な臭いも混ざっているようだ。他の瓶には睡眠導入剤や、英字がプリントされた用途不明のものもあった。

三台のベッドには鉄製の格子が立っている。三姉妹が寝るには窮屈そうな寸法であるが、幼少期であれば収まるだろうか。

本棚も倒れ周辺には本が散らばっていたが、きな臭い古書が目白押しだった。広い作業台もあるが、三姉妹の人数分プラス一台あった。常世三姉妹という通称であるが、実は四女が存在していると調べがついていた。その妹の分なのだろうが、使用感はない。他三台には刃物傷やへこみなどが目立つ。

マネキンらしき腕や仮面などの小道具も散見される。壁に陳列されているのは鉈《なた》やドリル、ノコギリに金槌《かなづち》、ワイヤーなどだ。人形制作にしては大仰である。

創作室の名称に反し、人形制作で使用できそうな道具はごく少数だ。夕子の寝室などとは根本的に品揃えが異なる。

ここは創作活動に励む部屋ではない。疑惑が暗雲のように立ちこめてきた。

「僕はもう少し調べるけど、真里ちゃんはどうする？」

「ご本でも見てみようかな」

麻生真里は黴《かび》臭そうなハードカバーの本を拾い上げた。絵本が似合う年齢の子が好む本には見えない。僕に声をかけた時点で吹っ切っていたのだろうか、子供のイメージをかなぐり捨ててきた。

そこまでして読むべき内容とはなにか、興味が湧く。

さりとて、佳純に先行するものではない。意識を切り替えた。

部屋の惨状にばかり目がいくが、最も目立つのは暖炉である。直径は優に三メートルを超え、庭の焼却炉が想起された。灯油ポリバケツは四つある。焼こうと思えば大人も焼却できそうであった。山奥の、閉鎖された部屋の、巨大な暖炉あるいは焼却炉で証拠を焼き、燃え残りは川の激流へ葬る。理にかなった証拠隠滅方法だ。

暖炉にはかすかな熱気が残る。灰のなかにある黒い人形《ひとがた》の残骸に目が留まった。ばらばらではあるが、一部形状を残している。見立てにつかわれた人形を燃やしたと夕子は言った。つまり人形であるはずなのだが、残骸に埋もれた白い塊は火葬場で見た人骨に酷似している。どうやらこれらが臭気の大元のようだ。人体が焼けると強烈な臭いを発するというが……。

常世三姉妹の作品には本物の人体が用いられている。そんな噂を補強する証拠物かもしれない。市場に出回る作品のいずれにも人肌の質感はなかった。人体が含まれているのであれば内部だろうか？　骨、内臓、あるいは筋肉。それが得体の知れない魅惑の源か？

視線を転じる。

人が寝られそうな規模の作業台。人形作成の用途のみだとするとやたら広く、まな板のような使用感が目につく。

台に寝かされた佳純が体を切り刻まれる幻が現れた。工作をするかのように黙々と鑿を振るうのは夕子、朝子、夜子。

ナップサックを開き霧吹きを出す。注入してきたのはルミノール試薬だ。

ノコギリや鉈を作業台に並べ試薬を吹きかけていく。

これでひとつの答えが示される。乾く喉に唾液を落とし、照明も落とした。

暗い部屋に青い光が浮かぶ。作業台、ノコギリ、鉈が光っていた。

ルミノールが反応するのは血液のみではない。野菜や、動物の血液にも反応するという。故に発光が殺人の証拠とはならない。

しかしだ。創作室と名づけた部屋でノコギリをつかい鶏肉や大根でも切ったというのか。

冷徹な思考は最悪を見据える。

檻のベッドは誰かを監禁するためではないか。焼却炉、またはこの暖炉で殺害した人物を灰にしたのではないか。潤沢な刃物の類は人体を切断するためではないか。

探さなければ。佳純の生存につながる証拠を。

本、薬品の瓶、段ボールの中身。隅から隅まで探す。壁、床に怪しい箇所はないか。

探す。探す。探す。探す。探す。探す。探す。探す。探す。探す。探す。探す。

なにもありはしない。疲労感が蓄積するのみだった。

あるとすれば……。

腕に重みを感じた。麻生真里が袖を引っぱっている。

「どうかしたのかい？」

「もう戻らないとパパがきちゃう。三十分したら見にいくって言ってたの」

腕時計に目をやると二十分以上が経過していた。長く感じたが、瞬《またた》く間の出来事だったようだ。

今回はここまでか。

「待たせて悪かったね。帰ろう」

必要とあらば、また麻生真里にかけあうとしよう。彼女もおそらく今後の協力関係を望んでいるはずだ。

廊下とロビーの分岐点まで進み、堂々とロビーに出て二階を窺う。麻生と関島は、東側の廊下で人形の残骸を片づけているようだ。不在はまだ発覚していない。夕子と夜子は……どこへいった？

エレベーターの到着音がし、夕子と夜子がロビーに出てきた。エレベーターに乗っていただけのようだが、夕子は目を尖らせ不機嫌そうである。

「室内まで手をつけるとなれば、全員で取り掛かるのが効率的です」

「猫の手も借りたいところだからしょうがない。竹内を引きこんだら、みこちゃんも探してきなさいね」

「急ぎます」

僕へもお鉢が回ってきたか。こちらも急ぎ麻生真里を帰し、何食わぬ顔で出ていかなければ。

「僕は中央の階段から二階へ上がりパパの気を引く。その間に真里ちゃんは玄関側の階段から二階の部屋へ戻るんだ」

「わかった」

「彼女たちがサロンへ入ったらスタートだ」

姉妹がサロンへ入るタイミングを見計らい、

「いこう」

先に僕が中央階段を上がり、麻生に声をかけた。

「調子はどう？」

作業を中断すると、麻生は額の汗を拭いた。

「順調だ。いくら片づけても減っている気はしないがな。人形は手当たり次第に捨てればいいが、でかい像やオブジェは骨が折れた。御子柴こそどうだった？」

「さっぱりだね。収穫がないから、僕も手伝おうかと思ってさ」

「そりゃ助かる。腰がミシミシいって倒れそうだ。報酬のためとはいえ辛いよ」

うんざりとしたように関島は腰を反らした。

ロビーを確認すれば、走る麻生真里が見えた。あとは時間稼ぎをすればよい。

「報酬ということは、捨てる人形をもらう約束を取りつけた？」

「漏れなく壊すそうだ。趣味の作とはいえもったいない限りだが、私の懇願など聞き入れてくれそうもないのでね。代替で別の人形を融通してくれるそうだが、人形商人としては良心が咎める」

心痛そうにため息をつく。

「麻生さんもなにかもらっておく？」

麻生真里の姿はまだ二階にない。タイミングをはかっているのだろう。

「いいや。俺にとっては飯のタネだが、自分の手元に置くとなるとな」

「わかる……っと、おじさんの前では禁句だね」

明るく僕が締めた、そのときだ。

夕子の声がした。

サロンから竹内を引きつれて夕子と夜子が出てくる。麻生と関島がそちらへ顔をやったことにより、廊下の角で半身を出していた麻生真里が身を隠してしまった。タイミングの悪い姉妹だ。あと数秒で部屋へ帰れたものを。

車椅子はエレベーターまで進み、夜子は一階の寝室へ向かうドアへ、竹内は玄関へ向かった。僕を探しにいくのだろう。とっさに太った関島のうしろへ隠れはしたが、夕子は二階へくるつもりのようだった。

二階に居座られると麻生真里の帰還が困難になる。しかたがない。バカのふりをして無理やりにでも気を引くとしよう。

エレベーターの到着音がして、麻生と関島の視線はそちらへ動く。エレベーターのドアが開いた。

ゆっくりと、ゆっくりと、車椅子が出てくる。夕子の首はかくかくとゆれ、頭が落下しそうだ。車輪を漕いでいた手がぽとりと垂れ落ち、停止する。エレベーターを出る途中で動かなくなった。背中になにかが突き立っているのが見える。

麻生が走り出し、僕も遅れて走る。

夕子に呼びかけながら麻生は軽く肩をゆすった。壊れたバネのように首がゆれる。僕が下から顔を覗きこむと、零れそうなほどに見開かれた眼球と目が合った。背中にはナイフが突き立ち、数か所ある傷からはおびただしい血が滴っている。血痕を追っていき……発見した。

エレベーターのなかには血まみれの人形が転がっている。夕子に似た、下半身が壊れた新作人形だった。

見立て殺人。またも密室のおまけつきである。

犯人はどこへ消えたのだろうか。夕子がエレベーターに乗っていたのは数秒だった。その間に誰が殺し、どこへ逃げたのか。

火掻き棒と半分に割れた照明カバーも床にあった。元から二分割で外すタイプだったようで、半分は天井に残っていた。カバーのフック部分が欠けており、少し引くなりしてバランスを崩せばすぐに外せただろう。一体二体の人形ならば隠せそうな空間はある。人形はこの裏に隠してあったというところか。カバーの彩色部に潜めておけば感づかれなかっただろう。

そういえば麻生真里はどうしただろうかと思い、エレベーター横の階段を覗く。

「っあ」

麻生真里は一メートルの距離にいた。麻生は死体を注視しており気づいていない。その場で留まっているように手で伝え、

「麻生さん、夜子さんに事態を伝えてきてくれないか」

「姉が刺殺されていると？」

「もちろんオブラートに包んでさ。取り乱さないようにね」

「無理なミッションだな」

「僕やあっちで放心状態のおじさんより適任だ。信頼されている人が伝えるべきだよ」

「……しかたがないか」

「真里ちゃんの安否は僕が確認しておく。さあ早く。自分で気づくより、ワンクッション置いた方がショックも小さくなる」

「……そうだな。真里は頼んだぞ」

「任せて」

麻生が走っていく。茫然自失の関島は放置で問題ない。

「さあ、戻るんだ」

階段にいる麻生真里に指示すると、無言でうなずき階段を上がってきた。彼女は部屋へと急ぎながらも、夕子の亡骸にしかと視線を注いでいく。

ドアが静かに閉まった。

一階から狼狽した叫びが聞こえた。獣の雄叫びを耳にしながら、考えを整理する。

二件の殺人を実行可能な人物はただ一人だ。

論じるまでもなく、麻生真里である。

朝子の事件で現場は密室であった。合鍵、抜け道はなく何者も潜んでいなかった。自殺も不可能だ。侵入できそうな経路は開いた窓のみで、その狭い隙間をとおれるのは子供の体型を持つ者しかいない。

麻生真里ならば難なく窓から入り、焼殺後に消火器で延焼も食い止められる。実際、彼女は窓から部屋へ飛びこんで見せた。

創作室に保管されていた人形も煙突のルートで持ち出せる。怯えもせずあの高さを登り切ったのは、経験があった証左である。

夕子殺しも麻生真里ならやり遂げられた。

その簡単な手法はすでに導けている。

動機はどうだろうか。

幼い子供が殺人など犯すわけがない。世間一般はそう信じたいだろうが、現実には少なからぬ数が発生している。大人であろうが子供であろうが殺人衝動は内包しているものなのだ。麻生真里は、朝子と夕子によって人形を破壊されている。動機はその復讐だ。

――と、平々凡々とした人生を歩んだ者なら考えるのであろう。

僕は違う。別解がある。

子供がどうだなどと細い可能性を論じるまでもない。

蓋然性の高い解は以下となる。

麻生真里は麻生真里ではないのだ。体の内に宿る別人が殺人を犯した。

荒唐無稽だと、榊雄心でいたころの僕なら冷笑しただろう。

思い出す。車のボンネットに張りつくなどという、弘樹の無謀な行為で引き起こされた事故を。

覚醒し、佳純の生存を確認した直後だった。窓ガラスに映った己を見て愕然としたものだ。そこには弘樹がいたのだから。

知り合いに常世生《せい》という女がいる。

僕が勤める不動産会社を訪れた生には悲愴感が漂っていた。尋ねてもいないのに自分が実家でどのような扱いを受けているかをとつとつと語り、身を隠すのに最適な土地や物件はないかと必死で訴えてきた。僕は仕事を誠実にこなす。顧客の要望に沿うよう、親身になり調査や内見を行った。その過程で信頼を得たのか、個人的な交流も伴うようになった。その時点では、彼女が魔女であると知る由もなかった。

知ったのは事故後である。

弘樹の容姿になり当惑していた僕に生は語った。この世には、魂を入れ替える魔術が存在するのだと。僕はそれを施されたのだそうだ。おかげで僕の魂は弘樹の肉体を獲得し、弘樹の魂は榊雄心の肉体とともに滅びた。

両者を救えず生は心痛そうであったが、僕は喝采したかった。佳純の美しい顔を傷つける要因となったあの弟が死んでくれたのだ。体は憎い弘樹のものとなったが、若い肉体を獲得でき、悲観することなどなにもなかった。僕と佳純が生きてさえいれば幸福だ。

生が事故の過程を目撃していなかったのも幸運であった。あの場での榊雄心は客観的に見れば悪役だ。見捨てられたとしても文句は言えない。生が純粋に事故だと判断し、野次馬がいなかったため魔術を使用できたことなど、あの夜は幸運が積み重なっていた。神は僕に生きろとおっしゃっているのだ。

なあ、弘樹。お前にも感謝しているよ。

結果的に、僕の過ちに気づかせてくれたのは弘樹だ。愛しているのならば、苦しめてはならない。利己は愛の対極にある。奉仕の精神こそ愛なのだ。

おかげで悔い改め、佳純の幸せのために尽くしてこられた。佳純は真実、幸せに暮らしていたのだ。

そんな宝が消え、生きている意味が失われた。

そこへ突如として現れた佳純と瓜二つの子供、麻生真里。

これは仕組まれているのか、偶然か。

どちらでも関係ない。これは神がもたらした運命である。

感じるのだ。麻生真里も術を施されていると。あの肉体に宿るのは異なる魂だ。

いずれはすべてを曝《さら》け出し話してみたい。麻生真里のなかに潜む何者かと。そのためには探り知らなければならない。事件の犯人を。

五

常世家で継承されてきた魔術の効果はシンプルだ。

肉体から抜け出た魂を別のものへ移動させる。基本的に魂が抜け出てしまうと二度と元の肉体には戻らない。たとえ肉体が死亡するほどのダメージを受けていなくてもだ。その法則のため、抜けた魂を生かしたいのであれば、別の肉体へ移すしかない。魔術によって魂を移植し、別人として生き永らえさせる。それが常世家に受け継がれてきた魔術の基本的な使用法だ。

移植先の肉体は当然ながら新鮮でなければならない。魂を宿したところで、肉体と共に朽ちてしまえばおしまいだからだ。大方のケースでは、新鮮さを保つため移植先の肉体は強制的に魂を剝奪されてきた。それには独自に調合した薬が使用される。毒ではないため肉体へのダメージはなく魂だけを剝奪できるのが利点だ。

または強い衝撃を肉体が受けた際に抜け出た魂を押さえるケースもある。もっともそのような状況はほとんど偶然でしか起こりえないので、頻度は多くない。

この魔術は、魔女狩りの時代を生きた祖先が権力者におもねるべく創作したと伝えられている。

ルールは五つ。

一、常世家の血を引いた女だけが行使できる。

二、常世家の血を引いた者に術を使用しても他の肉体へは移動できない。

三、一度術を受ければ肉体、魂ともに二度と術を受けられない。
四、術者と術を受けた者は魂が結びつく。術者が死ねば、術を受けた者も死ぬ。逆はその限りではない。
五、術を受けた者がその秘密を漏らせば死ぬ。術者自身が秘密を伝えた者や術を受けた者の間ではその限りではない。

祖母は二、三、四を改変しようと躍起《やっき》になっていた。

二は常世家の血に宿る魔力が魔術と相反しあうため避けられないルールだ。三は一度であっても移植行為は魂や肉体への負担が大きく、二度の移植に耐えられないためだ。四は魔術の作成段階で先祖が付与した極めて強力な制約だ。これがなければ、魔術を成功させたあとは用なしだと命を奪われかねなかった。移植した魂と術者の魂を一蓮托生とすることで生命《いのち》は保障される。魔女狩りの時代で生き残るには欠かせない制約だった。

いずれも確固たる理屈がある。改変しようとしてできるものではない。

けれど、祖母はすべてを犠牲にして突き進んだ。

不老不死のために。

魂を他人の肉体へ移行し続ければ、永遠に生きられる。阻むのがルール二、三、四だ。

常世家の血を引いたが最後、魔術はつかえても新たな肉体は得られない。たとえつかえたとしても、一度しか受けられないのなら永遠の命など夢だ。二、三がクリアできても四が足を引っぱる。

邪魔な三つのルールを改変するべく、魔術の研究と実験を重ねた。

結果が出なくても諦めはしなかった。自分が不可能ならば、娘で。娘が不可能ならば、その子供で。祖母を超える才能を持つ子孫が産まれたとき、活路は開かれる。そう信じて疑わなかった。母はやさしすぎたために、魔術が上達しなかったと聞いている。実験を重ねるには実験体が必要で、それだけの魂を犠牲にしなければいけない。母には大きな負担だった。祖母は失望したものの慌てはしなかった。孫に賭けたからだ。母は重圧のなか、望みどおり女児を産んだ。

伝統的に常世家の女性は子供を宿す確率が低く、現在、魔術を使用できる血筋が外部にいない一因だと祖母は嘆いていた。遡《さかのぼ》れば、日本に流れ着いた常世の先祖は、魔術の血筋を堅固に守ろうとし、現在では血縁を五人にまで縮小させるという末路を迎えた。自給自足するしかない祖母は、厳選した男と母を出産のためだけに婚姻させる政策を繰り返した。なので、あたしたち姉妹は全員父親が違う。

生まれた朝子には才能があり、夕子はさらに才能があった。その夕子を凌駕《りょうが》したのが夜子だ。あたしはそれを上回る才能があるのではないかと、過大な期待を注がれて誕生した。

期待に反し、生まれたのは朝子以下の才能だった。

一通りの修行は施されたものの、望むレベルには達せられなかった。才能の欠如に気づいた祖母は、あたしをいないものとして扱った。遺棄されなかったのは、姉たちに才能があり駒が足りていたこと、魔術を継ぐ子供を産む機械としての利用価値があったからだ。祖母の目にかなう男が現れていれば、そいつに捧げられていたかと思うと身震いする。

そんなあたしの損失分、姉たちへ向けられる期待の刃は苛烈だった。生い立ちには同情の余地がある。

極限の精神状態に追いこみ潜在能力を引き出すというイカレた主張で朝子の体を焼き、夕子の足を砕いた。五体満足だったのは、圧倒的に才能があった夜子と圧倒的に才能がなかったあたしだった。夜子は身体こそ無事だったけれど、才能故にもっとも厳しく指導されていた。内に秘めた激しい気性は、そのときの反動だと思われる。

姉たちの鬱屈《うっくつ》とした感情はあたしで発散された。だから甘んじて受け入れていた。祖母から見放された自分は虐待されても仕方ないのだと思いこんでいたから。

ところが、そんな日は唐突に終わりを告げた。

テレビで毎週流れる交通事故のニュースでほんの数秒、事故の経緯と遺体が身元不明だとの紹介がされた。映像に映った炎上する車種から、祖母が死んだのだと察した。あたしたちを苦しめた悪魔は、ほんの十数秒のニュースで葬られた。決して免許を返納しなかった祖母をそのときだけは喝采した。

一時期、祖母は費用集めのために霊媒師として活動していた。葬儀には大勢が集まり、政治家や警察官僚などの顔もあった。

魂を扱う魔術の訓練には人体が不可欠だが、手軽に集められるものではない。安全に実験体を入手するには、権力者の協力を取りつけるのが手っ取り早かった。魔女としての力で有名になり、有力な顧客を囲う。手錠をかけられずに一生を終えられたのは、そんな高次の力があったからだ。権力者たちは孫へも変わらぬ協力を求めたものの、姉たちは一蹴した。祖母の呪縛を断つためだ。

祖母の死で世界は変わった。

姉たちは魔術の修行をぷっつりと止め、創作へ傾倒するようになった。絵画や彫刻などに手を出し、たどり着いたのが人形作りだった。

祖母に支配されてきた人生を、人を模した人形を作ることで昇華しているのだ。作品すべてが悲惨な姿をし、人を美しいと放言しながらも醜く仕立てるのはそのためだろう。

などと分析をしてみたけれど、事実は知らない。どうでもいい。

姉たちの抑制されてきた膨大な感情は止めどなく、寝食も忘れたように人形作りに没頭していた。あたしも強制され、何体もの人形を作らされた。完成したものは姉たちの琴線にふれたようで、はじめて称賛された。魔術の才能がない分、人形作りの才能はあったようだ。一目見たモチーフを再現することくらいなら難なくできる。

それは欠片《かけら》もうれしくはなく、姉たちと同じ路線を歩むことに怖気立っていた。

怨念のこもった作品群は一部から熱狂的に支持された。念が封じこめられた作品は人の心をよくも悪くも雁字搦めにするらしかった。

ただ、姉たちは出来に納得していなかった。それが後々の悲劇を生む。

あたしもいっときは、姉たちを祖母の呪縛から解き放てないかと苦悩した。突き詰めれば気の毒な被害者だ。まともな庇護者の元でまともに育てられていたら、まともな人生を歩めていただろうに。根っからの悪人ではない、救えるのなら救いたい、そう熱望してあたしなりに努力した。けれど長年刻みつけられた呪いは、歪んだ性格をどうしようもなく硬化させていた。自らの欲望を満たすためにはどんな犠牲も厭わない。姉たちは祖母と同一だった。

どうしようもないと悟ったとき、生家を離れる決意をした。自作の人形と共に去り、人形と共に過去を処分した。母がそうしたように、長い時を経てあたしも常世家から離れた。

夢見た普通の暮らしがはじまる。そこでは、なにものにも縛られない。すべては希望に彩られているはずだった。

ところが待っていたのは、孤立だった。

あたしは首を傾げた。

普通に暮らせていた。短大の友人とおしゃべりし、当たり前にショッピングを楽しみ、飲食店で美味しくごはんを食べる。当たり前に当たり前の生活ができている。そう思っていた。

気づけば誰もいない。なぜ？

ひとり。一日中会話はない。食べものの味がしない。神経が昂って眠れない。勉強が頭に入らない。痩せた。太った。姉たちがいた。いないのに、いた。

体は逃げても、心は囚われたままだった。いつか怒り狂った姉たちが襲ってくるのではないか。無意識にあらゆるものを警戒していた。矛先は友人へも向き、必然として孤立した。逃亡者のように毎日を消化するしかなかった。

精神は疲弊の一途をたどる。亡霊のように短大へかよいながらも、夢だった子供に携わる仕事に就くことは諦めていた。

人格形成に重要な時期は幼少期だと姉たちが教えてくれた。だから悲惨な人生を歩む子が出ないようにわずかでも導ける職業に就きたかった。

夢は腐りかけ、忘却の海に沈んでいく。

暗い深海に手を差し伸べてくれたのが、亜里沙だった。

「あなたこれ食べない？」

覚えていないけれど、なにかお菓子を差し出されたのだと思う。

「あっちへいって」

お菓子を叩き落とす。

「え～、おいしいのに」

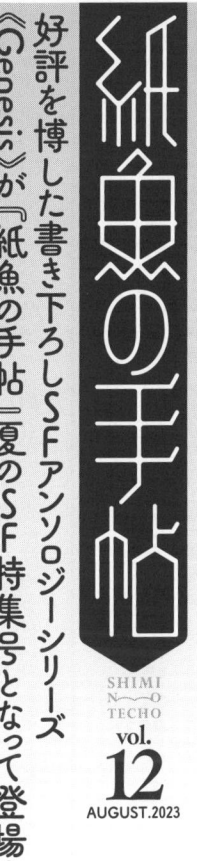

■単行本

神

フェルディナント・フォン・シーラッハ／酒寄進一訳

四六判上製・定価1870円 Ⓔ

医師による自死の幇助を認めるか否か？　公開討論会で医師、弁護士、法学や医学、神学の参考人が議論する。そして最後——観客が安楽死を認めるか投票する、衝撃の戯曲！

■創元推理文庫

死の10パーセント　フレドリック・ブラウン短編傑作選

フレドリック・ブラウン／小森収編／越前敏弥、高山真由美他訳

定価1386円 Ⓔ

謎解き、〈奇妙な味〉、ショートショート、人間心理の謎……。本邦初訳三作を含む短編の名手の十三編。『短編ミステリの二百年』の編者が選りすぐった名作短編をご賞味あれ！

傑作集　日本ハードボイルド全集7

北上次郎、日下三蔵、杉江松恋編

定価1650円

〈日本ハードボイルド全集〉最終巻は、一作家一編で厳選した十六編からなる短編アンソロジー。解説として編者三名の書き下ろした「日本ハードボイルド史」概説を収録する。

爆発事故をきっかけに、町に覚醒剤が持ちこまれている疑惑が浮上。フォーチュンたち三人は、クスリを排除するため悪党探しに立ち上がる！　好調〈ワニ町〉シリーズ第六弾！

レイトン・コートの謎　アントニイ・バークリー／巴　妙子 訳　定価1100円

密室状態の書斎で発見された、額を撃ち抜かれた死体。作家ロジャー・シェリンガムは素人探偵として推理を始める。英国探偵小説黄金期の巨匠バークリーの記念すべき第一作。

8つの完璧な殺人　ピーター・スワンソン／務台夏子 訳　定価1210円 Ⓔ

ミステリー専門書店の店主が選んだ「完璧な殺人」が登場する8つの犯罪小説。そのリストの作品の手口に似た殺人が続いており……。名作ミステリーへの見事なオマージュ！

好評既刊■創元SF文庫

ガニメデの優しい巨人【新版】　ジェイムズ・P・ホーガン／池　央耿 訳　定価880円 Ⓔ

木星の衛星ガニメデで発見された異星の宇宙船は二五〇〇万年前のものと推定された。そのとき、太陽系に近づく飛行物体が……星雲賞受賞、不朽の名作『星を継ぐもの』続編！

※価格は消費税10％込の総額表示です。　Ⓔ印は電子書籍同時発売です。

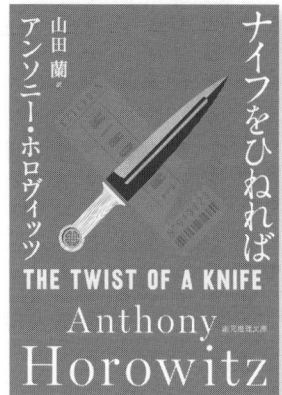

笑顔で隣に座ろうとする。スーツ姿で、年上の雰囲気を纏《まと》っている。学内では見ない顔だ。出入りの業者だろうか。部外者が馴れ馴れしい。突き飛ばして、その場を離れた。

またやってしまった。自覚はできてもどうしようもない。姉たちに怯え、尖った神経は近寄る人を傷つけた。暴力で教育された子供は暴力的になるという説をなぞっていた。常世家から離れたストレスが、暴力性を顕在化させていた。

またひとりの日々がやってくる。気が楽だ。そう、気が楽。

次の日も亜里沙はやってきてくれた。

面食らったものの、やったことは変わらなかった。敵意をもって遠ざける。

それでも、次の日も次の日も亜里沙は声をかけてくれた。

こんな人をあたしは知らない。

少しずつ、風雨に晒された野良犬がなついていくかのように、心が開けていった。

あとで尋ねたことがある。

なぜ、声をかけ続けてくれたの？

「私は執念深いからね」

ころころと笑ってくれた。初対面での印象どおり、亜里沙は学生ではなく短大と取引がある会社の社員だった。来訪した際、たまたま見かけたあたしが気にかかり、休憩時間や外回りのときに無理を押してきてくれていたそうだ。身内でもない赤の他人にそこまでしてくれたことが信じられなかった。そのやさしさに救われた。ありがとう、耳元で囁《ささや》いて抱きしめた。ボロボロになった心を亜里沙は抱きしめてくれた。あたたかい。母のぬくもりを思い出した。服で隠した姉たちに刻印された傷まで愛でてくれ、尖った心ごと包みこまれるようだった。はじめてうれしさで泣けた。

もし声をかけてくれなかったら、あたしはこの世にいない。精神的にも、肉体的にも。

子供たちと遊び学び、亜里沙と穏やかで幸せな時をすごす。満ち足りた日々を享受できたのは亜里沙のおかげでしかない。

六

幸福は永遠のはずだった。信じて疑わなかった。あの日がくるまでは。

真里ちゃんは、かねてから山の上にあるアスレチック施設にいきたがっていた。あたしと亜里沙が休暇の日、三人で訪れようと計画を立てた。

準備ができて、さあ出発という段になって携帯電話が鳴る。出ると、勤めていた幼稚園でトラブルが発生したとの報告だった。ヘルプを懇願されては、駆けつけないわけにはいかない。亜里沙は片づくまで待つと申し出てくれたけれど、真里ちゃんは早くいきたいと地団太を踏んだ。楽しみにしていたのに、ごめんなさい。そう思い、先に出発してもらうように勧めた。

首尾よくトラブルを収め、同僚のお礼も聞かずに自家用車へ乗った。

スピード違反すれすれで追いかける。このペースなら目的地前で追いつけそう。山道は平日なこともあってか、交通量は少なかった。亜里沙との時間を確保できる。そう心を浮つかせながら運転していると、横転したトラックを発見した。近くでは、見覚えのある車が炎上している。

嘘。嘘でしょ。嘘に決まっている。嘘に違いない。嘘。嘘。嘘よ。嘘……。

「――りさ。亜里沙！」

真っ暗だ…………声がする……私の名前。

「亜里沙！　亜里沙！　聞こえる？」

この声は命？　とても必死な声だ。どうしたんだろう。

――なに？

「聞こえているのね、よかった。これが役に立つときがくるなんて……」

――成功ってどういうこと？　なにがどうなっているの？

さっきからなにかがおかしい。なにかというのがうまく言葉にできないけど、体が動かない、肌感覚もない。聴覚だけが強制的に開かれているみたいだ。

「詳しい話はあとよ。視覚に全神経を集中して、周りをよく見て。ちゃんと見えるはずよ」

難しい要求を……言われたとおりにやってみるけど。

暗いままで、瞼《まぶた》が開かない。

開いて、る？　これじゃなにも……見える。見えてきた。山道に燃える車がある。離れたところで私を見上げているのは、命だ。その足元に小さな女の子が――。

「思い出した？　直前になにがあったのか」

記憶が蘇ってきた。

私は運転をしていた。急カーブでトラックが飛び出してきて、慌ててハンドルを切って……そうだ。助手席には真里がいた。熱気と臭気にまとわりつかれながら真里のシートベルトを外した……はず。

――真里は？　真里はどうなっているの？

ぴくりとも動かず生死はわからない。命も突っ立って銅像のように固まっている。目も開けず魂が抜けたようだ。

「真里ちゃんの、体は無事よ」

よかった。死んでいないのね。

でも体は無事、とはどういうこと？

「落ち着いて聞いて。時間がないの。あたしがコンタクトできるうちに解決しなければならないわ」

冷静な声音で語りかけてくる。

「あなたは事故に遭った。すでに思い出したわよね。車は炎上して、真里ちゃんは車外にいる」

燃え盛る運転席には人の形をした黒いなにかがある。

「亜里沙の体は車内に残されたままなの。ごめんなさい、助けられなかった」

消え入りそうな声だった。

——意味がわからない。私の存在はここにあるでしょう。

「亜里沙は魂だけの状態になっているの」

冗談もほどほどにしてほしい。魂なんて、オカルトじみたものがあるわけない。

「魂は感じ取っているはずよ。あたしの言葉が事実であると」

図星だった。否定してみたものの、命が嘘をついてないのはなぜだか確信できた。私は魂だけの存在になっている。理屈でなく、感覚で信じられてしまった。

恐る恐る尋ねる。

——そ、それで、私はどうなるの？

「その前に、もうひとつ言わなければならないの。真里ちゃんに関してよ」

――大丈夫なんでしょ？

「体はね。亜里沙は肉体が死んで、魂が生きている。逆に真里ちゃんは肉体が生きているけれど、魂はもう救いようがない」

――どういう、こと？　生きているの？　死んでいるの？

「真里ちゃんの肉体はまだ良好に保たれているわ。けれど、事故のショックでしょうね。魂が抜け出て、もうどこにもいなくなっている。手の打ちようがないの」

――嘘！

なんで真里が。たった六年しか生きてないのに。これからもっと楽しい人生が待っていたのに。もっと気をつけて運転してれば、もっと早く家を出ていれば、トラックと遭遇しなかったら。あと少し車のスピードを落としていたら、事故は回避できた。なにかひとつでもタイミングがずれていれば……。

どんなに真哉が悲しむだろう。あんなに溺愛していたのに。ランドセルはどんなものを買おうかと楽しそうに笑っていたのに。落ちこんだ顔は見たくない。ああ……真哉、ごめんなさい。

「自分を責めないで。亜里沙に責任などないわ。責任を負うべきはトラックの運転手よ。起きてしまったことを悔いるより、いま取れる最善の策を取りましょう」

最善なんてない。もうおしまいよ。

「そんなことないわ。最悪を回避するすべはある」

――どうするのよ？

「魂と肉体はふたつでひとつだから生きられる。それは同一でなくてもかまわない。ここに真里ちゃんの肉体があり、亜里沙の魂がある」

――待ってよ、まさか。

「そう。真里ちゃんの肉体に、亜里沙の魂を移植する。そうすればまた生きられるわ」

――バカ言わないでよ！　真里は死んで、私が真里になって生き延びるなんて、そんな……。

「討論している暇も迷っている暇もないわ。決断して。手を伸ばせば生き返るチャンスがあるのよ」

そうだ。このまますべてを諦めてしまっていいの？

浮かぶのは真哉の笑顔だった。真里が死んで、私は焼死。冗談みたいに酷い結末だ。大事な人をいっぺんに失って耐えられるだろうか。

それに……。

「決めた？　亜里沙」

すべてを悟ったように命は確認してくる。

心は、決まっていた。

*

「それじゃあ、まりちゃんがおにねぇ」

わー、と真里のお友達がばらばらに走っていった。ジャングルジムに上ったり、無意味に跳ねながら逃げたり、ブランコに乗る子もいてそれぞれ楽しそうだ。

少し前ならこの光景をにこやかに見ているだけだった。

「待てー！」

私も子供らしく駆け出してはみるけど、そこは大人だ。ゲームバランスを考えて追いかけてあげる。足が遅い良太《りょうた》君を狙うのがベターだけど、そうすると「いつも僕ばっかり最初に狙う～」と泣いてしまう。だからといって、それに続く遅さの奈々子《ななこ》ちゃんをタッチすると、ほぼ確実に良太君を狙ってしまう。バランスよく調整してあげないといけない。足の速い宇宙《こすも》君を追いかける。真里の足だと追いつけないけど、しばらくつき合ってから良太君か奈々子ちゃんを狙うのがベストだ。ちゃんとまんべんなく楽しませるのが子供間に争いを起こさないコツだ。とてもとても疲れるけど。

＊

真里はトマトが嫌いだった。

先生からの連絡では、給食の献立にあると駄々をこねて一口も食べないらしい。我が家は真哉もトマト嫌いだから、食卓に出るトマトは私専用だった。私はトマトが大好きだ。

「やだっ！　食べない」

トマトからそっぽを向いてみる。こういう子は慣れているだろう先生は嫌な顔ひとつせず、

「トマトは栄養がいっぱい入ってるんだよ。一口だけ食べてみない？」

「絶対やだ！」

真里がやりそうなリアクションをすると、仲のいい星羅《せいら》ちゃんが、

「たべないとおとなになれないよ。がんばれ」

かわいく応援してくれた。その言葉に複雑な気持ちを抱えながら、口を真一文字に結ぶ。

私だって食べたいけど口にできない。急に食べられるようになれば変に思われてしまう。中身が亜里沙だというのは、なにがなんでも隠しとおさないといけない。先生には申し訳ないけど、最後まで抵抗させてもらう。

私が子供のころは食べるまで残されたものだけど、現在は一通り説得してだめであれば許してくれる。子供にやさしい世界になったと思う。

お昼休みはいつものメンバーと遊んで、お昼寝の時間を迎えた。

ほんの三か月前はパソコンに向かい資料作成をしたり、会議で議論を戦わせていた。いまは寝るのが仕事になるなんてね。当初は慣れずに一睡もできなかったけど、サイクルに慣れたのか子供の体が欲しているのか、すぐに、ねむりにつく、ことがで……きる――。

＊

日課として、真哉と仏壇へ手を合わせる。神妙な顔をする私に対して、遺影では私が笑っていた。事故から一日も欠かさず真哉は私と、私の遺影に手を合わせている。自分に手を合わせるのは妙な気分だ。真里は天国でなにを思っているだろう。体をもらったママを恨んでいないか、そんな心配がいつも心をよぎる。

でも、どうか許してほしい。これも真哉のためなのだから。

＊

目が覚めた。暗闇の天井にオレンジ色の小さな明かりがある。二人きりのときは真っ暗にしていたのにどうして……そうか、私が真里だからか。真里は真っ暗だと眠れなかった。

顔の前に手を持ってくる。とても小さい。

これが夢ならいいのにと何度願ったか。亜里沙として真哉の横で寝られたらどんなに幸せだろう。

この体でも感謝しなければいけないのはわかっている。死んでいたはずがこうして生きていられるのだから……。

隣で寝息が聞こえる。

「真哉」

寝ている間だけは名前を呼べる。「パパ」ではなく真哉。

がっしりとした顎にうすく髭が生えている。フリーとして身だしなみはしっかりねと注意していたのに、たまに忘れてしまう。そういう抜けたところまでも愛しい。

仕事は順調だろうか。家計のほとんどを私が支えていた。生活費は賄えているの？

起こさないように胸板をさわる。固くて厚い男の胸だ。頭を乗せてみる。ここは私の特等席だった。思い出になってしまった真哉の体温、真哉の吐息、真哉の大きな手の、蠢《うごめ》き。

もう味わえない。私が真里である限り、絶対に。

……そうだ、トイレにいきたくて起きたんだった。まだ残る眠気を振り切って布団から出る。

子供の体のせいか、大人と比べて眠気は三倍ほど強く感じる。こうして子供になっていくのだろうか。体も心も。楽しく同い年の子と遊べて、真哉のことをパパとしてしか見られなくなって……。

それが幸せ……なんて嫌だ。

亜里沙に戻りたい。せめて大人の体になれたら。

本当にもう、打つ手はないんだろうか……。

＊

「やっぱりトマトはおいしい」

命が買ってきてくれたミニトマトを食べて笑顔が零れる。

「あぁ、好きなものを嫌いなふりするのって辛い」

「急に好きになるわけにはいかないものね」

命も笑って一口ほおばる。

「徐々に好みを変えていくしかないよね。真哉から不審に思われないようにするには、いつごろが適当かな?」

「小学校入学が適当ではないかしら。契機として不自然ではないもの。小学生になるのだからトマトも克服した、というストーリーでね」

「近いうちだとそうだね。お姉さんになるから、がんばって食べてみたら美味しかったとかでいけるかな。それまで隠れて楽しむしかないか」

最後の一個を食べて、しばらくの別れを惜しむ。

「トマト以外の生活はどうなの。変わりないかしら？」

「体調は万全だし、同級生とも楽しくやっているよ。はじめは子供のテンションについていけなかったけどね、すぐ慣れた」

笑って見せたけど、本当は辛い。大人の立場で子供に接するのと、子供として子供に接するのは天と地ほども違う。真里らしく演じないといけないのもストレスだった。

そんな愚痴は命に言えないけど。

「日常が辛くないのであればよかったわ。あたしも初めてだから、対象者の気持ちや環境などが摑み切れなくて」

「もう一度魂を別の体に移すのは無理、なんだよね？」

「……術を使用した人に再度使用することはできないの」

「いろいろ制限があるのは教えてもらったよ。でもさ、抜け道というか裏技のようなものはないの？」

「あればとっくにやっているわ」

「そう、だよね」

期待はばっさりだった。

「じゃあ相談なんだけど、私もつかえたりしないかな、命のつかった魔術」

言い終わる前に鋭い目線を突きつけられた。

「ごめん、わかってるって。そうじゃなくて、私自身がつかえるようになったら、また違う展開になりそうかな、と」

「言っていなかったかしら。常世の血縁以外は使用不可なの。血筋でなければ、どんなに魔術を理解し修行したところでつかえないわ」

「常世の人だけ、なんだね」

自然と出た一言に、命の表情が険しくなった。

「言っておくわよ。姉たちに相談するのはやめて、絶対にね」

「怖い顔しないでよ。確認しただけ」

笑って不安を拭ってあげる。

「絶対よ。あんな人たちと亜里沙が関わるなんて想像しただけでも……」

無言の時が流れる。

失敗した。うっかりしたとはいえ、嫌なことを思い出させてしまった。命は実家と対立して家を出た。魔術もずっと忌避していたらしい。私のためにつかってくれたけど、断腸の思いだったはずだ。

らしくもない長い無言が続く。話題を変えよう。

「そうだ。仕事を変えるって本当?」

「え、ええ。まあ、今年度で終わりにするつもりよ」

「幼稚園で働くのは天職だって言っていたじゃない。子供と接するのは楽しいしやりがいがあるって」

「その分ストレスもすごいのよ。遊んでいるだけなんて言われがちだけれど、常に子供の安全に気を配らなくてはならない。事実上休憩なんてないわ。理不尽なクレームをつけてくる親御さんもいる。空いた時間は園内清掃や指導計画の作成で、長時間労働を強いられても給与は安い。楽しくてやりがいはあるけれど、それだけで生活はしていけないの。心身の健康を維持するには辞職が最善の選択よ」

「現場も少しずつ改善されているんでしょ」

「その間に体調を崩したら無意味よ」

「だからって、時期尚早じゃない？」

「そんなことないわ。健康を害するのはストレスや不摂生よ」

「害するって、大げさよ」

「大げさじゃないわ。あたしの生命《いのち》は亜里沙の生命でもあるのだから」

それを持ち出されると、私はなにも口にできなくなる。厚意に甘えまくる自分が情けなかった。

命が天職を諦めることになっても、長く生きて長く真哉と暮らしたい。その本音は抑えられなかった。

私のことなんか気にしないで命は命の生活を送って、そうした決定的な一言が言えない。

だから自力でこの状況を打開したかった。命を解放して、私もこの体から解放される。それが見果てぬ夢だ。

どこかに方法はないだろうか。あるのなら、どんな犠牲を払ってでも実行してみせるのに。

＊

真哉が常世家への宿泊予定を報告すると、命は激怒した。

顔を真っ赤にして怒鳴る姿を見ながら、胸が高鳴る。

私はずっと命の提示したルールを信じるしかなかった。専門家がこうだと言えば素人は信じるしかない。だから諦めていた。

この日、取り乱す命を目の当たりにするまでは。

いくらなんでも反応が過剰すぎだ。姉たちを嫌悪しているにしても、他人が会うことすら顔を赤くして反対するのはまともじゃない。

実家になにか……魔術の秘密があるのではないか。そう勘ぐるには充分すぎる反応だった。

不出の情報が保管されているのかもしれない。本や日記、記録映像などの類だ。そもそも命が魔術を習得した場所に、なんの情報もないなどありえない。それが私にとっての吉報か凶報かはわからないけど、確認しない手はない。

気がかりなのは、どうして情報を私に隠すのかだ。命も子供の私より大人の私を望んでいるはずなのに。

おそらく、とてもリスキーななにかがあるんだろう。失敗すれば私が死ぬ、あるいは二度と目覚めないとか。命はそれらを怖れている。リスクがあっても私は実行してしまうからだ。

正解だよ。多少のリスクがあったって、手段があるなら試す。可能性にしがみつきたい。だからごめん。私はなにがあっても常世家へいくよ。

*

「小さなお客さんがきたものだ」

常世家のサロンに入ると、ワイシャツ姿の男性が私に向かって手を挙げた。

「こんにちは」

「御子柴様、ご不便はございませんか?」

竹内さんが伺うと、

「快調ですよ。発見と驚きに満ち満ちた本棚で飽きさせませんね」

男性は興味津々といった顔つきで本棚のラインナップを見渡す。

「それはけっこうです。真里様、テーブルにお菓子を用意してあります。ぜひお召し上がりください。キッチンにある冷蔵庫にはオレンジジュースも用意していますよ」

「ありがとうございます」

テーブルには子供受けがよさそうなお菓子がたくさんあった。

丁寧に頭を下げ竹内さんはサロンを出ていった。

「お名前はなんていうのかな?」

ペットボトルとコップを手に御子柴さんが尋ねてきた。

「真里だよ」

「いい名前だね」

コップにジュースを注いで差し出してくれる。

「ありがとう」

「どういたしまして」

椅子に座って、バスケットのチョコレートを口に入れた。

御子柴さんはなぜか私を凝視してくる。目つきはやさしいけど……居心地は悪い。

「君は麻生さんの娘さん、で間違いはないかな?」

「うん。パパを知ってるの？」

「仲よくさせてもらっているよ」

「そうなんだ」

「それにしても、さっきは驚かされたね。あなた、やめなさいよ！　なんて誰の痴話喧嘩かと思えば、いたのは君だ。まさか子供だとは思わなかった。大人っぽいとよく言われない？」

「そんなことは……」

夜子との一問着を見られていたみたいだ。やっぱりあれは失敗だった。誤魔化したつもりでも、俯瞰《ふかん》で目撃した第三者には違和感を与えてしまった。

「お父さんを取られると思って怒ったのかい？」

「そんなことないもん」

「そういうことにしておこうか。そうだ、くま君もお菓子食べるかい？」

リズに棒菓子を差し出されたので、しかたなく、

「わーい、いただきます」

下手な腹話術をして食べる真似をすると、御子柴さんはうすく笑いながら、

「その子の名前は？」

「リズだよ」

「おしゃれな名前だ」

ドアの開閉音がして見ると、白髪交じりでスーツを着た男性が入ってきた。

「なんだおじさんか。夕子嬢かと焦ったよ」

「夕子さんから逃げているのか？」

「逃げてはいないさ。休憩を挟まないと、あのバイタリティにつき合うのは大変だからね」

「大事に扱ってくれよ。へそを曲げられてはかなわん」

「お互いプロレスをしているのは承知の上だよ」

「それならいいのだがね。カメラを持ってきてくれないかな。余暇の作とはいえ、これだけの作品数だ。記録に収めておきたい」

「了解」

チョコを一気に三つ口に入れて立ち上がった。

「僕はお手伝いにいってくるよ」

「いってらっしゃい」

カメラを持った御子柴さんは手を振り出ていった。

悪い人じゃなさそうだ。竹内さんとは違うニュアンスで子供を子供として扱わない。

立ち並ぶ人形を見やる。デフォルメされたリズと違いどれも写実的で、このようなグロテスクな風体の人間も存在しそうだと思えてくる。

本棚には古臭い本ばかりで、いまどきの恋愛小説などは一冊もない。暇だ。

そんな時間帯だった。あの魔女たちがやってきたのは。


リズは怪物と化していた。

もがれた首には潰れた蛙の頭のようなものをすえつけられ、右腕は汚物のような見た目となり、左足はロボットのような金属が突き刺され、見る影もなくなっていた。たった十分そこそこでリズはいなくなり異形の化け物ができあがる。

「我ながらいい出来だわ。名前はキメラにでもしなさい」

夕子は笑いながらリズだったものを掲げる。

「即興にしてはなかなかのものね」

清々しそうな二人を前にして、無力感に震えた。

この体ではなんの抵抗もできなかった。こんな、小さな、子供の、体じゃ――。

「はい、プレゼント」

私の知らないなにかがぶら下げられた。気味の悪い生物……それでも、元は真哉が買った人事なぬいぐるみだ。

ひったくって抱きしめる。どうしよう。どうしよう。

「あんたラッキーね。ウチの作品をタダでもらえるなんて、関島なら泣いて喜んでるとこよ」

「生ゴミにも劣る代物が、価値あるものとして生まれ変わった。感謝しなさい」

こいつらは嫌味でもなんでもなく、本心で発言している。幼い子にこんな仕打ちをしておきながら、この台詞を平然と吐けてしまうのは恐怖だ。

「さてと、ボランティアで疲れたわ。気分転換がてら、みこちゃんを探しにいこうかしら」

満足げに首を回す。

「あちらこちらと落ち着きのない子ね」

「車椅子の性能がいいと動き回りたくなるのよ」

「しかたないわね。いきましょうか」

もう私には目もくれず部屋を出ていった。

腕のなかには不気味なぬいぐるみがあって、床にはリズの頭や腕が散らばっている。どうしよう、直せるだろうか。リズの手足はあの短時間でしっかりと縫いつけられてしまった。裁縫はほとんどしたことないけど、修復するしかない。

「おや?」

静かにドアが開き、顔を覗かせたのは御子柴さんだった。

訊かれるまま彼にいきさつを話した。

私の人形を見るなり、「みすぼらしい」「我が家にふさわしく生まれ変わらせてあげる」と、見るも無残な改造を施された。聞き終えた御子柴さんは、夕子たちへの抗議を提案してくれた。ありがたいけど、それで真哉の仕事を奪いたくはない。家計が逼迫《ひっぱく》しているはずの我が家にはお金が必要だ。真哉には好きなライター業を続けてほしい。社長との取引をご破算にしないためには我慢するしかない。

なによりも、真哉と姉妹の対立は私にとって不利益だ。魔術の探求を終えるまでは、館から追い出されるわけにはいかない。

それさえ叶えれば、あんな女たちは殺してやりたいぐらいだ。

＊

夜の部屋に私はひとりでいた。

どうしても真哉と離れ、ひとり部屋になりたかった。リズを隠しきるためにも、魔術について調べるためにも。

真哉と夜子の関係は気がかりではあるけど、仕事だときっぱり割り切る。真哉も私への不義理はまだしないはずだ。そこは信頼している。自由に行動できる時間がもたらされたことをよろこぼう。

ベッドへ倒れこんだ。行動を起こすにはまだ早い。

この部屋も悪趣味な人形に取り囲まれている。

全部片づけようか、と真哉は言ってくれたけど、人形は私に近いほどの背丈があって重さもそれなりだ。一苦労だろうし、あの女たちも自作を撤去されて黙ってはいないだろう。仕事を邪魔しないと決めたからには、最後までアシストする。

目をつぶると、新作人形の姿が蘇ってきた。

人形を見たのはほんの数秒で詳しい顔の作りや、ポーズも憶えていない。強烈に記憶にあるのは、もう一回見たい。もう一回……そんな渇望だった。ネット画像や館中に溢れている人形には不快感しかないのに……不思議でしかたがない。

「やめよう」

脳内から人形の残像を追い払いリュックを開くと、様変わりしたリズがこちらを見ていた。不気味でかわいさはすでになく、真哉が買ったぬいぐるみでなければ捨ててしまいたい。チャックを閉めて視界から消した。

*

日付が変わった。

間接照明がうすく廊下を照らす。ウサギ形の携帯ポーチにはデジタルカメラがある。記録のため真哉に内緒で持ってきたものだ。

昼間に庭や館内をある程度見て回り、怪しい場所の目星はつけている。第一候補は創作室だ。もの作りをするためだけの部屋であれば、あそこまで厳重にするだろうか。秘密が隠されているとするならあそこしかない。三姉妹の個室も候補だけど、真哉や御子柴さんを自由に出入りさせている場所に秘密があるとは考えづらい。

次のステップはどうやって入るか。突破口は創作室の煙突だ。登ってみる価値はある。

一階まで急ぐ。薄暗い廊下やロビーにはびこる人形たちは、昼間とは比較にならない不気味さだ。間を縫っていくのは少し勇気がいった。

そっと玄関の扉を開く。暗闇と月明かりが出迎えてくれた。

忍び足で外を進んでいくと、開いた窓を発見した。朝子の部屋の辺りだ。

明かりは漏れていない。窓を開けたまま寝ているのだろうか。

覗いてみようか、そんな衝動が湧き起こる。確率は高くないと見ているけど、朝子の部屋に魔術に関するなにかがしまわれている可能性はゼロじゃなく、常世の長女として特別な情報を握っていてもおかしくはない。

誘惑に駆られながらも、照準を創作室へ戻した。最初に低い確率にすがるべきじゃない。見つかりでもしたら探索どころではなくなる。初志貫徹でいこう。

しゃがんで慎重に窓の下を進んだ。

昼間、目星をつけておいた梯子《はしご》のところまでやってきた。この体でもどうにか持てる重さだ。

創作室の屋根へ立てかけて上った。

煙突は見上げるような高さだけど、怖がってはいられない。足場をたしかめながら登っていけば、高くなるにつれ横風が強くなった。強張る手足を力ずくで運んでいく。たった数メートルが永遠に感じられた。下を見ないように無心で上まで。

気づけば、そこは頂上だった。

息をつく暇すら私にはない。休憩する時間もおしく、足腰に鞭打って煙突内部を覗いた。

暗い、暗い穴があった。この体ならとおれそう。キッズ携帯の光で照らしてみると、煤《すす》で黒くなった壁面にでっぱりがあった。あれを足場にして下りれそうだ。

深呼吸しつつ用意していた手袋をつけ、キッズ携帯は首にかけてライト代わりにする。心もとないけど、あるだけマシだ。

一歩一歩、慎重に下っていく。

鼻が曲がりそうな臭いがこびりついている。これまでなにを焼いてきたのだろう？　手袋は早くも真っ黒で、どうせ服も汚れるだろうから、あとで着替えないと。

汗が顎から零れ手が痺れかけたころ、着地点が見えた。

そっと暗闇の暖炉に下り立つ。なにかの燃え残りがあるようで、じゃりじゃりと音が鳴った。足跡がつかないように靴を脱ぎ、壁際にあった電灯のスイッチを押した。

即座に飛びこんできたのが壁際に並んだ本棚だ。年代物らしい本から新しそうなものまでぎっしりと詰まっている。

どれかが私を救う魔術関連の本かもしれない。期待で胸が高まった。

他には……壁にドリルやノコギリ、金槌《かなづち》と鉈《なた》もあった。暖炉のそばにはポリバケツがあり、鉄格子がついたベビーベッドらしきものが三台ならんでいる。まるで刑務所の檻だ。鉄格子のなかには人形が横たわっている。

一台にはつぎはぎ顔の人形。別のベッドには、腕にたくさんの指を生やし、下半身の曲がった人形。三台目には顔と体の半分が焼けた人形があった。今日お披露目された人形たちだ。

新作のうち二体は関島さんに譲られた。残りは真哉に渡される予定になっているから、これは最初に見せられた出来損ないと言われた人形だ。その証拠に得体のしれない魅力がなく、平然と見ていられる。

工作台やビーカー、なにかの薬瓶、大きな鍋、目移りはするものの、重点的に調べるべきはやっぱり本棚だ。

日本や西洋の美術史、まったく名前の知らない作家の作品集や画集で埋まっている。英文が多いものの、よほど専門的な用語でなければ大体は読み進められる。英語は得意中の得意だ。学生時代に身に付けた速読も役立ってくれそうだった。

漁ること十冊目、ついにそれを発見した。西洋の魔術書だ。

緊張で指先が震えた。これが私の人生を変えるかもしれない。分厚い表紙で何百ページとあるものの、全神経を集中させて目をとおす。神や悪魔、天国地獄の講釈は飛ばし、魂や魔術に関するページを熟読していく。専門的で意味不明な単語も散見されるけど、概要は呑みこめた。

それだけに読後の落胆は大きかった。魔術の説明が主で、どのように術を実行するかという記述が見当たらない。内容も一般的な魔術に関しての考察や説明が主で、常世家のそれについての記述はなかった。とはいえ無関係だと決めつけるのは早計だ。あとあと読めば関連が見出せるかもしれない。じっくり読み返せるようにデジタルカメラで要所を撮影しておく。

魔術についての書籍は続々と見つかった。アラビア語は私でもほとんど理解できず、絵や図版から類推するしかなかった。英語とドイツ語、中国語と理解できる言語を黙読していく。ページ数はどれも多く、このペースでは日が昇りそうだ。

ふと、ある本に視線が縫いつけられた。多様な本の森でひっそりと一冊、それだけが背表紙になにも書かれていない。朱色の表紙を開き、黄ばんだページをめくった。

印刷された文字ではなかった。万年筆で書かれたらしい達筆な文字が並んでいる。最近記されたものじゃない。内容を読んでいき……呼吸が止まりそうになった。

『軍の加藤《かとう》が訪れる。泥人形を兵士として使えないかとの依頼だった。泥人形を戦地に送り込めば犠牲を出さずに戦を進められると。そうした目論見であったが、どだい無理な相談である。術はゴーレムを誕生させるものではない。魂を込めたところで、泥がどうやって動くというのか。骨も筋肉も内臓もなければ動けはしない。そう伝えると加藤は渋々ながら帰っていった。ゴーレムに頼ろうとするなど驚きであった。好調な戦局をラジオは謳《うた》っているが、よほど芳しくないのだろう。警戒しなければならない。もし我が国が敵国に占領され術の秘密が奪われてはおしまいだ。術は我が血筋でしか使用できないが、敵国は科学の発展目覚ましいと聞く。なんらかの方法で覆されないとも限らない』

ついに求めていたものを見つけた。

命の祖母――常世黄泉の日記に違いない。ざっと読んでみたけど、徹頭徹尾魔術について書かれている。魔術の利用法、改良への試行錯誤、子供や孫への利用価値の考察など、思考の移り変わりが克明に記されていた。

喉が急激に渇いてくる。

知りたいのは魔術の方法やルールだ。目を皿のようにして探す。

それらしい記述はあちこちにあるものの、飛び飛びで書いてあり、短時間で全貌は把握できそうにない。腰を据えて熟読する必要がありそうだ。

「え……？」

ふいに、背中から視線を感じた。出入口のドアからだ。

誰かいる？

耳の奥でどくどくと心音が聞こえる。

朝子たち？

それなら息をひそめない。とっくに捕まって酷い目に遭わされているはずだ。

……ただの気のせいかもしれない。どうしよう。

ドア付近は静かだ。物音ひとつしない。

誰も、いない。

でも、ここは三姉妹のテリトリーだ。いつやってきてもおかしくはない。気のせいだとしても、これ以上の長居は危険だ。

キッズ携帯を見ると三時三十四分だった。急にどっと眠気が押し寄せてくる。興奮で忘れていた睡魔が襲ってきたようだ。適度な睡眠時間を確保していないと、日中を寝てすごすことになる。それがこの体だ。頭を働かせるには最低限の睡眠がほしい。

本以外も調べたかったけど、チャンスは今夜もある。無理をする場面じゃない。まだ撮影できてない本や別の手がかりの有無は次回手をつけよう。

帰りはドアから出られるので助かる。煙突をまた登るのはごめんだ。

まだ全員が寝ているだろうけど、急ごう。

ひと眠りしたら、ゆっくり日記を読み返す。未来への期待で胸が高鳴った。

廊下には誰もいない。いる気配もない。さっきの視線は気のせいだったみたいだ。

数分で滞りなく部屋へ帰りつくと、すぐ泥のように眠った。

計画が狂ったと知るのは、ほんの数時間後だ。

＊

朝子の部屋へ後先考えず乗りこんだのは、魔術の情報があるかもと思ったからだ。その考えが働いた瞬間、衝動的に体が動いてしまった。

年齢設定から逸脱した行動なのは自覚していた。でも、気づいたところで反射的な行動は抑止できなかった。こうなれば真里は勇敢な子であるという路線で突っ切るしかない。

いくつかの言葉の応酬ののち、真哉と御子柴さんはその場を離れてくれた。

二人が走っていくのを見届けて、目的に戻る。

丸々と太った黒焦げの物体は朝子としか思えない。両手足をワイヤーで縛られ悲惨な死に様だ。吐き気などの生理現象が襲ってこないのは、私自身一度焼け死んだせいだろうか。捜査は警察に任せるとして、私は情報収集だ。

消火器にペットボトル、お披露目された新作人形……いえ、これは出来損ないと言われていた方の人形で……待って。出来損ないの人形は創作室にあった。つまり私が創作室を出たあとでこの人形が盗まれたことになる。私が出たあとで誰かが忍びこみ盗んだとなれば、ドアからの違和感はやっぱり犯人からの視線だったのか……。

ゾッとしたものの、いまは忘れる。無謀な行いをしてまで手に入れた時間だ。魔術についての本や日記の一冊でも探さないと無意味になる。

本棚はなく、木箱や段ボール箱もない。クローゼットにあるのはハンガーにかかった派手な服ぐらいだ。整列した人形の合間をつぶさに見ていくも、めぼしいものはなかった。

「やっと戻ってきた。なにしてたのよ」

夕子の大きな声がして、ドアノブが乱暴に鳴らされる。

「真里、どうしたんだ。鍵は？」

「ちょっと待ってて、すぐ開けるから」

急いでドアまで走りドアを開けた。

＊

朝子の部屋の前で私は待ち、うしろでは真哉と御子柴さんが殺人現場を調べている。

橋が焼き落とされたことで、にわかに全員の警戒レベルが上がってしまった。

計画の修正が急務だ。真哉と寝室を分けるのはもはや望めなく、夜中の行動は大幅に制限されるだろう。創作室はまだ調べ尽くしていないのにどうしよう。

難問はそれだけじゃない。

真哉の態度だ。

犯人解明への強いこだわりが気になる。

攻めの姿勢は理解できるけど、子供を他人に預けてまで現場を調べようとするのは不自然だ。

真哉なら手の届く範囲で真里を守ろうとするはずなのに、反対の選択を取り続けている。

思い当たるふしはあった。

いつからだったろう。真哉の態度に違和感を覚えたのは。最近なのはたしかだ。傷物にさわるようによそよそしく見える瞬間があった。

原因はたぶん……真里の異変を感じ取られているからだ。

振り返ればミスはたくさんあった。前髪を耳にかけて指先でいじる癖が代表だ。意識してないときも含めれば相当数、表に出していたと思う。

発言にしてもそうだ。直近では「あなた、やめなさいよ！」などと子供らしくない発言を御子柴さんに指摘された。不用意な言葉を発した場面は多々ある。

殺人現場に飛びこんだのは致命的だ。あれは子供の枠を逸脱したなんてものじゃない。子供としては異様な行動だった。

それらの変化を真哉はどう咀嚼《そしゃく》しているのだろう。

考えるのが怖い。正気を失った真里の犯行だと思われていたら……。

現場が密室であるのも、私にとっては不幸だった。密室に入れた人物が犯人であり、密室に入れたのは真里だけで、つまり真里が殺した——と論理的には私が犯人となってしまう。

だから真哉は必死になっている。我が子が犯人ではないという証拠を見つけるために。

この身体からの脱出は一刻の猶予もなくなった。真哉から疑いの目を向けられたまま生きていくのは耐えられない。もっともっと手がかりがいる。創作室へいきたい。

真哉と離れ、自由になれる時間がほしい。十分、二十分でもいい。創作室に入れさえすれば、めぼしい本を持ってこられる。もう撮影をしている場合ではなくなった。運べるだけの本を運び、一時的にお風呂場にでも隠して、時機を見て取りにいこう。危険だけど、なりふりかまっていられない。姉妹に海外へいかれたら、この館にはこられなくなる。最初で最後のチャンスで摑めるだけの情報を摑み取るしかない。

そう方針を固めているうちに、朝子の部屋の調査が終わり、二階までつれていかれた。

作品を窓から捨てる夜子たちが真哉に手伝いを求めたとき、私は心で手を打った。

千載一遇のチャンスだ。真哉の時間が拘束されれば、私の時間は自由になる。

多少の紆余曲折があり、私の子守りは御子柴さんがすると決まった。降って湧いた幸運に体温が上がる。さらには、降って湧いたようにキッチンで単独行動できる機会が訪れた。御子柴さんが竹内さんと話している間に窓から抜け出せば創作室へいける。

タイミングを見計らって窓を開けた。部屋の前には木箱がある。あれをつかえば窓まで届きそうだ。もし無理でも朝子の部屋は窓が開けっぱなしだったから、帰還ルートは確保されている。

万が一に備えての言い訳は子供であることを最大限に活かし、かくれんぼでいく。もし行方を探されても、かくれんぼ中だったので声を出さなかった、というシナリオは成り立つ。収納棚にでも隠れていたことにしておこう。収納棚には広めのスペースがあり、鍋やザルを少し動かせばこの体が入る隙間は確保できる。言い訳の辻褄は合わせられそうだ。

御子柴さんと竹内さんの会話が聞こえてきた。内容はよく聞き取れないけど、世間話には聞こえない。深刻そうな空気で、長くなりそうだ。気取られないように出ていこう。

足音を立てないように窓へ向かい調理台に上がる。窓枠を跨いでぶら下がり、音を立てないように着地した。創作室まで急行する。

昨夜のように梯子を準備したところで、足が止まった。ここへ至って準備不足に気づく。

この恰好だと煙突には入れない。

昨夜は手袋も服も煤で所々汚れていた。キッチンにいたら煤はつかない。煤がついた服でかくれんぼをしていたと言っても通用しない。

雨合羽なんてない……どうしようか……抜かっていた。煤の問題を忘れるなんて。なにか羽織るものでもないかな……そんなの都合よくあるわけない。いまさら予備の服を取りに戻るわけにもいかない。思い切って服を脱ごうか。

脱いだ服は置いていけないから持ちこむしかないけど、煙突をとおればどのみち汚してしまうだろうし、手が塞がれば下りるのも困難になるだろう。服はここに放置しておいて、あとで取りにくる？　真哉の監視が強まる恐れがある現状、『あとで』が訪れる保証はない。それに服の替えは自室にしかない。取りにいけば二階にいる真哉に見つかる。

解答を集約できず、ぐるぐると庭を回る。

どれほど悩んだか。私はようやく足を止めた

悩むまでもなかった。ちょっとした工夫で壁は破れる。たしかに全裸になっても服を抱えて煙突を下りれば煤で汚れるだろう。でも、それは表面だけだ。なかはきれいに保たれる。服を裏返せば、汚れるのは裏地だけで、また裏返せば汚れのない表面を堂々と見せられる。

急げ。無駄な時間をすごしてしまった。

上着から脱ぐ。首に引っかかる。落ち着いて。ゆっくりやればすぐ終わる。上着を脱いで裏返す。ズボンも脱いで……。

準備が完了し、脈拍を落ち着けて一息ついた、そのときだった。

ざっざっざっ。

音がした。気持ちを落ち着けていなければ気づかないほど、かすかな音だ。ゆっくりこちらへ

向かってくる。なにかを探るかのように慎重な足取りだ……。

私も慎重に服を拾って、迫る音とは反対側に逃げる。足音を立てないように、かつ素早く最速で。

想定以上に早く不在が発覚してしまったようだ。なにが一時間よ。もたもたしていた私も悪いけど、突然すぎる。

舌打ちしながらキッチンまで逃げ帰った。足音は聞こえない。服を高速で着なおすと、木箱に乗って窓枠に手をかけ、キッチン内を確認した。誰もいない。

よじ登って調理台へ戻る。何食わぬ顔でサロンに出ると竹内さんはいなかった。ロビーで気忙しそうにうろうろしていた彼に内心で謝りつつ声をかける。

「ねえ、竹内さん」

弾かれたように体がこっちを向いた。

「ま、真里様！」

「ねえ、なんでいなくなっちゃうの？」

「いままでどこにいらしたのですか？」

二階へ聞こえないように小声で尋ねてくる。

「キッチンにずっといたけど」

真顔で嘘をつく。

「姿が見えなかったですが……」

「キッチンの棚のなかにいたよ」

しれっと答えた。

「なぜそんなところへ？」

「かくれんぼ！」

無邪気なふうに返事をする。

「言ってくだされればお相手しましたのに」

崩れ落ちそうになりながら安堵している。本当に申し訳ない。

「では、ずっとキッチンにいらしたのですね」

「うん、いたよ」

「とにもかくにも安心いたしました。御子柴様へもお伝えしなければなりませんね」

子供の無邪気さは大人には持てない武器だ。そこだけは特権と言える。戻ってきた御子柴さんも納得してくれたようだった。

なんとかやりすごせたものの、目的は未達成に終わった。自由になれる時間があとどれくらいあるだろう。一回行方をくらませたからには、監視の目が強化されるのは火を見るより明らかだった。

案の定、御子柴さんは厄介払いをするかのように私を真哉に返した。

見捨てられたからには、独力でどうにかするしかない。

とにかく真哉の視線をブロックしないとはじまらない。それには廊下ではなく、部屋にこもることだ。一人でいられるなら抜け出す機会もある。半分しか開かない窓もこの体であれば障害にならない。映画のように布団のシーツを結んでロープ代わりにすれば二階からでも下りられるだろう。

そんな青写真を真哉は容赦なく破ってきた。

部屋のあらゆる場所、ベッドの下や窓の外などを目つき鋭く目視していく。犯人が潜んでいないかチェックしている、だけでないのは明らかだった。おもむろに布団のシーツまで外しはじめたところで、

「なんでそれ取っちゃうの？」

「片づけにつかう」

「どうやって？」

「引きずるときに敷いたら床が傷つかないだろ」

「……そうなんだ」

掛布団のカバーまで外しているのを見て唇を噛んだ。

疑いの余地なしだ。

真哉は私を疑っている。

犯人と疑っているかまでは断定できないけど、部屋から抜け出す可能性は考えに入れている。そうでなければ娘の部屋の布団カバーやシーツは奪わない。

「もう一度言うからよく聞いてくれ。パパ以外の人がきても絶対にドアを開けるな。なにかあったらすぐ声をかけるんだ。大きな声でだ、いいな？」

「わかってるよ」

「三十分に一回は必ず様子を見にくる。顔を見せて声も聞かせてくれ。いいな？」

強く言い置くと、シーツやカバーを担いで出ていった。ドアに顔を寄せて聞き耳を立てると「なんでそんなもの持ってきてるのよ！」と怒鳴られていた。

どうしよう。抜け出す手立てはなくなり、三十分に一度は訪問される。いよいよ身動きが取れ

なくなってきた。

次のチャンスがある保証はない。動けるときに動かないと詰むだけだ。

窓を開けて見下ろすと、子供の体のせいか高さが際立つ。脚立や木など足場にできそうなものは近くにない。シーツをロープにする手を奪われた私に窓のルートはつかえそうになかった。

ドアからはどうだろう。夕子たちにこきつかわれて真哉の注意が逸れていれば……。

廊下に顔を出してみる。

四人は作業続行中だ。指示役の夕子が火搔き棒を振りながら命令して、それに従い夜子は小物を運んでいる。真哉と関島さんは西側にいて、学校の黒板ほどもある絵画を抱えていた。真哉はすぐ私に気づき、

「どうしたんだ？」

「ううん、なにしてるかなって」

抜け目がない。これだとどんなに素早く行動しても、廊下に出たところで捕捉される。なにか穴はないか、じっくり動きを観察する。

東側の大きな造形物が片づき、いまは西側で肉体労働をさせられているようだ。オブジェや銅像、油絵まで捨てている。数が多い人形を投げ捨てていくのも大変だけど、大きなものの処分にも苦労しているようだった。

二メートルほどあるメデューサ像を大人の男二人で持ち上げた。両手で抱えるほどの横幅だ。重さもかなりあるようで、慎重に廊下の幅や障害物を確認しながら運んでいく。

脱出ルートが見えたかもしれない。

位置関係的には、中央階段方向に真哉たちがいる。ガラクタが落とされるのは廊下の中間にあ

るスペースの窓からだ。この部屋のすぐ近くにはエレベーターがあり、真横が階段だ。距離はせいぜい三メートル。二、三秒を稼げれば階段から下りられる。

男二人でゆっくり像を運びながら窓枠に載せた。作業をしながらも私に視線を送ってくる真哉に隙はほとんどない。かなり視野を広く持っているはずだ。

隙が生まれるのは窓枠に載せるタイミングしかない。持ち上げるとき、真哉の上半身が像で少しの間だけ隠れた。運ぶものがもう一回り大きければ、隠れる範囲も時間もわずかながら長くなる。

おあつらえ向きに、三メートルほど縦幅がある油絵がうしろに控えている。あの絵を窓枠に載せるとき、視界がほんの数秒遮られるはずだ。

その数秒に賭ける。タイトな作戦でも、やるしかない。

ただし成功しても問題は残る。出発はできても帰りのチケットがない。大きな絵はあれが最後の一枚で、帰りは目隠しになるものがなくなってしまう。

逡巡《しゅんじゅん》は数秒だった。なにを犠牲にしても、最優先は創作室への侵入だ。帰りはあとで考えればいい。行動あるのみだ。

像を落とした真哉は、汗をハンカチで拭いてこっちに目を移した。

「がんばってね」

小さく手を振ってあげると、笑顔で振り返してくれた。次は大きな絵を運ぶつもりのようで、見届けてからドアを閉めた。

「ごめんね、真哉」

ほんの少しドアを開け、廊下からの音に耳をそばだてる。

急ぐな。落ち着いて、落ち着いて。

「せーの」

真哉の掛け声がした。油絵を持ち上げたようだ。

瞬時にドアを開け、うしろ手で閉める。前だけを見て走る。呼び止められたらおしまい。一秒が一時間ほどに感じる。足を動かしているのに動いてない感覚だ。時間の流れがスローモーションになる。

エレベーター横の階段まで急ぐ。

すっ、と階段に着地した。

時間が正常に流れ出す。息を整えて、しばらく待った。

真哉からの声はなく、代わりになにかが落下する音がした。

成功したみたい。

ここまでくればもう安全だ。吹き抜けのロビーは人形の遮蔽物《しゃへいぶつ》だらけなので頭上で作業をしている姉妹はもちろん、西側にいる真哉たちにも見つかることはないだろう。隠れて進みやすいこの背丈が役立っている。御子柴さんも竹内さんもいないうちに外へ出よう。近い玄関から出ていこうとして、思い直した。玄関扉は大きくて開けると目立つ。距離はあるけど、姉妹の部屋側のドアを開けて、廊下の窓から外へ出る方が目立たないだろう。

真哉の視界に入らないよう隠れながら進み、慎重にドアを開けた。急いで窓から出ていこうとして、足が止まる。最奥にある創作室の扉前に人影があった。御子柴さんだ。熱心にキーパネルへなにかしている。気まぐれに見ている様子ではなく、金庫破りをするかのような真剣さに見えた。

でも開けられそうにはなく、どうも暗証番号は知らないようだった。

どんな事情で開けようとしているのか……疑問がいくつも湧き……一気に吹き飛んだ。入りたいのなら手伝ってあげればいい。アライアンスを結ぶ。私は創作室に入りたい、御子柴さんも創作室へ入りたい。利害関係は完全に一致している。協力関係になれば帰りのチケットも入手でき、秘密の共有ができれば今後の活動もやりやすくなる。

交渉が受諾されるかが懸念材料だけど、おそらくうまくいく。遠目でも御子柴さんには鬼気迫る雰囲気が立ち上っていて、創作室への切符を提示されて受け取らないとは思えない。

御子柴さんは私の接近に気づかないほど集中していた。

「そこに入りたいの？」

話しかけると、御子柴さんは最初こそ常識的な対応だったものの、最終的には手を組んでくれた。亜里沙だったときでも取ったことがない大型契約だ。

フォローがあると煙突に登るまでがスムーズだった。もう煤汚れを気にして服を裏返す必要もない。日中の煙突内は視界良好で、二度目なこともあり順調に下っていけた。

ところが、中ほどに差し掛かったとき手足が硬直した。目の奥が痛くなるような臭気に襲われたためだ。昨夜の臭いの比じゃない。どこかで嗅いだことがある……思い出そうとすると、臭いのせいか吐き気を催した。どす黒い記憶に脳を殴られるような痛みで眩暈《めまい》がする。舌を噛んで意識を保ちつつ手足を動かす。

どうにか意識を手放さずに暖炉へ着地すると、ぐにゃりとなにかの感触が足裏に伝わった。携帯の明かりを当てると、それは黒く焦げた塊だった。手足のような形で……いえ、正真正銘の手足だ。そういえば殺人現場にあった人形を焼いたと夕子が言っていた。臭いの元は人形を焼いたからか？　どんな素材をつかえばあの臭いが出せるのだろう。

靴を脱いで部屋の明かりをつけると、室内は地震後のような散らかり具合だった。監獄のベッドを見ると人形がなくなっている。やはり現場の人形はベッドにあったものだったようだ。

虹色をしたマネキンの腕や藁で編まれた仮面、何十本ものカラフルな棒など、昨夜は目に留めなかった代物が気になってくる。いずれかが魔術に不可欠なアイテムかもしれない。協力者ができたいま、本以外のアイテムを気にする心のゆとりも出てきたのか、目移りする。

箱、鍋、棚等々。興味を引くものをざっと観察していく。

なかでも魔術に関連が強そうなのは……このラベルのない薬品だろうか。飲ませて魂を抜くなどという効能があったりするのかもしれない。

でも、ほとんどが割れていて調べようがない。昨夜のうちにいただいておけばよかった。

念入りに調べたいのは山々だけど、そろそろ御子柴さんを迎え入れてあげよう。


御子柴さんは創作室に入るや、なにかを探しはじめた。鉈や暖炉、広い台を見て回っている。私は私で活動を続けた。

それからタイムリミットまで本を読み帰還となった。

その時点では御子柴さんという協力者を迎え、今後への展望ができていた。それを再びどん底へ突き落としてくれたのは、またあの女だった。

死体になってまで夕子は私を苦しめてくれた。

＊

残った人たちはサロンに集まった。夕子の死でこれは連続殺人だと決定的になった。さらなる犠牲者を出さないために全員で集合する、それが合意事項だった。

事件の連続性から類推すると、次の標的は夜子でしかありえない。男性陣は囲むような形で体育座りの夜子を守っている。長い髪が垂れて顔色はわからないけど、ぴくりとも動かない一方で、護身用のナイフはしっかり握られていた。

夕子の死を告げられた夜子はエレベーター内の人形を抱え、幽鬼じみた足取りで創作室に閉じこもってしまった。

十数分して戻った夜子は、

「夕子姉様の弔いはしました」

と一言だけ述べた。

御子柴さんが言うには、煙突から煙が立ち上っていたそうだ。現物の死体は警察の到着までエレベーターに安置しておくため、代わりに人形を火葬したということだろうか。いまはこうして自らが人形のようにぴくりともせずうずくまっている。

「夕子さんは誰に殺されたというのだ！」

金の卵が立て続けに消えてしまい、関島さんは憤慨を隠さない。

「だからこそ総出で考えなければね。犯行はいかにして成し遂げられたかを」

この場において平常心でいる御子柴さんが窘《たしな》める。夕子の死後から彼の雰囲気は一新していた。

柔和な笑顔がなくなり、声質からもやわらかさが消えた。カメラが回った後のような役者じみた変化だった。

「こんなのはどうだ。犯人は最初からエレベーターにいた。そこで夕子と合流し、何食わぬ顔で近づきナイフを突き立てた。ドアは前後にあるから、エレベーターが動く前にロビーとは逆側、要は三姉妹の部屋側に出れば姿は目撃されない」

一言一句、確認するように真哉が見解を述べた。

「夕子と犯人は知り合いだったと？」

「そういうことだな」

「姉を殺した人物と密会するだろうか？」

「姉を恨んでいたとしたら？」

「いいや、姉妹仲は良好だった。そうでしょう、竹内さん」

「おっしゃるとおりです。創作のみでなく、どこへいくのも常に共にしておりました。険悪な様子などいささかもありません」

「わかりませんよ。現に四女である常世命は恨みがあるようでしたがね。詳しい事情は知りませんが」

ぴくっと、ほんの一瞬だけ夜子の手が動いた。

「恨みがあったとして、夕子と犯人が合流したという推測は甚だ疑問だ。密会にエレベーターを選ぶだろうかね。夕子の部屋は施錠できるプライベートな空間だった。そこで会えば何人《なんぴと》にも見られはしない」

「ならばこういう仮説もある。ロビーには人形やでかいオブジェが所狭しとあって隠れ場には困らなかった。いずれかに犯人は身をひそめ、扉が閉まる直前に押し入った。竹内さん、夕子がエレベーターに入る場面は見ていないですよね?」

「……ええ」

「俺たちも見ていない。御子柴や関島さんもですよね?」

「まあな」

「気軽に言ってくれるね。夕子がいつエレベーターに乗るかなど予測できはしない。それまで延々とロビーで隠れていたとでも?　ロビーは誰もが移動のたびに通過する。極めて危険ではないかな?」

「安全策を取るのなら、こんな方法もありうる。夕子が乗りこみロビー側の扉が閉まったあと、反対側の扉を開けて犯人は押し入る。夕子を殺し、またその扉から出て、二階へエレベーターを出発させれば密室状況の完成だ。二階で扉が開いたときは、夕子一人になっている」

「それは妙だね。いくつか作業が抜けている。夕子がエレベーターに入り二階へ到着する間に不自然なタイムラグはなかった。あったとしてもごく短時間だろう。ナイフを複数回刺し、照明のカバーを外して人形まで取り出す。その工程をタイムラグが感じられないほどの短時間でできるとは思えない」

「照明カバーはあらかじめ外して、人形も出しておけば時間を節約できる」

「夕子の立場で想像してみなよ。入ったとき、床に照明カバーと人形が捨て置かれていれば、よほどのまぬけでない限り、なにかしらの反応を示すさ。そんなものはあったかい?　さらに言えば、反対側から犯人の襲撃があれば、夕子とは正面から対峙することになる。無抵抗でやられはしない。いささかの攻防は生じる。結果、大きなタイムラグが生まれるはずだ」

「ストップウォッチで計測でもしていたのか？　体感の話だろ」

「おじさんはどうかな？　僕の体感だけでは納得できないそうだ。答えてあげてくれないかな」

「……大きく遅れてエレベーターが到着した感じはなかったが」

関島さんは様変わりした親戚に怪訝《けげん》そうにしながらも、気圧されているのか素直に答えた。

「聞いたかい？　麻生さんの推理は時間がタイトすぎる。そもそもだ、この殺人は犯人にとって圧倒的に不利となる。考えてもみなよ。現場は狭く抵抗に遭う恐れが高い。殺人にはすこぶる不向きだ。成功したとて、逃走ルートも限られている。そこがどうにも引っかかる」

「夕子は姉妹のどちらかといる時間が多かった。エレベーターは自室以外で夕子が一人になる可能性が高く、見方を変えれば襲いやすいとも言える。総合的に勘案してエレベーターでの殺害が最適と判定したんだろ。これでも納得できないなら、別解を出してくれ」

御子柴さんが額に手を当て口ごもる。

私の方を見たのは気のせい……には思えない。

御子柴さんの頭のなかは想像できる。

「いかなる論法を駆使しようと違うものは違う……とだけ言っておこうか、いまは」

御子柴さんは真哉から視線を外した。

「だったら俺が別解を出してやる」

真哉が一歩前へ出た。

「ぜひ」

「なんのことはない。夕子が自分で自分を刺した、自殺だ。これならすべて解決する。タイムラグも生まれない。犯人の侵入も脱出も考慮しなくてよくなる」

「おもしろいね。夕子は自ら生命を絶つような性格ではなかった、という点を除けば」

「仕事や金銭の悩みなど、ありがちな自殺だとは思っていない。特異中の特異な芸術家だ。動機も特異に決まっている」

「つまり？」

「あの死に様こそが、夕子の作品だったんだ。ミステリにおいて見立て殺人は一種の美しさの表現として描かれることもある。一世一代の作品として夕子は死を演出した」

「『獄門島』のようなビジュアルの見立て殺人であれば合意しよう。しかし、あれはその足元にも及ばない光景だった。背中にナイフが刺さり人形が落ちていただけの現場のどこに美しさがある？」

「夕子の美的感覚上は、美しかったんだろ」

真哉に自説を曲げるふしはまったくない。それは私にとって畏怖すべきことでもあった。

「流れはこうだ。夕子は事前に外れやすく細工した照明カバーの裏に人形を隠しておいた。時がくると、一人でエレベーターに乗り、火掻き棒でカバーを外して人形を落とす。あとは隠し持っていたナイフで自身を刺し他殺を演出した」

「自分で自分の背中を刺せるかな？」

「やってやれなくはないだろ。実際、一度で死にきれなかったからこそ、複数の傷があったわけだ。何度か夜子を伴ってエレベーターに乗ったのは、内部になにもなかったと印象づけるためだろうな」

「外すのは火掻き棒でできるとして、夕子の足では照明カバーの裏に人形は隠せない」

「少しぐらいなら立てるのだとしたら？」

「願望がすぎるよ」

「脚立はどこかにありますよね、竹内さん」

「……はい。外の倉庫に」

「高さはどれぐらいですか？　たとえまったく歩けなくとも、よじ登って天板に座われば照明カバーに届く高さはあるのでは？」

「その程度の高さはあったかと思いますが……」

「重さはどうです？　かなり軽かったのでは？」

「はい。朝子様たちの意向もあり、道具類はなるべく特注で軽いものを用意してあります。夕子様ひとりでも不自由しないためにだと思いますが」

「どうだ？　これで密室は完成する」

「こじつけに関しては拍手したいね」

「どこがこじつけだ」

「ありそうにない動機やうすい理由づけがさ。こじつけではなく、誰もがひれ伏す推論で論破してもらいたいものだね」

「そんなものはない」

「わかっているだろう。最も可能性が高いのは——」

「その辺で止めておきたまえ！　夜子さんのことを考えんか！」

突如、関島さんが声を張り上げた。

「肉親が亡くなって傷心の人がここにいる。場をわきまえんか。でしょう、夜子さん？」

夜子は無反応のままで、微動だにしない。

「犯人がどんな輩であれ、この六人のなかにいないのは明白となった。助けがくるまで守りを固めていれば手を出せはしまいよ。それでいいじゃないか。争う理由がない」

安全を重んじるなら、助けがくるまでじっと待つ。夜子への点数稼ぎだとしても関島さんの提案はまともだ。

でも、真哉には譲れないものがある。正論では決着がつかない。

犯人は誰で、どうやって夕子を殺害したのか。

ない知恵を絞って掘り当てた可能性がある。

候補は一人しかいなかった。

真里だ。

真里なら――私なら夕子を殺せた。

私は殺していない。刃物を握った記憶すらない。

しかし俯瞰すると、犯人は私しかいなくなる。

この結論に達していると思われるのが、御子柴さんだ。だからこそ論破してもらいたいと彼は言った。論理的には私が犯人でも、普通は子供が殺人犯であるなどと思いたくはないものだからだ。

真里犯人説へ至ったのはこういう経過だと推測できる。

真里は夕子がエレベーターに乗りこむタイミングで密かに同乗する。扉さえ閉まればこっちのものだ。子供でも、車椅子の相手を背後から仕留めるのは難しくない。キッチンから持ち出していたナイフで刺し殺すと、絶命した夕子を足場に照明カバーを外して、裏側に仕込んであった人形を落とす。二階に到着すると、車椅子を少しだけ押して――実際は即死ではなかった夕子がわずかながら自力で車椅子を動かしたようだけど――廊下に出した。ただし車輪の後方を一部だけエレベーター内に残しておく。そうすれば車輪カバーが目隠しになって廊下からの視線を遮れる。車輪カバーから体がはみ出ないように階段まで抜け出せば、あとは御子柴さんを待ち、終始階段にいたかのような演技をすればいい。

この方法は私が真哉の見張りをかいくぐった手段と似ている。それを教えた御子柴さんならなおのこと同じ推理が導けただろう。

物的証拠はないけど、状況証拠は私を犯人だと指摘している。

私なら朝子の部屋に出入りでき、夕子の殺人も可能だった。年齢のフィルターさえ外されてしまえば、論理的には私が犯人だ。

これはただの偶然？

それとも、真里沙の中身が亜里沙だと知る誰かに陥れられている？

信じられない……けど、否定もしきれない。

私だけが魔術を受けた人間であるはずがない。姉妹に魔術を施された誰かがいて、私の正体に感づいた。ありえない話ではない。

だとしても誰が、なんの目的で罪をなすりつけようとしているの？

私の見た目は子供だ。子供が二件も殺人を犯すなど普通は想像もしない。犯人に仕立て上げたところで、どれだけ疑う人がいる？　大人は四人いるのだから罪を擦《なす》りつけるならそちらだ。費用対効果が悪すぎる。そこまでして罪を擦りつけたい動機でもあるのだろうか。

わからない。

犯人は？

動機は？

人形はなんのために置いていく？

謎が多すぎる。

私にシャーロック・ホームズの頭脳はない。考えがまとまらない。

魔術の全貌は摑めておらず、心理的にも追いつめられてきた。

でも……と冷静な自分が語りかけてきた。

いまこそ調べるべきだ。

魔術は命が教えてくれた内容がすべてではないはずだ。あえて教えなかったこと、命すら知らないルールや現象があるかもしれない。命は魔術を忌避していたのだから、積極的に学んでいたとは思えない。学びきれなかったなにかがあるとしたら？

もしも。

目を背けていたものが姿を現す。

もしも魔術に晒された魂がエラーを起こしてしまうのだとしたら？

私は人殺しなんてしていない絶対の自信がある。そんな記憶はないのだから。

そのはずなのに現実では私が殺したとしか説明できない事件が続いている。

記憶にはないけど、私がやった？

魔術に副作用があるのかもしれない。

たとえば、無意識に恨みのある人を殺してしまう――。

朝子も夕子もリズをめちゃくちゃにした仇敵だ。殺したい気持ちがなかったと言えば嘘になる。

副作用が魂の要求に応え、恨みのある二人を殺したのではないか。

背筋が寒くなる。自分が信じられなくなりつつあった。

真実が知りたい。

手がかりの一端は、ここにある。

携帯ポーチに入れてあるデジタルカメラだ。撮影した日記の内容を読破すれば、真実にたどり着けるかもしれない。

七

自宅に朝子からの手紙が届いた。

究極の人形が完成した、すぐ戻れ、と。

指示に従い帰郷するのが、あたしのなかで既定路線だった。手紙を破り捨てる選択肢すら浮かばない。どこへ逃げようと、この首にはめられた首輪は外れない。

それなら考え方を変えればどうだろう。

これはまたとない好機だ。堂々と館を訪れ、正面から言ってやるの。もうあたしに関わるな。あんたたちは人としての最底辺だ。

鉄製の小箱の鍵を外した。

防錆紙に包まれた塊をそっと解放する。

回転式の拳銃は禍々《まがまが》しい。重苦しい存在感に息がつまる。弾は四発あり充分な数だ。

常世家から逃げ出した際、なにをなげうってでも欲したのがこれだった。危険を顧みず入手したのは何年も前だ。

護身用、あるいはお守りとして持ち歩いていた。いつか姉たちが姿を現すかもしれない。その恐怖を払うには、最大の殺傷力を誇るこの武器が必要だった。いざとなれば一発……その腹づもりで今日まで生きた。

姉たちはあたしが逃げたと思っていない。少し遠出をしている程度の感覚でいる。首輪はしっかりとついているのだから引けばすぐ戻ってくると。

悔しいけれど、そのとおりだ。

帰らなければ。帰らなければ。

本能が急かしてくる。姉たちが人形を見せて終わりのはずがない。必ず別の目的がある。

銃を握った。鉄の塊は重く、不安と隷属の心がわずかに落ち着く。

もしものときは遠慮なく引鉄《ひきがね》を引く。引く。

ガタガタと震える手を眺めながら、自分に言い聞かせた。

＊

隠し持った拳銃はついに摑めなかった。

かつて姉たちが修行と称して虐待された部屋にいる。現在は創作室と名づけられたそこで、私は絶望に陥った。

死体と人形。姉たちの大罪。

あの日の言葉が実践されてしまった。

否定したかった。なにかの間違いだと。

「どうして、こんなことを？」

「おかしなことを訊くわね。この人形をご覧なさい。魅力的でしょう？」

朝子が眼前に人形を突きつけてくる。

ケロイドの顔面で手足が溶けた人形だ。吐き気さえ催しそうな粘土の塊から目が離せなかった。心臓を掌握する破壊的な魅力と視認できない誘引力に抗えない。姉たちへの忖度《そんたく》ではなく、心底から思ってしまう。

なんて……なんて魅惑的な作品なのだろう。

「きれいに燃えてくれないもんね。暖炉だと燃えぐあいはこんなものか。やっぱり焼却炉に勝るものなしね」

巨大な暖炉では轟々《ごうごう》と炎が唸りを上げていた。なにか大きな塊を焼きながら夕子は笑っている。肉が焦げる強烈な臭気が鼻を突いてきた。

「命も嚙み締めているでしょう。神が創りしヒトという芸術品を凌駕《りょうが》するには、ヒトを利用するしかなかったのだと。人形とヒトの融合こそが真の芸術品を生むのです。実験は大成功でした。これぞ芸術のパラダイムシフトと呼べるでしょう」

ドスッ、と夜子は台に乗った男性の首を鉈《なた》で切り落とした。大鍋の中へ放りこみ鉄の棒で砕く。料理でもするかのように淡々と。慣れた手つきで腕も切断し、また砕く。

「アイディアは既存の要素の組み合わせ。まさしくそのとおりだったわ。いかに心血を注いだ人形を作ろうと無駄なのよ。ヒトを精巧に生き写しても無意味。神の作品を超越することは神の創作物であるヒトと、ヒトの創作物である人形の融合によってのみ達成される。これは世界で常世家にしかできない偉業よ。だから命、そろそろ戻りなさい。あなたには人形制作の才能があるわ。道は示した。臆することなく邁進《まいしん》しなさい」

姉たちの世界では、あたしは創作に行き詰まり出ていったと定義されている。拷問が原因だなど候補にも上がっていない。なんて純粋なのだろう。なんて愚かなのだろう。それなのに、

「ありがとうございます」

望む答えを口にしてしまう。鎖に引かれるまま。

拳銃も握れず反論もできない。ここへなにをしにきたのだろう。

「……けれど、これを警察が見過ごすとは思えません。いずれは捕まってしまうのでは」

ようやく捻り出した反論は、そんな陳腐なものだった。

「ああ、愚かな妹。わたくしたちが丸腰でいるとでも？　材料はこの世にいてもいなくても支障ない人選をしているわ。連れ去るにしてもおびき寄せるにしても、細心の注意を怠っていない」

いまはそうなのだろうけど、姉たちの欲望が肥大化しないはずがない。もっと良質なものを求めて、雑に大胆になるのは目に見えている。繊細なのは人形作りだけで、それ以外は大雑把に生きてきた。雑然とした自室や館内から明らかで、執事を欲しているのもその表れだ。どこかで綻びが生じ、いずれ捜査の手が及ぶ。笑っていられるのもいまのうちよ。

「疑われたとしても、神が与えたもうた才能がわたくしたちにはある。いざとなれば他人に罪を肩代わりしてもらえばいいのよ」

「……まさか」

呆然とする私を嘲るように、夕子が暖炉へ唾を吐いた。

「魔術を知らない警察を欺くなんて楽勝よ。身代わり用の犯人もとっくに準備済み。そいつの魂

を別人と入れ替えて、犯人しか持ってない物証を部屋に置く。被害者の私物やここでつかった凶器なんかをね。準備万端整えたら匿名の通報よ。そいつは警察の訪問で目が覚める。そしたらどうなる？　あら不思議。鏡にはまったく知らない自分がいて、警察からは連続殺人の犯人だと詰め寄られる。パニックで支離滅裂な証言になることでしょうね。部屋には証拠品まであるんだから、これ以上犯人らしい奴なんていない。晴れてウチらは容疑者圏外になれるという寸法よ」

そんなのうまくいかない。アリバイや証拠などを丁寧に調べれば真犯人でないと発覚する。警察が目先の利益に惑わされず、誠実に捜査を履行してくれさえすれば目論見は破綻だ。そうなれば姉たちは一生檻のなか、いえ、殺害したのは一人二人ではない。法的に殺せる。

「表情が怖くなっていますね。どうしました？」

顔を覗きこんできた夜子から目線を逃がす。暴力に関してはこの人が最も怖ろしい。不用意な発言は流血を招く。

「日本の警察は優秀と聞くので……あたしが計画に加わればなにかミスを犯して迷惑をかけるのではないかと」

怒りを生まないように卑下すると、さもおかしそうに笑われた。

「保険はありますからご心配なく。常世家には祖母の遺産があるでしょう」

「祖母の顧客と完全に縁を切ったわけではないわ。寿命を延ばすこの魔術を欲する権力者はいくらでもいる。権力は役に立つわ。政治家と警察のものは特にね」

気を失いそうになった。厄介な姉たちに後ろ盾まであるとなれば、止めようがなくなる。

「あくまで最終手段だけどね。他人なんて信用ならないもの」

「備えは大切ですよ。海外で活動しようというのに捕まれば元も子もありません」

「……海外?」

あたしは呆けた声で繰り返した。

「日本人のみを材料にするなど宝の持ち腐れもいいところだわ。才能はもっと広域につかわれなければ。様々な人種で創作し、活動の場も広げ、世界に真の芸術をもたらすのよ」

日本ではいかに雑な隠蔽工作を施そうとも、姉たちを利する捜査が行われる公算が高い。現実に、権力者による犯罪がなぜか裁かれない事態がまま起こっている。そうした地の利を放棄するのだろうか?

「海外では後ろ盾がなくなります。大丈夫なのですか?」

「なければ作るまでだわ。唯一無二のこの魔術をほしがらない人類がいて?」

ぐうの音も出なかった。老人なら若者の体に魂を移し第二の人生を謳歌できる。男なら女の体を獲得し名実ともに別人として生活できる。逆もしかり。先祖が意図したように、この魔術は重宝され、魔女は庇護される。取り入る人物をうまく選べば、身の安全はどの国でも保障されたようなものだ。

被害は世界に広がる。

止められるのは……止められるのは、あたししかいない。

それなのに、拳銃が握れない。

通報すらできない。警察は姉たちの息がかかっているかもしれないから、などという問題ですらない。

一一〇番をしている自分を思い描くだけで、身がすくんでしまうからだ。

通報は直接的に姉たちから離反する行為となる。行動が結果に直結してしまう。そんなこと、できない。あたしには……。

刷りこまれた隷属心は理性や意思の力程度ではどうしようもなかった。

姉たちを野放しにはしたくない。けれどあたしは傍観者にしかなれない。一生、積み重なる死体の山を見ているしかないのだろうか。

死体と人形を前に姉たちは誇らしげだった。


どうにかしなければ。どんな手をつかっても殺す……殺す。殺す。あたしのためにも、これ以上の被害者を生まないためにも。

けれど、どうやって？

武器にふれられもしないこの手で、どうやって……。

絶望の暗闇で、ふと、それが目に入る。

ぱっと光が灯った。

道筋が、見えた。

ある。首輪をはめられたあたしでも、姉たちを死に追いやる手段が。

八

朝子は焼き殺されており、状況から自殺ではない。ならば誰が殺し、どのように逃げおおせたのか。

頭に浮かんだのは、真里だった。

打ち消そうとしても消えはしない。

密室とはいえ窓は数十センチ開かれていた。真里ならば侵入可能だ。件の人形も煙突をつたえば創作室から持ってこられる。

こんなイカレた推理は消去しなければならなかった。別人の犯行の可能性を見つけ出すしかない。

現場を調べに調べたが、疑念を払拭する証拠は発見できなかった。疑念は強化され焦りが蓄積してきたころ、安心材料は向こうからやってきた。

夕子の殺人だ。

真里は終始部屋にいさせた。夕子が殺されるまでずっとだ。よって犯人候補から除外させられる。見立て殺人の連続性から、犯人は同一人物と見なせる。夕子を手にかけられなかった真里が犯人であるはずがない。

ならば夕子を殺したのは誰だ？

自殺説を推したが、はっきりとした結論は出なかった。関島の叱責もあり、議論は休題。静寂が流れ、誰もなにも発しなくなった。

そう、数秒前までは。

地の底から湧くような笑い声が静寂を破る。

サロンにいる面々の視線が収束したのは、うずくまる夜子だった。笑い声だけを漏らす様に誰もが絶句する。

それでも竹内さんは夜子のそばにしゃがみ、

「夜子様、いかがなされましたか？」

「いかがなされました？」

ゆらりと顔を上げ、笑顔を向けた。

「いえ、おかしすぎて笑ってしまっただけです」

過呼吸になりそうなほど笑いながら背筋を伸ばした。

「皆様ご苦労様です。あれやこれやと推理合戦をしてくれましたが、ワタシは知っているのです、犯人を」

夜子は御子柴へ迫るとナイフを突きつけた。

「朗報だね。しかし、まずはそれを下げてくれるとありがたい」

ナイフを前にしても動揺なく口元をゆるめた。夕子が死んでから、御子柴は仮面を脱ぎ捨てていた。演じる対象がいなくなり、仮面を被る必要性がなくなったからだろう。

「あら、失礼しました」

ナイフを投げ捨てると、火掻き棒を肩に担いだ。

「リーチがあり殺傷力も高いのはこちらでしたね」

「気はすんだかい？　では、犯人の名前を教えてくれるかな」

「いいでしょう。発表しますね」

指揮者のように火掻き棒を掲げる。

「犯人は妹です。名は常世命。真哉さんはご存じのようでしたね」

しばらく顔が浮かばなかった。亜里沙の親友である彼女の顔が像を結ぶと、思わず吹き出していた。

「そんなバカな。なら訊くが、どうやってあの密室を作った？　命さんが犯人ならばどこに隠れている？　そもそも身内から殺されるような理由に心当たりがあるのか？」

「お空の星の数ほどには」

悪びれもせず笑う。

「興味深いね。妹に恨まれるほどのなにをやらかしたのやら」

わずかに表情を歪ませた御子柴が問う。

「世間様に言えないことをそれなりに」

自慢話でもするような夜子にいら立ちが募る。

「身内のいざこざに興味はない。思い当たる節があるのなら、それが動機なんだろう。知りたいのは、命さんがどうやって二人も殺したかだ」

「残念ですが、それは明かせません」

「そこが重要なところだろうが」

怒りを押し殺す。

「説明しても理解不能な事象です。説明することに意味は見出せませんね」

「夜子の言っていることが一番意味不明だ」

「憤怒を向けられましても、それが事実です。理解されなくてもかまいません。ワタシにとっての不明点は犯人がどこに隠れているかだけです。されど、この館のどこかにいるのは確定しているのですから、こちらから探しにいき落とし前はしっかりと取らせます」

火掻き棒を一振り、肩を怒らせて出口へ向かっていった。

全員で固まっているべきだ、と常識的な言葉を発することもできた。

だが、そんな戯言《たわごと》で止められないのは共通認識としてある。無理に行く手を遮れば致命的な一撃を食らうのはこちらだ。

竹内に目をやると、心情を察してくれたのか、

「朝子様から忠告されてはいました。夜子様は間違っても怒らせるなと。なんでも学生時代はご学友の男性とトラブルがあった末、タイマンを申しこんで病院送りにしたとかで……」

身内が死んで錯乱したのではなく、あれが夜子の秘めた本質なのだろう。

「どうあれ、放ってはおけないな」

放置してもしものことがあれば寝覚めが悪すぎる。

悩みの種は真里だ。

疑惑は晴れつつあるものの、裏を返せば犯人はいまだ不明ということだ。サロンの守りは固めておきたい。竹内さんと関島さんだけでは心もとない……が、これは九分九厘、常世三姉妹をターゲットにした連続殺人だ。被害者と見立てから疑念の余地はなく、夜子以外は安全だとも言える。

ならば死地に飛びこんだ女性を守るべきだろう。

「ひとりにはできない。俺は夜子を追いかける」

「僕もお供しよう。三人でいれば犯人も迂闊《うかつ》に手は出せないだろう」

御子柴の申し出に安堵する。犯人は神出鬼没だ。同行してくれると心強い。

「夜子様をよろしくお願いします」

「頼んだぞ。至宝はもうこの世に一人しかいないのだからね」

真里は上の空だった。なにかを黙考しているようで……その横顔はどうしても亜里沙を想起さ

せた。

頭を振って幻影を振り払う。真里に亜里沙を投影するのはもうやめろ。なにがあろうと真里は真里だ。

「真里」

目線を合わせて座る。

「なに？」

漂っていた目の焦点が合う。

「これから夜子さんを追いかけてくる。大人しく待っていられるか？」

「あ、うん。待ってられるよ」

「強い子だな」

頭をなでてあげると、子供らしい笑顔を見せてくれた。以前のように引き留めてはこない。この一日二日でずいぶんと変わった。

また物思いにふけりそうになったが、閉眼して忘れる。

「御子柴、武器はどうする？」

「僕は定番のナイフでいかせてもらおう」

俺は軽さもあり扱いやすい金槌《かなづち》でいく。近距離戦闘でも確実に骨を折った方が行動不能にできそうだ。

海外ドラマのように銃があるとさらに心強いのだが、ないものねだりだ。

御子柴を伴ってサロンを出る。一度うしろを振り返ったが、真里は俺を見てはいなかった。

二階では、夜子が残った人形を火掻き棒で粉々にしていた。叩き落とし、叩き潰す。一体一体執拗に壊していく。顔には笑みが張りついており狂気じみていた。

「一旦、落ち着いたらどうだ」

努めて平静に呼びかけると、夜子は火掻き棒を肩に担ぎ振り返った。

「お手伝いはけっこうです。ワタシがすべて片づけますので、お茶でもしていてください」

「単独行動をさせられるほど豪傑じゃないからな」

「正義感恐れ入ります。邪魔さえしなければ好きにしてください」

「手当たり次第に壊しているようだけど、潜伏場所の当てでもないのかい？」

人形の残骸へ向けて御子柴は顎をしゃくった。

「館中を清掃してしまえば当てなど不必要です。ゴキブリと同じですよ。奴らは物陰から出現してまた隠れるから怖いのです。視界良好な室内であれば捕捉し、殺虫剤で殺すのは容易いでしょう」

「気がすむなら止めはしないが、命さんが犯人という根拠をそろそろ教えてくれないか？」

「……あの子には家の合鍵を持たせています。創作室の暗証番号も知りえ、動機もある。他に犯人がいますか？」

「暗証番号の変更は一度もしてないのか？」

「頻繁な暗証番号の変更こそ危険だという言説もあります」

「密室はどうやって突破したんだ？」

「この館は戦前からこの場にそびえ、庶民には手の届かない資産も保有してきました。それを守るために秘密の通路や入口が備えられていても不思議ではありません」

「秘密の通路を出入りしただけと言いたいのか？」

「館の設計をしたのは祖母です。身内にさえ伝えられず、現在に至るまで把握できていないルートがあったとしてもワタシは不思議に思いません」

「朝子の部屋は散々調べたが、そんなものはなかった」

「真哉さんは建築のプロフェッショナルなのですか？　素人が少々調べた程度で露見する仕掛けのはずがありません」

警察が現場検証をしたわけではない。実はあるのだと反論されれば黙るしかないが……。

「夕子の件はどうなる？　エレベーターは夕子のために設置したんだろ。そのときに秘密の通路でも作ったというのか」

「夕子姉様は自殺だと推理されたのは真哉さんでは？」

「それはそうだが……」

「僕は疑問だね。あのなんら飾り気のない現場を夕子が作ろうはずがない」

「妹のワタシを差し置いて、夕子姉様の感性を語らないでください。否定をされるのでしたら、蓋然性のある仮説を提示してくださいますか？」

「僕は見立ての動機が重要だと踏んでいる。創作室から盗み出してまで現場に人形を置くなど、無意味であるわけがない。必ず意味があるはずだ。そこから犯人に迫る」

「例示いただけますか？」

「見立てを行える特定人物に罪を着せる。今回であれば、創作室に侵入でき人形を運び出せる人物に疑いが向くようにした。それこそ俎上に載せられたように命さんへだね」

「愚妹《ぐまい》は犯人そのものです。罪を着せられてなどいません。よってその仮説は却下です」

「逆に特定の人物への疑いを逸らすための見立てもある」

　反論しようとした夜子を御子柴が制す。

「まあ聞きなよ。続きがある。第三に、見立てでなにかをカモフラージュするパターンだ。定番なのは、現場で偶発的に眼鏡を壊してしまい破片を拾いきれないような状況だね。眼鏡の破片から身元が割れないよう、グラスや水槽などを破壊してその破片でカモフラージュする」

「人形でなにをカモフラージュするのでしょうか？」

「僕らはおじさんが持っているものが本物の新作で、現場にあったのは出来損ないの人形だと思っている。その認識が逆だとしたらどうだろう？　犯人はそれを隠蔽したいのでは？」

「逆ならなにが困るのですか？」

「おじさんは偽物をつかまされるのだから大打撃だ」

「軽い動機ですね。それに前提が大間違いです。現場にあったのは正真正銘クズの方でした。創作者としてワタシが保証しましょう」

「作者のお言葉であれば、ひとまずは聞き入れておくとしよう。次のパターンは、見立てでの心理誘導だ。発端の事件で三体のうち一体だけ人形があれば、次の事件でも現場に人形があるのではないかと類推するものだ。それを逆手に取った工作を施し、あとの殺人を容易にする」

「その工作とやらをご教授してくださいます？」

「工作だとは限らないさ。朝子と夕子のそばに姉妹似の人形を置けば、狙いは常世三姉妹だと思わせられる。三人以外の油断を招き、三人目は別の人を襲うとしたらどうだい？」

「その説を肯定しているのなら、いますぐサロンへどうぞ。無防備な一般人が集まっていますよ」

「低確率でも、可能性がゼロでない以上は言及しておく必要があるのでね」

「ご苦労なことです。あ、真哉さんはご安心を。愚妹のターゲットはワタシで相違ないですから」

「……ああ」

俺もこの期に及んで常世以外の人間が狙われるとは思っていないが、御子柴の仮説には肝を冷やした。

「あとは被害者への怨恨で作られる見立てだ。遺体のそばに彼女たちの人形を添えることによっての侮辱、あるいは脅し。君たちは妹以外からも恨みを買うタイプだろう？」

「愛される生き方はしてないですね」

「そこは嘘でも否定するところだよ。では、これで最後だ。笑い話のようだが、ただの偶然というパターン」

「たしかに笑えます」

無表情で崩壊した人形を窓の外へ投げ捨てた。

「偶然が見立て殺人然とした状況を作り上げてしまうこともある。ミステリでは、天変地異や自然災害が見立て殺人をよく演出してくれる。たとえば、地震で偶然に見立て殺人のような現場ができあがるなどだ。朝子の場合では、人形の手直しをしていたところを犯人に襲われ、偶然あの状況ができてしまった。犯人に見立て殺人を演出する意図はなかったが、僕たちが見立て殺人だと騒いだことにより、僕たち自身がありもしない見立て殺人を生み出した」

「朝子姉様の件は偶然でも可としてよいですが、夕子姉様の死の解釈をお願いできますか？」

「ミステリで二回も三回も同じ偶然が続けばお叱りを受けてしまうよ。一件目のみが偶然で、二件目以降は犯人が自作するパターンが大勢だね。見立ては犯行の連続性を印象づける役割もある。

一件目で容疑を除外された人物が、二件目以降も見立てを継続することで一件目と同一人物の犯行だと誤認させられる」

「ふたつの事件は別の犯人だと言いたいのか？」

俺は渇きはじめた喉を開き、御子柴に尋ねた。

「かもしれない。以上、僕なりに見立てのパターンを整理してみた。解明への糸口になれば幸いだ」

ちらりと御子柴が俺を見た。

「残念ながら参考にもならないわね」

夜子は嘲笑い、もう興味が失せたとでも言うように人形の破壊を再開した。

俺はその場から離れ、この話題は終わりだと暗に示す。なにか言いたげな目を御子柴から投げられたが、無視を決めこんだ。

予感がしていた。御子柴はなにかの答えに到達している。それは俺が望まない答えだ。

一心不乱に人形を捨てる。たとえ現実逃避でしかなくとも。

＊

俺も御子柴も休憩なくひたすら動き疲労困憊だった。夜子は休憩もせず終始活発に活動していた。

廊下だけではなく、ほとんどの部屋のインテリアや家具なども根こそぎ捨てていった。成果は抜群で、死角だらけだった廊下も部屋も見通しがよくなった。

ただし、犯人も夜子の人形もいまだ見つかってはいない。

現在は関島さんの部屋にいる。目の前には朝子と夕子の新作人形があった。幼い面持ちの造形だが二人と似ており、亡くなった二人から凝視されている錯覚に陥る。圧倒的なリアリティ……なのだが、なぜだろう。お披露目のときのように心がざわつかない。ただただ気味悪く感じるだけだった。外に捨てられ廃棄物になった人形と同じにしか思えない。こちらの方が出来損ないの人形なのではと疑いたくなるほどだ。

対して、数十分前に夜子の部屋で見た——俺が譲り受け根本社長に譲渡する予定の——人形には廃《すた》れない迫力があった。こうなると御子柴の仮説のように、出来損ないの人形とすり替えられていると考えても差し支えないように思える。人形から受ける印象を分析すれば、その説が正解なのだろう。わからないのは、入れ替えた理由だ。パズルのピースのように、ぴたりとはまる理由が思いつかない。

あれこれ推測しつつ夜子に従い関島さんの部屋を離れた。次にやってきたのは創作室だった。サロンを除けば、手つかずなのはここだけだ。

「二人は待機していてください」

夜子が扉を閉めようとしたので、呼び止める。

「くどいだろうが、単独行動は控えるべきだ」

「ご心配くださり恐れ入りますが、ここへは何人《なんぴと》たりとももとおすつもりはありません」

「犯人と一対一になったら生命《いのち》に関わるぞ」

「望むところです。返り討ちにしてさしあげましょう。では、いってきます」

夜子は火搔き棒を一閃してドアを閉じた。こうも頑なではどうしようもない。五体満足で戻るのを祈るしかなかった。

「待つしかないね」

廊下の壁に御子柴は背を預けた。

「そうだな」

「待っている間、仮説を述べさせてもらおうか。君にとっては忌避するものだろうがね」

腕組みをした御子柴が静かに言った。

「……なんだ？」

動揺を見透かされないように答えたが、声は震えていたかもしれない。

「密室のことさ」

「それがどうした？」

「朝子の部屋は入口こそ施錠されていたが、窓は開放されていた。夕子殺しも、彼女が絶命する前後にエレベーターは開いていた。密室と定義するにはゆるい」

「完全でなくとも、出入りできなければ同じだ」

「逆説的に、出入りできる人物がいれば密室ではなくなる」

「遠回しにぐだぐだと。はっきり言えよ」

怒りで牽制するが、御子柴は無表情を崩さない。

「大人にとっての密室も真里ちゃんであれば出入り自由……と、言いたいだけさ」

音のない時間が流れた。

心構えはしていたが、返す刀がない。直球で核心を衝かれた。

怒るべきか。笑い飛ばすべきか。どう対応するのが正解か選択肢が回る。

……冷静にいこう。こちらには伝家の宝刀がある。いくら不審点があろうと、夕子の件で真里にはアリバイがある。いくら疑われようとも、そこはゆるぎない。

「冗談言えよ。でないと笑えないぞ」

「いたって真剣だとも。常識さえ邪魔をしなければ、謎は小一の算数より解きやすい。密室に入れ、人形を持ち出せる人物が犯人だ」

「真里だけが犯行可能だから犯人だと？　短絡的にもほどがあるな。そこをどうにかするトリックを犯人はつかったんだ」

「そのトリックとは？」

「それをお互いない知恵を絞って考えているんだろうが。だいたい飛躍しすぎだ。朝子のはともかく、夕子の件ではずっと真里は自室にいた。エレベーターでの犯行は不可能だ」

「そこなんだが、謝らなければならないことがある」

御子柴がこちらへ向き直った。嫌な予感で背中に汗が滲む。

「夕子が死ぬ直前まで、僕は真里ちゃんと行動を共にしていた」

「は？」

よく、理解できない。

「君が人形の処分をしている間、真里ちゃんと創作室を調べていた。君の目を盗み部屋まで送り届ける途中で、あの事件が発生した――」

御子柴の胸倉を摑んでいた。なにを言ったかは記憶にない。とにかく口汚い言葉を発した。脳内が煮えたぎり、気づけばこの状態だった。全身の血が沸騰している。

真里が約束を破った。あの年頃の子が、あれほど親から注意されていながら一日もたたないうちに破っただと？　俺の知っている真里はそんな性格ではない。なぜ破った？　御子柴と協力してまで創作室に入りたかったのか？　なぜ？

疑問を拾い上げれば上げるほど、燻《くすぶ》っていた疑念が再燃する。御子柴への怒りよりも真里への焦燥に心が支配されていた。

そんな俺を御子柴は眉一本動かさず直視してくる。

「僕なら煮るなり焼くなり好きにしてくれ。覚悟の上だ」

「お前が唆《そそのか》したんだろ！」

「望んだのは彼女だ。現実から目を逸らしても、それが厳然たる事実さ」

「そんなはずがあるか……」

自分の発言が空しく響き、胸倉を掴む握力もなくなる。

「真里は部屋から出ていない。出ていけば見逃すはずがない。ずっと視界に入れていた……ずっと」

「ずっと、などというのは思いすごしだ。真実を教えよう」

俺が絵の運搬をしている隙を見計らい、真里は脱出したのだと解説された。

「……危ない真似をさせないで帰すのが大人だろうが」

絞り出せたのは虚しい一般論だ。

「僕はどんな障害があろうと佳純を見つけ出す決意だ。垂らされた糸は躊躇《ちゅうちょ》せず掴む。それが誰であってもね」

この執念には共感してしまう自分がいる。同じ立場であったなら俺は常識を守れただろうか。他人に迷惑をかけようが傷つけようが、目的を達成しにいったのではないか。

「……手がかりはあったのか？」

「状況証拠と言えるものはあった。不自然なルミノール反応だ。なんの血液か確定できないのが歯がゆいが」

御子柴の暗躍を知り、思わず呆れる。

「ルミノール反応とは……舌を巻くな」

怒りが小さな笑いに変わる。純粋に姉のために立ち振る舞っているのは伝わった。白黒つけたい気持ちはよく理解できる。

「卑怯だな。その本気さを見せつけられたら、怒りがしぼむだろ」

「申し訳ない」

「降参だ。事実を受け入れる……いや、むしろ事実だけを拾い集めよう」

こうなったら毒も食らわば皿までだ。こちらが持つ材料を提示して真相へ迫る。それしかない。真里への疑惑から逃げずに立ち向かう。

それがただひとつの選ぶべき道だ。

「俺も、真里に対して思うところはあった」

亜里沙が亡くなってからの些細な変化、命さんとの会話などを伝える。

「おもしろい……と言ったら失礼だが、興味深いね。精神年齢の高さは生まれつきではなく、事故後なのか。事故現場に常世家の四女が居合わせていたのは、たしかかい？」

「ああ」

得心したように御子柴はうなずく。

「なにか引っかかりが？」

「……ああ、事故の状況さ。竹内さんの境遇がヒントになりはしないかとね」

彼が常世家で働くまでのいきさつを聞いた。

「事故で脳に損傷を受けて性格に影響が及んだ……というのか？」

「竹内さんについては却下したが、真里ちゃんには当てはまっているとすれば？」

「脳の誤作動かなにかで人を殺したと？」

「端的に言えばそうだね」

「ふざけるな、と反証できないのがなんともな。たしかに事故以前の真里なら煙突を登ったり、殺人鬼のいる館をうろちょろしたりはしない。泣いているのが関の山だった」

「心理的な影響も考慮したいね。母親の死が心に変化を招いてはいないか」

「だとしても解せないことがある。夕子たちに手を下す動機がない」

「いや、動機になりえそうな出来事はあった」

朝子と夕子がリズを破壊した件を教えてくれた。黙っていたのは、パパの仕事を邪魔したくないと真里に懇願されたからだそうだ。御子柴は謝罪してくれたが、俺は情けなさで潰されそうだった。あれだけ大切にしていたリズを手放すなど一大事だ。どうして意味を深く考察しなかった？　これまでの変化の延長だと浅い解釈で終わらせていた俺の手落ちだ。

リズを壊されて憎んでいたのだろうか。殺したいほどに――。

「人形を現場に残したのは彼女らへの意趣返しであり、出来損ないの人形を亡骸に添えて辱めようとした。雑に置かれていたのも、それなら納得できはしないかい？」

詰めていけばいくだけ、真里が犯人だと補強されていくようだ。動機があり、創作室から人形を持ち出せ、密室を行き来できる。決定的証拠はなく状況証拠のみだが、不安はかさむ。

「人形が三体とも盗まれたことから、犯人は三人とも殺すつもりだとわかる。リズが動機だとしたら、無関係の夜子はどうなる？」

「いや、彼女も怒りを買っていたと僕は見ているね」

「夜子もなにかやったのか？」

「直接にはなにも。しかし、麻生さんには手出ししただろう。人目も憚《はばか》らず恋人のようにべたべたと。覚えがないとは言わないでくれよ」

「それのなにが動機につながる？」

「その台詞、夜子を睨む真里ちゃんの目つきを見ても言えるかな」

「嫉妬から殺すと言うつもりじゃないよな」

「そのまさかさ」

「そういう嫉妬なら事故以前からあったよ」

「思い描いているのは、子供らしくかわいい嫉妬だろう。生憎だが、あれは妻が浮気相手に向ける類の視線だ」

「歪めて見すぎだ」

「そうだろうか。愛する人を誘惑する女を壊したい、という動機は巷《ちまた》に溢れている」

「子供がそこまで――」

「いいや、殺人に手を染める幼い子はままいる。兄弟におもちゃを取られたので殺した子供、恨む教師を銃殺した子供、殺人は悪いことではないと言い放った子供などは現実にいる。九歳の男児が好きな女性への嫉妬から彼氏を殺す『マイキー』という作品を知らないかい？『悪い種子』では金メダルほしさに同級生を殺す八歳の女児が出てくる」

「フィクションと混同するなよ」

「人間が想像できるものは人間が実現できる、という言葉もある。二作は所詮フィクションだが、現実にないとは言えない。幼くとも人間である以上、殺意は芽生えるものだ。真里ちゃんの心が大人になっているのならば、なおのこと嫉妬から人を手にかけようとするのは非現実的ではない」

青ざめる内容を平然と……逃げ場を丁寧に潰してくれてありがたいことだ。

認めよう。犯人が真里である可能性は濃厚なのだろう。

ただし現状では、だ。密室に出入りができ、動機があり、年齢不相応な言動をしているから浮上した容疑でしかない。ひとつでも切り崩せれば希薄化できる。

「取り違えてほしくないが、僕は心から真里ちゃんが犯人ではないようにと祈っている。信じるために疑っているのだということは理解してもらいたい」

誠実な面持ちに嘘の色はいささかもなかった。本心から真里の無実を望んでいるのだろう。他人の子供に対して、これほど本気になってくれるのは感謝でしかない。

「いいんだ。俺もしこりを抱えたまま真里と生活したくはない。ここで解決させておくのがきっと正解なんだろう」

そのために崩すべき謎の筆頭は最初の密室だ。

大人は出入りできないので、体の小さな子供が犯人。このシンプルな論理が真里を犯人たらしめている。犯行機会は一パターンではないと証明できれば、疑いは半分以上解消される。

足跡や髪の毛、指紋などの物的証拠がほしい。本来かき集めなければならない証拠は星の数ほどある。それがないから状況証拠によって疑惑が真里へ集まってしまう。警察が介入しての科学捜査次第ではまったく別の結論が出現しうる。

そう期待はしているが、座して待ってはいられない。警察さえも犯人が真里と結論づけてくる危険はある。反証できる武器を自前でそろえておきたい。

「おまたせしました」

創作室のドアが開き、夜子が出てきた。

「収穫はあったのかい？」

「このつまらなそうな顔で察してくださいますか」

「そこにもいないとなれば、外にでも隠れているのかもな。だが、まずはサロンが先か。あんな人が集まるところにはいないと思うが」

真里以外ならば犯人は命さんでもオランウータンでも幽霊でも許容できる。

「そうですね……本命を調べ次第、外回りもしましょうか」

「本命？　隠し部屋でも思い出したのか」

「盲点なスポットがあるでしょう」

「もったいぶらないでくれ」

「朝子姉様の部屋ですよ」

「一度調べ……ああ、なるほど」

「そういうことです。一度調べれば二度は調べない、などと浅知恵を働かせた犯人が潜んでいる可能性はあると思いませんか？」

べろりと舌なめずりした。

「さあ、殺しにいきましょうか」

カチコミへいくかのように肩で風を切り行進をはじめた。裂けそうなほど吊り上がった口元には嬉々とした笑みが刻まれ、声をかけることすら戸惑わせた。

すべてがここで終われと願いながら、俺はそこへやってきた。

朝子の部屋前は静かだ。

なかに犯人がいれば苦悩は一挙に解決される。犯人は誰でもかまわない。真里でなければ誰でも。

「ワタシが単身乗りこみます。もし邪魔をすれば、その方から殺します。いいですね」

威嚇《いかく》する夜子に御子柴は両手を広げた。

「あえて常識的問いはしておこうか。殺さないという選択はないのかい？　殺人は大罪だ。それを犯した者と僕は友好関係を維持できない」

「維持できなくてけっこう。肉親を二人も殺されたのです。殺すしかないでしょう」

「そうか。ならばもう野暮な真似はしないよ。せいぜい返り討ちには用心することだね」

「よけいなお世話をありがとうございます。雑魚《ざこ》にやられはしませんよ」

気負いも恐怖もなさそうだ。恐怖を司る神経はとっくに切れているのだろう。

危害を加えられてまでついていくほどの騎士道精神はない。犯人を制圧できる自信があるのであればお任せだ。

夜子が室内へ消えたあと、ドアに耳を当ててみる。無音だ。防音効果は高いようで、相当大きな音でなければ聞こえそうにない。

鍵はかけられていないので開けようと思えば開けられるが、刺激するのは避けておく。

「のんびり待機しようか」

腕組みをして御子柴は息をついた。

「御子柴はどう思う？　命さんが犯人という見解は？」

「なんとも言えないね。僕にとって常世命は未知の存在だ。彼女のみが知る隠し通路がないとは現時点で断言できない」

隠し通路というジョーカーが存在すれば誰もが犯人候補となる。夜子が妄信するように命さんが犯人なのだろうか？

彼女には世話になっている。真里をかわいがってくれ、亜里沙が亡くなったあとは手厚く支えてもらい、返し切れないほどの恩義がある。できれば疑いたくないが、やはりあの晩に聞いた真里との会話が引っかかる。大人を相手にするかのようなやりとりは無視できない。

命さんが真里になにかを吹きこんだのではないか。事件は真里の意思ではなく命さんの意思なのではないか――。

発砲音。かすかだが、たしかに聞こえた。やや遅れて二発目。

「聞こえたか？」

「銃声のようだったね」

「まさか犯人か？」

「さてね。開けないことには、猫の死は確定されない」

「……いくしかないな」

銃声であれば、銃を持った犯人がなかにいる。安易に踏みこむのは死に直結する。

それでも……金槌を握り直した。御子柴もナイフを構える。

「入るからな、夜子！」

戦闘態勢でドアを開け放つ。

鼻腔に刺さってきたのは硝煙の臭いというものだろうか。ベッド上で……うつ伏せになった夜子の人形を発見した。その顔は黒ずみ、全体的にも汚れが目につく。見れば、朝子の腹部が大きく裂けていた。まさか朝子の体内に隠していたとでも言うのか？　えげつない隠し方をするものだ。死体のなかを調べる者などいない。見つからないはずだ。

ベッドには拳銃も落ちており、不吉な黒色が鈍く光る。鉛のように暗く重いものが胃に沈殿し、全身感覚が麻痺していくようだった。

視線を横へ移すと、窓ガラスには銃弾がめりこみ、ひびが入っている。

夜子はその下にいた。自らの人形と同じくうつ伏せで倒れている。人形と違うのは床に血溜まりができている点だ。銃弾が体を貫いたのだろう。拳銃と遺体の距離は遠く、自殺ではなさそうだ。

またも見立てが成され、密室が立ちはだかった。

体に鞭打ち、近寄っていく。夜子の脈と呼吸を確認した。完全に止まっている。生ぬるい風が吹きこむこの窓から犯人は逃げたのだろうか？　窓は開いているが、大人が通過できる隙間ではない。

「見てみなよ。銃弾はまだ二発残っている。なぜこれを他の犯行にはつかわなかったのだろうか？」

御子柴は拳銃のシリンダーを開いて弾を見ていた。

「……切り札として残しておいただけだろ」

「銃声は二回した。少なく見積もって銃弾は四発あったと推定される。僕なら拳銃で確実に三人を殺していく。ナイフよりは楽で確実に殺せるからね」

「見立て殺人をするような犯人だ。殺し方にもこだわりがあったんだろ」

「こだわりがあったのは朝子殺しだけに思えたがね。ナイフで夕子を襲うのなら銃殺した方が確実では？　最後の最後で突然登場した拳銃が解せない」

「常世の祖母が拳銃を隠し持っていたのを偶然発見して利用したとか」

「常世黄泉が拳銃を所持していたのであれば、日常をこの館ですごし祖母と濃密な時間を送っていた夕子たちが関知していただろう。それに先んじて犯人が偶然拳銃を発見するなどというのは受け入れ難い」

「なら竹内さんや関島さんが持ちこんでいたのを盗んだんだろ」

「彼らが所持していたのなら、朝子殺害後には護身用として拳銃を握っていたさ。後生大事に包丁を武器にしていたのはおかしい。そもそも彼らだとすれば、なぜ拳銃を持ちこんだのだろうね」

「常世三姉妹は恨みを買うタイプだと言っていただろう。なんらかの怨恨じゃないのか？」

「関島に金の卵である常世三姉妹を殺害する動機はない。竹内は住みこみの執事だ。殺す覚悟があれば毒を盛る、事故に見せかける、直接的にナイフで襲うこともできた。日本では入手困難な拳銃を凶器として選抜するだろうかね」

「もうどうでもいいだろ。殺人は終わったんだ」

御子柴はこだわっているが、俺にとっては些末事だ。

事件は完遂された。もう殺人は起こらない。殺しの手段より俺にとっての関心は、誰が犯人であるかだ。

足に力をこめて立ち上がる。

「調べごとがある。御子柴はここにいてくれ」

伝えるや部屋を出て、ガランとしたロビーを最短で走り抜け、サロンのドア前で足を止めた。

もし、もしも真里がいなかったら？

迷いが指先を震わせた。いなければ疑いは確信へと変わる。

……いくしかない。

覚悟して一気に開ける。

「……真里」

いた。

ちゃんとそこにいた。カメラ片手にぼんやりと立ち尽くしている。

真里は、夜子を殺していない。

快哉《かいさい》を叫びたかったが、出てきたのは冷や汗だ。

ここにも異常事態があった。

竹内さんが倒れている。関島さんが肩をゆさぶっているが、ぴくりともしない。

「なにがあったんですか？」

「わからん。突然、前のめりに倒れて動かなくなった」

呼吸と脈をはかってみるが、どちらも完全に停止していた。

「どうだね。大丈夫なのか？」

「……亡くなっています」

ひゅ、と下手な笛のような声を関島さんは漏らした。

「誰かがやったんですか？」

「いいや。まったくそんな様子は……」

竹内さんの表情に苦悶や驚愕はない。活動途中で電源を落とされでもしたように平常時と変わらない面立ちだった。取材で死体写真を見る機会もあったが、前例にない外見だ。毒物や心臓発作ならばこうはならない。外傷も見当たらず、死因の見当もつかなかった。

真里は茫然自失としており、関連がありそうにはない。俺はほっとした。

辺りに竹内さんを模した人形もなければ凶器もない。連続殺人とのつながりはなさそうだった。解剖でもしなければわからないが、自然死と取るしかない。

「やはり、こうなったか」

背後に御子柴が立っていた。驚きもなく遺体を見下ろしている。

「やはり？　どういうことだ」

「言えない」

「ふざけているのか？」

「意味を正しく捉えてくれ。言いたくとも言えない」

「……なら質問を変える。死因に思い当たるふしがあるのか？」

「ある」

「教えてくれ。もうわけがわからんよ！」

関島さんが唾を飛ばす。

「殺人でないのだけは保証するよ。九十九パーセント、これまでの殺人と関連はない。避けられない死というだけだ」

「持病でも患っていたのか？」

「時限爆弾みたいなものだった」

嘘はなさそうだが……不幸な死ということなのだろうか。

ならば俺が頓着するのは、真里が一貫してサロンにいたか否かだ。

「関島さん。真里はずっとここにいましたか？」

「あ？　ああ、いたが、それが執事の死と関係あるのか？」

「いえ、まったく」

真里はサロンから出なかった。つまり夜子を殺せなかった。

拳銃と夜子の位置関係から自殺ではない。何者かが夜子を射殺したのだ。俺と御子柴は除外される。関島さん、真里も対象外だ。死んだ竹内さんは言うまでもない。認識している五人のなかに犯人はいない。

結論が出た。犯人は部外者であり、それが何者かは不明だが、四件目の殺人が起こらないのは確定した。見立ては完成されてしまったのだから、もう続編はない。

密室の謎は残るが、解明は警察の仕事だ。救助がくるまで待機するのが一般人の務めだろう。

＊

調査の義務はなくとも、確認作業として現場や庭を調べた。

結果として、俺たち以外の第三者はいなかった。朝子の部屋に遠隔殺人の仕掛けや秘密の通路なども発見されず、庭も平和そのもので、向こう岸へ渡れるのは鳥ぐらいのものだ。丸一日を費やしたがなにも見つからない。おざなりには調べていないつもりだ。

煙のように犯人は消えた。残ったのはその事実だけだ。

銃弾が残った拳銃だけを保管し、他は現状保存とした。個人でできる最善は尽くし、あとは警察に一任する。それが総意だった。


私は朝子の部屋へ足を踏み入れた。

常世三姉妹の人形がすべて現れ、作者の三人も死んだいま、各々の警戒感はあってないようなものとなっていた。犯人がわかっていなくとも、もう死体が積み重なることはない。その安心感は、死の緊張により強張っていた空気を弛緩させていた。

真哉もご多分に漏れず、パソコンに向かってひたすら文章を打ちこんでいる。どうやら常世家で巻きこまれた連続殺人を記録しているらしい。そのため、私への警戒感もゆるんでいる。サロンからいなくなったのにも気づいていないだろう。

床には相変わらず夜子の死体があった。名前も知らない野鳥が鳴いている。凍えるように冷たい秋風が吹きこんできた。

しゃがんで夜子の髪の毛を摑んだ。引っぱると死後硬直はすでになく、数十センチ上体が持ち上がった。絶望の顔つきに、真哉へ媚びていた雌の面影はない。手を離すと、重力に引かれ無抵抗に床へ顔面を打ちつけた。再び髪を鷲摑み、力をこめて引くと、根元から毛髪が抜け、顔面が床へ落ちる。頭髪の抜ける厭な感触が手のひらに残っている。毛髪を逆の手に移してみれば、それは死に絶えた昆虫のように見えた。

髪を鷲摑み、力をこめて引くと、根元から毛髪が抜け、顔面が床へ落ちた。髪を鷲摑み、力をこめて引くと、根元から毛髪が抜け、顔面が床へ落ちた。髪を鷲掴み、力をこめて引くと——。

僕は朝子の部屋へ侵入した。

腹の裂けた黒焦げの朝子、体に風穴を空け血の布団で寝そべる夜子、嘲笑っているようにも見える夜子の分身たる人形。それらは部屋のインテリア然として無機質に存在している。死体から立ち上る死臭はことさら強烈に感じた。

たしかめねばならなかった。彼女は信頼できる人物であるのかを。

姉妹を亡き者にした拳銃は変わらぬ位置にあった。

指紋採取セットがこのような形で役に立つとは僥倖《ぎょうこう》である。

いらぬ痕跡は室内に残せない。拳銃を窓から外へ出し、グリップ部に粉末を付着させた。丁寧に払うと粉は風に舞って消えていく。蠅が不快な羽音を鳴らしながら顔のそばを飛んでいった。死臭がいっそう強くなった気がした。

粉が渦巻の眼球のような形状に形作られていく。

そこには、複数の指紋がくっきりと浮かんでいた。

小さい。どれもが、小さかった。成人の指紋だと言うにはあまりにも小さい。それはまるで子供の指紋であった。

二日が経過した。予測どおり、俺たちは誰の死にも直面していない。

倫理的に躊躇しつつも、本物の夜子の人形は確保させてもらった。人形にはもはやなんの魅力も感じなかったが、根本社長はよろこぶことだろう。これで一時ではあるが大きな生活費を確保できた。

懸案が消えた俺は、今回の事件をノートパソコンにまとめていた。日の目は見ないかもしれないが、ライターとして書かずにはいられない。おかげで手持無沙汰にならずすごせている。

対照的に、関島さんは魂の抜け殻のようになっていた。贔屓《ひいき》の作家が全滅したショックで焦燥しているようだ。あれほど切望していた常世三姉妹の新作も部屋で雑に放置されていた。三人の死が新作人形への情熱まで殺したのだろうか。

対して御子柴は創作室へのこだわりを捨てられないでいた。推測した暗証番号の入力を続けること十数回。何度か警報を鳴り響かせてようやく扉は開かれた。やはり推測だけで四桁を的中させるのは無謀だったね、と御子柴は笑っていたが、総当たりするよりずっと早く解錠したのはたしかだ。

長く創作室にこもっていたようだが、成果の報告はない。姉は見つけられず仕舞いのようだった。

入力した文章を保存したタイミングで、その音に気づいた。

羽音かと思ったが、巨大な音となり接近し、やがて爆音が頭上に停滞する。

窓から覗いてみると、あれは……ヘリコプター。ただ遊覧しているのではない。館の上空でホバリングしている。

矢も楯もたまらず走り出した。

庭ではひと際大きな音と強風が吹き、前髪を暴れさせた。ヘリコプターは開けたスペースに降下してくる。

遅れて出てきた真里たちも髪や服をはためかせながら上空を見上げる。

ヘリコプターが着陸し、ドアが開く。出てきたのは、

「……命、さん」

九

崖下から吹き上がる強風が潮の香りを漂わせる。漁船が水平線を航行し、岸壁から生えた松に名も知らぬ鳥が止まる。波と岩がぶつかる音に目線を下ろした。柵などなく、三歩あるけば波立つ海に呑みこまれる。

くすんだ雲が青空を侵食しつつある。雨がきそう。

あたしはスマートフォンに視線を戻しネット記事に目を走らせる。

奇才人形作家が自身の死を作品になぞらえるようにして亡くなった。一週間はネットやマスコミをざわつかせたけれど、ひと月たった現在は下火となっている。

どうやら三人の自殺で決着がつきそうだった。少々不自然でも、別解がなければ自殺と結論づけるのが合理的だ。あたしが犯人だと夜子は主張していた、と関島が証言したため事情聴取はされたものの、館に隠れ場所はなく、ヘリコプターなどを使用せず対岸まで渡る方法もない。アリバイも概《おおむ》ね確保していたあたしは無罪放免で自由を謳歌できている。

生活圏は実に穏やか。マスコミの襲来もないではなかったけれど、ほんの数回で許容範囲だった。

もし姉たちの大量殺戮《さつりく》が明るみに出ていたらと思うと寿命が縮む。血縁であるだけで受けるバッシング、好奇の視線、取材攻勢。想像するだけでも心臓が痛んだ。姉たちが犯罪者として名を遺すのは勝手だけれど、あたしまで被害を受けてたまるものか。

ここ数日もメディアの動向を注視していた。新たな動きはなく、収束しそうな流れに思えた。もし真相へ至る存在があるとするならば、神様ぐらいのものでしょう。

救出にヘリコプターを使用したのも正しかった。

チャーターしたのは乗客四人乗りのヘリなので、生存しているはずの四人を乗せれば満員となる。仮にも家人であるあたしは自然と館に残ることができ、先に四人を脱出させられる。その間に姉たちの犯罪の跡を抹消することで計画を完了させた。

気の毒だったのは竹内さんだ。姉たちに使役され、あんな館で生涯を終えた。身元不明で記憶障害とされた男は、姉たちにとって恰好の身代わりだった。そのために飼われていた彼には同情を禁じ得ない。

せめてもの償いで、姉たちが罪をなすりつけるためパソコンに潜ませた死体の写真など、偽の証拠を消してあげた。

バッグにスマートフォンをしまったところで、声がした。

「待たせちゃったね」

真里ちゃんの姿をした亜里沙がいた。こんな場所へ呼び出した張本人だ。

「あたしに会っていると知られたら、いい顔をされないのではないの？」

「手記が出版できそうで忙しそうだもの。お医者さんからも真里は異状なしのお墨つきをもらって、過保護は落ち着いているよ」

「保育園はいまごろ大騒ぎでしょうね。同業として同情するわ」

園から子供がいなくなるなど、児童福祉施設としてあってはならない事態だ。職員の蒼白になった顔がありありと想像できる。

「申し訳なくは思っているけどね。家から抜け出たら真哉が責任を感じてしまうでしょ」

意味深に亜里沙は言った。

「それより、まずは謝らせて。負担をかけてしまって、ごめん」

「謝らないで。気を抜いていたあたしが悪いの」

亜里沙との会話について真哉さんから問い詰められた。致命的ミスに動揺しながら選んだ答えは、黙秘だった。その場しのぎの言い訳で傷を広げるぐらいなら、適切な説明を思いつくまでは時間を稼ぐべきと判断した。必ず説明するから、それまでは真里ちゃんを問い詰めないで。そう懇願して亜里沙への負担を避けるのが限度だった。

あれ以来、亜里沙はあたしへの接近を禁止された。自業自得だけれど、亜里沙に会えない日々は生き地獄だった。

何週間ぶりかで会えたことを素直に喜ぶべきだった、本来なら……。

「雨がきそうだし、本題から入るね」

雑談のようなはじまりだった。

「夜子に犯人だと名指しされたそうだね」

「ええ、真哉さんからも警察からも訊かれたわ。袂《たもと》を分かっても迷惑かけるなんて、あの人らしい」

スムーズに受け答えができている。

「警察から事情聴取はされたんでしょ。どうだった？」

隠すことなどない。自信をもって経緯を伝えた。

「――だから警察も納得してくれたわ。あたしに姉たちは殺せない。夜子の妄言だとわかってくれたかしら」

亜里沙はふっと笑う。

「不思議だったの。夜子が命を犯人と言い続けていたというのがね。大捜索してもなにも見つけられなかったんだよ、犯人も隠し通路も。命が館にいないのは明らかだった。そこにいもしない人間を、ろくな理由もなしに犯人と決めつけたのはなぜなのか」

「悩むことかしら？　あたしに殺される心当たりがあったからでしょう。怯えから非論理的な発言をしたのよ」

「私には確信があるように見えた。密室の謎もわかった上で命が犯人だと言ったようにね」

「ただの印象でしょう」

「真哉たちは私が犯人と疑ったらしいけど、無理もないね。子供というフィルターを外してしまえば、犯人は私――真里しかいなくなる。密室には出入り自由で動機もある。真哉に限っては、日頃から真里の変化を不審に思っていたのも後押ししたはずで、犯人扱いされてしかるべきよ。私自身、誰かに罪を被せられていると疑心暗鬼になったぐらいだもの」

「それは……ごめんなさい。やはり無理やりにでも止めるべきだったわ」

姉たちを死へ追いやったのに後悔はないけれど、亜里沙に辛い思いをさせたのは後悔している。

「謝らないで。私が言いたいのは、犯人は命であると夜子が決めつけた理由よ。館にいなかった命が犯人だと断言したのが疑問なの。それを解消したい」

「思いこみが激しい人だったもの。一度決めつけたら、理にかなっていようがいなかろうが、あたしが犯人であるのは不変なのよ。異常なの、あの人は」

「夜子は夜子なりの理にかなった考察をしていたんじゃないかと私には思えた。自分だけが持つ推理の材料があったとか……それはなにかと想像したら見つけたよ。魔術でしょ。あの事件には魔術が絡んでいたのよ。だから夜子は、動機があって、なおかつ魔術がつかえる命こそ犯人だと見越した」

無言という形で応じる。

「一連の殺人に魔術を代入すれば、謎の糸はするすると解けた。ヒントはいくつかある。犯人の隠れ場を潰す名目で、夕子たちは人形をひとつ残らず壊してから捨てていった。言葉どおりの目的なら、人形を破壊しなくても捨てるだけで事足りる。罠があるかも、とか理屈づけていたけど、それなら慎重に慎重を期して人形に対処していないとおかしい。どんな罠かも判然としていないのに、見境なしに壊していたのは矛盾している。そこで私はこう仮定してみた。夜子たちの理屈は半分真実で、半分隠された目的があったのだと。それは殺害現場にあった人形の意味にまでつながる」

「そんなものがあるとは思えないわね」

素知らぬ顔でやりすごす。

「その意味はあとで話すとして……私ね、なにを犠牲にしてもこの身体から抜け出したかったの。そのために目指したのが創作室だった。知っているよね？」

「さあ？」

「そのリアクションは間違い。知らないのなら、危険を冒してまで魔術について調べたことを咎《とが》めるべきよ」

「……変なことを言うから動揺しただけよ」

「創作室で調べものをしていたら視線を感じたの。あのとき、命は人形を持ち去ろうとドアの向こう側にいた。焦ったでしょ。一刻も早く人形を持ち去りたいのにいつまでも私が留まるものだから」

黙りこむしかできない。

「朝子が殺されたあと、私はまた煙突をつかって創作室を目指した。その最中、とてつもなく臭かったの。記憶の嫌な部分を刺激されるというか、説明のしようがない最低な臭いだった。暖炉には焼けた人形があったから、時系列からすると臭いの元は夕子が焼いたという人形……そう思いこんでいたけど、はっきり思い出したの。あの最低な臭いは、私が死んでいくときに嗅いだものよ。人の肉が焦げる臭いだった」

叫び出したかった。後悔で潰れそうになる。

「噂されていたみたいね。常世三姉妹は人体を材料に人形を作っているのではないか。それは事実だった。違う?」

「出来の悪いジョークね」

喉を荒縄で絞められているかのように声が出ない。

「ヘリコプターをチャーターしてまで救助にきてくれたのは、人体が材料にされた人形を回収して、そっくりなものとすり替えるためでしょ。現場の人形は証拠品として押収される恐れがある。そこで噂が事実だと発覚したら、世間は大騒ぎでしょうからね。マスコミや一般人の興味は血縁がある命になだれこむ。常世の血を嫌っていた命には地獄だよね」

「勝手にあたしの心中を推し量らないでくれるかしら？」

「常世三姉妹の作品には異様な魅力があった。あれは人形と人体の融合が生み出したものなの？」

胸の内を読もうとするように、小さくなった亜里沙が顔を覗きこんでくる。

「人体が材料ですって？　荒唐無稽にすぎるわ」

「無駄だよ。調べたから」

「調べた？」

まぬけなオウム返し。

「臭いの正体に気づいてしまったからには、暖炉の残骸を調べないわけにはいかなかった。燃え残った部分を選りすぐって保管していたの。命が事後処理する前に回収できたのは運がよかった。民間でＤＮＡを解析してくれる会社に検体の鑑定を依頼したら、的中。暖炉にあったのは人体の一部だと判明した」

「そんな……その体で」

費用は？　どうやって？

「疑問の答えはあとでね。続けるよ。ここまでわかると、想像はどんどん逞《たくま》しくなる。常世三姉妹の作品には材料として人体がつかわれていた。疑問一は、どこから供給されたか。善意や金銭目的で体の一部を提供する人なんていないと考えたいけど、いたとしても販売された作品数を補えるほどの提供者がいたとは考えづらい。同意なんかもらわず力ずくで、あるいは騙して連れ去ったとするのが妥当ね。体の一部を奪ってサヨナラとはいかないから、生命《いのち》も奪ったことでしょう。名前が売れたあとの常世三姉妹は寡作だったらしいけど、さもありなん。毎日の食事のように人を殺せるはずないもの。問題なのは、その人たちはどうなったかということよ。一人残らず殺されたのか、それとも生き残りがいたのか。私は後者が正解で、命はその人を助けたと確信している。じらすつもりはないから言うね。命、あなたが犯人なんでしょ。芸術のために罪を重ねる姉たちを裁いた」

「違うわ」

「信じるよ。たしかに実行犯ではないものね。朝子、夕子、夜子を殺した人物は別にいたんだから」

発する言葉をあたしは持たなかった。

「三姉妹の被害者には私ぐらい背の小さい人がいた。真里のような子供か、ある時点から成長が止まる症状を持つ人か。下垂体の活動が低下すれば、身体はほぼ成長せず大人になるそうだから、そういう人ね。命は魂を奪われたその人の体が材料としてつかわれる前に別の被害者の魂を移した。魔術で生き返り、小さな体を獲得した人を仮にAさんとしておこうか。命はAさんを朝子たちの目を盗んでつれ帰り匿《かくま》った。もちろん気づかれたでしょうけど、幸い取り返しにはこなかった。従順な妹という妄想を信じていたから、反逆はないと舐めていたのかな。そうして侮《あなど》られている裏で、命はさらなる殺人を食い止めるため、Aさんは復讐を果たすために手を組み計画を進めていた。訪れた実行日、直接人を殺すAさんの代わりに、命はサポートに徹した。合鍵で館へ招き、新作の人形を創作室から奪い、橋を焼き落とす。凶器の拳銃や灯油を入れるペットボトルなども用意したのかもね」

「なにが悲しくて姉たちの人形を奪わなければならないのかしら？　さわるだけで反吐が出るわ」

「殺人計画に便乗して別件を進めていたからよ。だからAさんには、人形を現場に残してほしいと注文をつけた。理由についてはあとで解説するね。

それぞれの殺人についてだけど、朝子殺しからいこうか。これはトリックなんてない。小さなAさんが窓から侵入して殺し、消火する、それだけ。死後は朝子の人形を残し、朝子の大きな体には夜子の人形を埋めた。その後、命は脚立をつかって、Aさんと夕子の人形をエレベーターの照明カバーの裏に隠した。なかで少し移動して重心を動かせばすぐ外れるように、カバーに細工しておくのも忘れずにね。

朝子の死と密室状況を見た夕子たちは、命の仕業だと悟る。密室に入れるのは小さな人間しかいないんだから、連鎖的に、逃げたAさんが協力しているのも推測できた。人形を片っ端から壊していたのは、人形サイズに近いAさんが人形に扮装して隠れている恐れがあったからよ。捨てるだけだと安心できなかったから壊した、それが真相。

夕子たちがひとり相撲を取っている間も、Aさんはじっと照明カバーの裏で夕子が乗りこむのを待っていた。エレベーターは夕子専用だから標的は違えない。実際は相乗りが何度かあったけど、最終的に夕子は一人で乗りこんできた。扉が閉まるか閉まらないかのタイミングでAさんは人形と一緒に降下する。虚を衝かれた夕子は抵抗もできずに刺し殺されたでしょうね。即死はさせられなかったものの、死を確信したAさんはすぐさま夕子たちの部屋側へ脱出した。夕子は再び襲われないように扉を閉めて二階へ逃げる。到着後、数十センチだけ廊下へ出た地点で息絶えた。この数十センチが私への疑いを深める一因になるんだけどね。

補足すると、この作戦は一回失敗していると思う。御子柴さんが言っていたの。朝、夕子に地震があったか訊かれたとね。なんでもエレベーターの天井がゆれていたとか。このときAさんは照明カバーから飛び降りようとしてうまくいかなかったんだと思う。そのゆれを夕子は地震だと勘違いした。カバーを外れやすくする細工は短時間で行われただろうから、責められない失敗ね。ともあれ、このプロセスなら犯人の侵入、格闘が省けるから、タイムラグがなかったという証言にも合う。騒ぎに乗じてAさんは朝子のお腹へ夜子の人形と一緒に隠れた。あの巨体なら、私ぐらいの背丈の二人ならもぐりこめるでしょ。あとは機会を見て襲いにいけばいい。拳銃には四発も弾があるから、これまでの殺人に比べたら難度は高くない。射殺後は窓から出れば密室の完成。どの密室も作ったというよりは、たまたま密室になったというのが正確ね」

真哉さんと亜里沙の最たる違いは、魔術の存在を把握しているかいないかだ。把握していなければ、真里ちゃんが犯人という誤った推理に到達する。真哉さんが持つ情報だけで組み立てる推理としては正しい。

けれども、魔術という情報を持つ亜里沙なら、ここまで正解に肉薄できる。

「黒幕たるあたしが姉たちを葬ったとして、Aさんはどこへいったのかしら？　館もその周辺にも第三者はいなかったのでしょう」

「望まない体で生きる辛さは嫌というほど味わってきた。この体は我が子だからまだ受け入れられたけど、まったく知らない他人の体を与えられて、長い人生をすごす気力があるか。そう訊かれたら、私なら首を横に振る」

亜里沙の苦しみはあたしにも伝播していた。助けたつもりが苦しめているだけなのではないか。煩悶は一度や二度ではなかった。

「Aさんは復讐を遂げたあと、自ら生命を絶った。あの崖から身を投げてね」

そのシーンが頭に描かれたとき、Aさんの顔は亜里沙に変化していた。あたしは崖から飛び降りる様を傍観するしかない。

「……そろそろ保留していた、人形を持ち出した目的を教えてくれるかしら？　気になってしょうがないわ」

海へ。亜里沙は幼い顔を向けた。

「結論から言うね。私にAさんと同じ道を歩ませたかったから、でしょ？」

「どういう、こと？」

「常世家の魔術は、便利なようでいて制約がかなり面倒臭い。術者と生命が一蓮托生になるとかは最たるものだね。竹内さんが亡くなったタイミングから言って、彼は夜子の魔術をつかわれていたと推理できる。夜子からすれば赤の他人が道連れで死のうが気にも留めなかっただろうけど、魂を移した相手が大切な人だったらどう？　自分になにかあれば、相手の魂もなくなってしまう。日常生活の窮屈さは察するに余りある。命がまさにそうだったでしょ。ストレスが溜まらないようにと天職を辞めると決めてしまった。私を長生きさせようとしてくれるのはうれしいよ。だけど、内心はどうなの？　魔術をつかって後悔していたんじゃない？　私を助けなければ、もっと自由に生きられたのに……」

「そんな……あたしが亜里沙に死んでほしいだなんて……」

「姉を殺したのと同じマインドだよ。殺したいけど、自分で手は下せない。だから私が自分の意思で生命を絶つように仕向けた。真里として生きる私の苦痛を増幅すれば、死へと導ける。あの夜、真哉のスマホを抜きとりでもして戻るように仕向け、窓を開けたまま私たちの会話を聞かせたのも布石でしょ？　真里が亜里沙のような口調で会話をしていたら、不審に思われて当たり前だもの。その後、殺人事件が発生して、私が犯人でしかありえないような状況が発生したら真哉はどう思う？　不審は何乗にもなり、親子関係は修復不可能なほどぎくしゃくする。地獄だよ。

ただでさえ苦痛を感じていた私を追いつめるには強力な一手となる。

私が語ってきた計画は多少なりとも常世家の現状を把握していないと難しい。ずっと疎遠なふりをしていたけど、本当は何度か館を訪れていたんでしょ。そのとき真哉が常世家を訪れるのも事前に知らされた。姉たちを殺せて私への精神的脅迫もできるこの機会を逃す手はなかった。

懸念は、真哉が素直に真里を疑わなければ計画が頓挫《とんざ》してしまうことよ。子供が殺人なんて一般感覚では荒唐無稽だもの。そこで深層心理にも訴えることにした。そのアイテムがあの人形よ」

「あんなのがなんの役に立つというの？」

「サブリミナル効果。聞いたことない？　たとえば映像と映像の間に食べ物の画像を挟むと、その食べ物が食べたくなるという効果よ」

「似非科学でしょう」

「最近の研究だと、効果はあるのではないかと言われているそうよ。ただし、相手の思考が誘導したい方向に向いているときだけね。満腹の人に食べ物の画像を見せても効果なしということ。お腹がすいてなにか食べたいな、という人には効果が出る。メンタリストや超能力系のマジシャンも似たことをしているよね。一から十の間で好きな数を思い浮かべてくださいと頼みながら、指を三本立てて印象に残すと、『三』を答えやすくなるとかね。本当はもっと込み入った技術もあるんだろうけど、大枠だとそんなところ。そのメカニズムを応用したのがあの人形だった。私になんの先入観もない人にとっては見立て殺人の小道具でしかないけど、私に不審感を持っている真哉にとっては、私の犯行を臭わせる小道具となる。殺人現場の人形はサイズ的に子供を思い起こさせた。『犯人は子供だ。最近様子のおかしい真里が犯人じゃないか』無意識にそんな思考を植えつけて増大させた。

さらに言えば、子供が犯人でしかありえない現場を見せつけることで、私自身の心も追い詰められる。私は殺してないのに子供が殺したとしか思えない現場が続いている。ひょっとして魔術の副作用かなにかで無意識に殺人を犯したのではないか……という具合にね。内からも外からも襲ってくる疑心暗鬼に私の心は壊れ、やがて死を選ぶ。ずっと真哉との関係に不協和音はあった。三件すべてで真里の関与を示唆できなくても、疑いを生じさせ不協和音を強めるだけで死へと背中を押せる。命が望んだのは、そんなシナリオ」

「……ごめんなさい」

謝るしかできなかった。あたしのやったことが亜里沙を追いつめている。

「謝らないで……って言ったの何度目かな。私は確認したかっただけだよ。この推理が当たっているのかどうか。答えによってはお願いしたいことがあるから」

「お願い？」

力なく繰り返す。

「私ね、調べ尽くしたの。この魂を別の体に移す方法がないか。常世黄泉の日記から古今東西の魔術の書物まで、全部調べた。創作室にあった関係ありそうなものからなさそうなものまでなにもかもをね。

答えは出たよ。私は一生この体で生きていくしかない」

なにも言えなかった。残酷な返答はもうしたくない。

「……だよね。だから決めたの。また負担をかけるのは承知している。でも、もう我慢できないの。許してくれるのなら、お願いしたい」

亜里沙のまっすぐな眼差しが怖い。

やめて、お願い。

「真里を死なせて」

全身に痺れが走った。消沈していた体に杭が打ちこまれたようだった。

亜里沙は純粋な、ただ清流のように純粋な瞳をあたしに向けていた。それこそ子供のような瞳で。白波の砕ける音が大きく聞こえた。

十

黒いスーツの真哉さんが遺影に手を合わせている。同じく黒いスーツを着たあたしも手を合わせた。仏壇には二枚の遺影がある。

真里ちゃんと、亜里沙だ。

あの日の真哉さんの慟哭《どうこく》は耳にこびりついている。雨のなかで血を吐くように娘の名前を叫び続け、幼子のように崖を右往左往する。片方だけの靴を抱いて。

懸命な捜索が行われ、ついに遺体は発見されなかった。

保育園を抜け出した真里ちゃんは誤って崖から転落した。それが結末。世間の認識だった。

罪悪感に胸が痛む。真哉さんから妻だけではなく娘まで奪ってしまった。真里ちゃんを殺したのは紛れもなくあたしだ。

亜里沙のお願いを、あたしは叶えた。叶えるしかなかった。拒否できないと知って頼んでくるなんて、亜里沙はずるい。

立ち直るまで真哉さんをそばで支えてきた。あまりにも酷な結末だ。彼が死を選択しない保証などなく、最悪な想像はいくらでもできる。奈落へ堕ちないように誠心誠意寄り添ってきた。

真哉さんの穏やかな横顔を見ていると、あたしはやり切ったのだと肩の荷が下りた。振り返ることはあっても、もう立ち止まりはしないだろう。今日をもって責務を終えられる。

玄関のチャイムが鳴り、真哉さんが対応に出る。約束の五分前だ。あの人がきたようね。

「お邪魔するよ」

「きてくれたか。ありがとうな、御子柴」

スーツ姿の彼は軽いあいさつを交わしたのち、仏壇に正座した。なにごとかつぶやくと遺影に向かって手を合わせた。

あの事件以来、あたしを含めた三人は懇意にしてきた。姉が行方不明の彼と、妻子を亡くした真哉さん。一応はあたしも姉を亡くしている。なくしたものへの悲しみの差はあれど、お互いに支えあい今日までやってきた。

遺影を持ち三人で家を出る。

車で会場に到着し、控室へと進む。

ドアを開けると、付き添い人と女性がいた。

「佳純、綺麗だよ」

とても幸せそうに真哉さんが言った。

「からかわないでよね。まだ準備中なんだから。弟もいるっていうのに」

恥ずかし気に亜里沙は笑う。

「命さんもきてくれたのね。あなたには本当に感謝しているの。ありがとう」

泣きそうになる。こんなにも幸せそうな亜里沙にまた会えたことが。

十四年という歳月は、真哉さんの容姿に皺や頭髪の量など時間の経過を刻んでいた。鏡に映るあたしも年相応の容貌だ。けれど疲れた顔はしていない。目標を達した精気ある表情だった。

亜里沙はとても若々しく希望に満ちている。今日までの長い時を、よく耐え抜いたと思う。

今日は挙式だ。真哉さんと佳純——いえ、亜里沙が待ち焦がれた日。

＊

「死なせてって、どういうこと？」

亜里沙に訊き返した。

「その前に答えて。さっきの私の推理は正解なの？」

「……不正解よ」

真正面から澄んだ瞳を見据えた。

「あたしが亜里沙を死に追いやるなんて、地球が滅んでもありえないわ。それがゆるぎない事実よ」

声が震えていた。嘘をついたからではない。信じてもらえなかったら、という恐怖からだった。

亜里沙は口を結んで見つめてくる。言葉には表れない真実を探ろうとするかのようにじっと。

何時間経過しただろうか。体感一時間の一瞬が流れた。

「よかった。やっぱり間違いだったのね」

憑き物が取れたように亜里沙は肩から力を抜いた。

「ど、どういうことよ?」

「正確な推理じゃないとは思っていたの。真里が犯人だとミスリードする計画にしては、朝子の事件以外は杜撰《ずさん》もいいところだった。たしかに私なら夕子を殺せたけど、あのときエレベーター付近にいたのは偶然でしかない。部屋を抜け出る方法を思いつけていなければ夕子に近づくことすらなくて、死ぬ直前の夕子とニアミスしたのもたまたまにすぎない。計画として組みこむには偶然に頼りすぎている。夜子の殺人に至っては完璧なアリバイが私にはあった。そうなると人形の解釈も変わる。サブリミナル効果だとか確実性のないもののために、かさばる人形を持ち去ったなんて理屈づけをしなくてよくなる。朝子の体内に犯人と人形が隠れていたというのも、やや無理筋だったよね。いくら巨体だからって、生まれたての赤ん坊じゃないんだから、二体もお腹に入るわけがない。せいぜい一体だよ。それに私を事件に関わらせたければ、常世家へいくと言った真哉への抗議が過剰すぎた。あれは素直に私を心配してくれていたんでしょ。殺人事件が起こる館にいかせたくなかったから。ごめんね。信用はしていたけど、先へ進むにはたとえ小さな疑念でも払拭《ふっしょく》しておきたかったの。命の口から否定の言葉が聞けてよかった。信じるよ」

ほんの数分前より亜里沙は饒舌《じょうぜつ》だ。

「結局は人形の解釈が最重要だった。現場にいつも人形を残していく意味はなにか。明らかにするには、常世三姉妹の作品について語らないといけない。新作に限らず、ある時期以降あの人たちの作品には説明できない魅力というか、感情をかき乱されるなにかが生じた。解釈のひとつとして私はさっき、一部に人体をつかっているからではないか、なんて言ったけどありえない。防腐処理をしたところで、購入者に保存方法までは指定できない。素体は粘土だから使用パーツが指でも内臓でも、いつか腐敗して臭いが漏れ出たり、色合いが変わる恐れもある。運よくそうした事態がなくても、過失での破損や噂を信じた誰かに人形を解体される、という不運も起こりうる。危なっかしくてしょうがない。知ってのとおり世間を騒がす報告はどこからもないことから、人形に人体は組みこまれていないと断定できる。ところが、暖炉から採取した検体は人間のものだと鑑定結果が出た。この齟齬《そご》はなんだろう。

真哉の原稿を盗み読みしたんだけどね、そこに書かれていた説が近いと思った。『常世三姉妹の人形には強い念がこめられているため、見る者は心を鷲摑みにされる』それは三対の新作人形が証明してくれた。ほぼ同じ造形なのに、出来損ないと言われた人形は感情になんの引っかかりももたらさなかった一方、もう片方には心を鷲摑みにされた。造形に大差がなかった以上、目には見えない『なにか』が作用しているとしか考えられない。その答えを私たちは知っているよね。

人の魂。人形に魔術で封じこめられた魂こそが、魅力の源だった。厳密に言えば、姉妹の人形と魂が融合したことによる化学反応が起こったからだと睨んでいるけど……どっちでもいいか。

その証拠に、姉妹それぞれが殺されたあとの人形からは、綺麗さっぱりと魅力が抜け落ちていた。お披露目のときは感情に訴えかけてきた『なにか』がなかった。あの関島さんですら興味を失うほどにね。これは魔術をつかった常世三姉妹が死んで、人形に封じこめられていた魂が解放されたからよ」

作品に魂をこめる、という表現がある。姉たちは本当に作品へ魂をこめた。祖母や祖先ですら想定しなかった魔術の応用だ。思いつきはしても良識ある人間ならば実行しない。

ただ、あの人たちはとっくに壊れていた。

仮説どおり、魂をこめた人形は人々を魅了し、姉たちもその出来栄えに満足した。仕上げとして実施したのが対照実験だ。同じ外見でありながら一方は人形に似せた人、一方は魂をこめた人形。両者を提示し、姉妹の人形が人を上回る評価を得てはじめて、姉たちは神を超えたと胸を張れる。

「常世黄泉は日記にこう書いていた。『骨も筋肉も内臓もなければ動けはしない』要するに、人形に魂はこめられても動けないということになる。残酷だよね。魂を人形に縛りつけられて動けもせず、誰かの鑑賞品として生きていくなんて」

そう、ルール上、無生物にも魂はこめられる。

けれど、放置すれば消えゆく魂をあえて別の物体へ移す意味はなく、実行する魔女はいなかった。姉たちを除いては。

失踪届が出されないような男女を攫《さら》っては殺し、魂を人形に封じこめていた。作品点数からすると、何人が犠牲になったのか想像するのもおぞましい。

「これで人形の意味合いは変わり、ひとつの仮説がひらめいた。お披露目で最初に見せられた人形は出来損ないと称されるぐらいだから、三人にとって価値がないもののはずだよね。それなのに保管場所はセキュリティが厳重な創作室だった。価値のないものなら廊下に飾っておけばいい。ここに意味の反転がある。実は魂をこめた人形より、出来損ないの人形が重要だったんじゃないか。

繰り返すけど、密室は私サイズの誰かなら出入りできた。加えて、常世三姉妹とその魔術が絡み、現場には人形が残され、暖炉には人体の一部と鑑定された燃え残りがあった。これらを組み合わせた解釈はひとつ。

朝子たちを殺したのは現場に残っていた人形だった。正しくは、人よ」

返事をしなかったのは、答えたくなかったからではない。想起したとたん、吐き気で口が開けなかったからだ。

「お披露目で見せられた新作は人形じゃなく人だった。その人は術者である朝子を焼き殺したから、魂が解放されて器の肉体だけが寝室に残った。夕子が魂を移した人は、術者を刺し殺して魂が解放されたからエレベーター内に残った。夜子が魂を移した人は、術者を撃ち殺して魂が解放されたから現場に残った。密室も見立てもなかった。犯人は三人いて、それぞれの仇を殺したあとその場で魂が解放されただけ。

凝った焼殺をされた朝子と、狭いエレベーター内で刺し殺された夕子、拳銃であっさり殺された夜子。殺害方法や状況に一貫性がなく、武器として優秀な拳銃が最後まで未登場だったのも、犯人がそれぞれで別人だったからよ。

なかでも夜子を殺した人物は重要な役割を担ったと思う。夕子に対応した人は足がつかえないから代わりに、燃えた朝子の寝室を消火して、夕子を殺した人を脚立で照明カバー裏に隠してあげないといけない。五体満足な彼か彼女は、自分の番まではサポートに徹したことでしょうね。拳銃をその人が所持していたのは、仮にどこかで計画に綻びが出ても、リカバーすることができるからよ。窮地に陥っても、捨て身になれば残りを始末することができる武器だからね。その人は準備を終えると死体のなかへ潜って隠れた。復讐と魂の解放のためとはいえ、すごい精神力よね」

水平線へ目を向けながら、亜里沙はうっすらと笑った。

「それにしても、思い出すと背筋が凍るね。最初に披露されたのは人形ではなくて人だったんだから、顔のつぎはぎや縫いつけられた無数の手足、火傷痕は人体改造の痕だったことになる。拷問だよ。輪をかけて怖いのが、人形が朝子、夕子、夜子に似ていたこと。どうやって似せたの？　自分に似ている子供か低身長の大人を探して攫った？　そんなの何十年かかることか。子供を攫うともなれば誘拐や事故を疑われて、大々的な捜査が行われるリスクも出てくる。ところが現実として姉妹に似た人がいた。調達先はどこでしょうね。ローリスクで自分に似た……というより、図らなくとも似てしまう人とは？

三姉妹が産んだ子供、しかいない」

あたしは、暗鬱《あんうつ》としていまにも泣き出しそうな雲を仰いだ。

「DNA鑑定でも裏づけされたよ。夜子に似た人形――とされている人から採取した頭髪と夜子の頭髪のDNAが一致したからね。命としては殺人現場の人形になんてふれないと思っていただろうけど、ごめんね。でも、紙一重だったのよ。私てっきり髪の毛からDNAは採取できると思っていたんだけど、最低でも毛根がついてないと難しいらしくて。多めに抜いておいてよかったよ」

亜里沙は頭を掻きながら笑っている。

そうか、館に降り立つ以前に詰んでいたのか。

あたしには人形作りの才能だけはある。一度見せられたあの子たちを記憶に留め、瓜二つの人形を再現した。すり替えれば姉たちの凶行は発覚しない。警察以外が殺人現場の人形を調べなければ。

「裏づけは御子柴さんの証言からも取れた。朝子が殺された日の四時すぎに、小さな人影を目撃したらしいの。真里が探検でもしているのかと思ったそうだけど、私はそのころには部屋でぐっすりと眠っていた。時間が合わない。これは私以外の小さな誰かがいた証拠になる。創作室から解放された三人のうちの誰かが、下見でもしていたんだと思う」

あたしは関知していないけれど、タイミングからするとそうなのだろう。

「三姉妹は男遊びの激しかった時期があったそうだから、その時期に種を集めて回ったのかもね。常世黄泉の日記によれば、常世家の女性は遺伝的に子供を産みづらい体質だそうだから、確実を期して人工授精にも頼ったのかもしれない。どうあれ首尾よく身ごもれて、出産したのは四年前にあった五か月の活動休止期間というところでしょうね。大体妊娠四か月か五か月ぐらいで体に変化が出てくるから、仕事関係者に悟られないように姿を消した。出産後は活動を再開しつつ、自分たちが作る人形に近い身長となるまで我が子を育てた。あの檻のベッドでね。潮時になると、常世三姉妹の作品としてふさわしい改造を強いた。その子たちの魂は薬で剝奪され、肉体にはどこかの大人の魂が封じられた。

どうして大人の魂を入れたと言えるのかだけど、お披露目では、静止してポーズを取らせないといけない。蠟燭の炎で多少の動きは誤魔化せるにしても、じっとしていられる幼児なんて稀《まれ》よ。子供は動くものだからね。三人ともなればなおさらで、一番避けたいのは助けを求められてしまうことよ。いくら黙っていろと脅したところで、全員が従う保証もない。指示に従わせるためには子供の体に大人の魂が必須だった。

損得を見極められる大人なら人形の真似をさせるのは簡単だもの。こう囁《ささや》くだけでいい。言うことを聞けば元の体に返してあげる。これを言われたら信じて飛びこむしかないよね。自分ではどうしようもないのだから、希望を持って従うしかない。

命はその人たちに真実を教えることで、逆に自分へ従わせた。あなたたちは騙されている、二度と元の体に帰ることは叶わない。解放されるには魔術をつかった姉たちを殺すしかないのだと。

私なら子供の体に魂を移植されたあげく、醜い容姿になってまで生き続ける気力はない。憎いあの女たちを殺してこの体から解放されるなら、よろこんで殺す。それは命にとっての切望でもある」

この手であの魔女たちを殺す。それは叶わない夢だった。

姉たちにつけられた軛《くびき》は、姉たちへ危害を加える行為を許さなかった。それでも殺さなければならない。

そんな袋小路のなか、苦しみ抜いた先に光明を見出した。

この手は汚さず、他人に殺害を託せばよいのではないか。

自らなにもできないのなら、他者が処刑を執行する。

現実的に想像してみた。リアルに、詳細に。

想像の終着点で、姉たちは死んでいた。この方法なら、首輪つきのあたしでも姉たちを死に追いやれる。

ただし、直接的に殺害依頼はできない。姉たちへの殺意が明確で首輪が締まるからだ。

名前も知らない三人に伝えた内容は多くない。姉たちの説明が嘘であること。魂が解放されるには姉たちが死ぬ他ないこと。姉や館の情報だけだ。

殺して、など一言も発していない。殺害方法や凶器までいかなる指示もしていない。ただ、説明を聞いたあと発狂したように暴れる三人を見て確信はできた。

やったことと言えば拳銃を創作室に放置し、橋に灯油を撒いたことだけだ。

焼殺もエレベーターでの殺人も、彼か彼女たちが決めたにすぎない。

姉たちの生死は運を天に任せた。意図を汲み殺してくれるかもしれない、殺してくれないかもしれない。殺害を失敗する可能性も大いにあった。不確実だけれど、それ以外の手をあたしは打てない。

投げた賽《さい》はあたしに味方し、魔女は死に絶えた。

三人が初日に姉たちの寝込みを襲い殺さなかったのは、夕子と夜子が朝まで男といたからだと思われる。やむを得ず三人で協力し、ひとりで寝ていた朝子をまず殺した。ワイヤーで拘束し火を放ち、消火まで行うという凝った殺し方ができたのも、他の二人と協力できたからだろう。その後と拳銃の考察は亜里沙と同じだ。三人は無事に己が手で復讐と魂の解放を成し遂げた。

そうした事情のため事件は連続殺人化したのだと、あたしは推察した。

実際なにがあったかは知らない。

「事件は呆れるほど単純だった。子供の肉体に魂を移された被害者が術者を殺した。魔術のルールに則り、肉体から魂が解放され、その場に抜け殻が倒れた。見立てでもなんでもなく、それだけの話。夕子がせっせと現場にあった人形――本当は人だけど――を焼いたのは、人である事実を隠蔽するためよ。もし手に取られたら、質感などから人形でないのが露見するもの。事実を悟られないように姉妹だけが出入りできる創作室で燃やした」

もはや隠す意味はない。秘密を曝《さら》け出されてみると、心が軽くなった。

「……それで、あたしはどうしたらいいのかしら。自首しても笑われるだけよ。魔術の存在証明はできないわ」

「私は犯罪の告発にきたわけじゃない」

亜里沙が大きく手を広げる。

「……なら、なにがしたいというの？」

きゅっと亜里沙は唇を噛んだ。それまでの饒舌が嘘のように口をつぐむ。

「……辛いの」

ぽつりと、消え入りそうにつぶやいた。

「ずっと辛いの、ずっと。大人の頭のままで子供として生きるのが。何事も制限されることが。車の運転は禁止、仕事はできない、夜間は出歩けない、夜になったら勝手に体が眠くなる。不便なんてものじゃない。ただただただただ地獄よ。子供に合わせるのも、大人に合わせるのもどれだけしんどいか。もううんざりなの」

声を落とすと、顔を上げた。

「なにより辛いのが、真哉に真里として扱われることよ。私は私を真里だなんて思ったことない。我が子として扱われるのが、子供として会話されるのがどれだけ辛いかわかる？　もう一生、亜里沙として抱きしめてくれない。女として寝てもくれない。真里って笑顔で呼ばれるたびに絶望するの。いつか誰かと再婚して、亜里沙なんか忘れていくんだろうなって。私はそれを見ているしかできない。命には心から感謝している。生かしてくれて、まだ真哉といさせてくれて。でもね、それが辛いの」

ぽろぽろと亜里沙の両眼から雫が落ちる。

ただでさえ不安定だった精神に、とどめを刺してしまった。親友失格だ。後悔で目がくらむ。

「だからお願い、真里を死なせてほしいの」

聞きたくなかった言葉が出てきた。耳を塞ぎたかった。

今日まで苦しめたあたしにできるのは受け入れることであり、辛い世界から解放してあげることだ。

理解はできていても、拒否するように声帯は閉じ切っている。

いやよ。亜里沙を失うなんて、想像するだけで昏倒しそうになる。夢も平穏も捨ててかまわない。亜里沙が生きてくれていたならばすべてを捨てられる。

どんな形でも生きてほしい。それが酷な願いだとしても。

「死なせるなんて嫌。生きてよ亜里沙、生きて」

声が震える。理性などなかった。感情のままに思いをぶつけた。

すると亜里沙は目を丸め、

「死ぬ？　私が？」

きょとんとした顔をした。

「私は死なないよ。死なせてほしいのは真里の方」

「どういう、こと？」

「私が真里でいる限り、真哉は女として愛してくれない。それならどうしようか？　簡単よ。真里である私がいなくなって、大人になってから出会えばいい」

脳内の情報が渋滞しており整理がつかない。

「お願いというのはそれよ。真里が死んだように偽装して、体が成熟するまで私を養ってほしいの。常世の館であれば人里離れているし、絶好の場所だと思うのね」

「ごめんなさい、言っている意味が……」

「真里のまま真哉とくっつくなんて不可能でしょ。だったら別人として出会うしかない。私は真哉の趣味嗜好から女の好みまで完全に把握している。人生をリセットできれば絶対に落とす自信がある。真里がいなくなればまた辛い思いをさせるけど、その分は大人になってからおつりがくるほどお返しするつもりよ。ね、最高のアイディアだと思わない？」

「亜里沙……」

ぼやけていた頭が鮮明になっていく。真哉さんから真里ちゃんを奪い、十数年後に妻の座に収まろうとしているのだ。こんな恐ろしい策があるだろうか。

そこまでして真哉さんのそばにいたいの？　感情が潮のように引いていく。

けれど、それは、つまり、

「一緒にいてくれるということなの？　あたしと」

「常世の館に住まわせてくれるのなら、そうなるね」

「そんなのお安いごようだわ！　あんなところが役に立つならいくらでもつかって！」

打ち寄せる歓喜に全身が熱く滾《たぎ》る。

「命ならそう言ってくれると信じていたよ」

忌まわしい記憶しかない実家も、亜里沙がいてくれるのなら天国だ。

「これで居住地問題は解決ね。あとは別人になってからの戸籍もほしいの。社会保障や信用面で不利にはなりたくないから」

将来のビジョンが明瞭に形作られている。長らく温めていたアイディアなのだろう。けれど難問だ。別人に成り代わりつつ、戸籍や信用を手に入れる。裏の勢力にでも頼らなければならないのでは……こうなったら祖母の顧客をあたしが……。

「難しい顔しないで。当てはあるから」

亜里沙はあたしに、いいえ、あたしの背後に手招きをした。

悠然と歩いてきたのは、御子柴弘樹だった。彼とは、あたしを含めた全員が脱出したあとにとりとめのない会話をした程度だけれど、そのときから亜里沙への目つきに形容し難い気色悪さがあった。昆虫の群れに襲われたようなあの不快感が甦る。

「なぜ、あなたが」

「僕も関係者だからね」

「あなたなんかお呼びじゃないわ」

「君にはなくとも、佳純にはあるね」

「佳純って、誰よ?」

人形のような表情で意味不明な言動はやめて。体中に鳥肌が立つ。

「私はまだ亜里沙よ。約束は当分先のはずでしょ」

「すまない、つい」

わかり合っているように亜里沙と会話をしている。

「説明して」

「そうだね、回りくどい説明はナシだ。僕も魔術をつかわれた者の一人なのだよ」

「嘘つかないで。あたしは亜里沙にしか魔術をつかっていないわ。姉たちがやったのなら生きていないはずでしょう」

「もう一人いるはずだ。常世家の人間が」

指摘され、なつかしい顔が浮かぶ。

「……そんな、まさか母が?」

重力が失せ、肉体が浮遊した感覚に落ちていく。

「そうとも。僕は君の母親に生命《いのち》を救われた。慈愛に溢れた女性だよ。彼女にとって禁忌だった魔術を赤の他人のためにつかってくれたのだからね」

嘘をついてはいない。真実でなければ、魔術についてこれほど語れない。

「母は、生きているのね」

「ああ、僕が生きているのがその証左だ」

じわじわとよろこびが湧いてくる。常世家において唯一心許せた肉親だ。たとえあたしを捨てて逃げたのだとしても。

「ただいかんせん体が弱いようで心配だが、安心してくれ。死なれて困るのは僕も同じ。末永く生きられるよう、支援は欠かさず行っている」

こんな男に母の支援を任せたくはない。あとで居場所を聞き出して会いにいく。会わなければ。

「礼など不要さ、僕の元の名は榊雄心。この体は恋人だった佳純の弟のものだ」

「元が誰かなど興味ないわ。亜里沙とあなたがどうつながるのか教えなさい」

「魔術を享受した身であるからこそ、麻生真里が麻生真里ではないと僕には見抜けた。その真偽を本人に問いたかったが、ネックは麻生真里が殺人者の可能性があったことだ。僕は人殺しとなど親しくできない。常識人なのでね。そこで麻生真哉とディスカッションを重ね、化けの皮があるのなら剥がそうとした。しかし、すべては杞憂であり、三姉妹の死や拳銃の指紋から疑惑は晴れてくれた。僕から打ち明け、亜里沙さんからも身の上を聞き、同盟を結ぶことで合意し今日に至る。今後の計画も二人で話し合い決定したものだ」

「なにを企んでいるの?」

「亜里沙さんは、佳純になる」

「……日本語で話してくれるかしら」

「佳純は君の姉たちに殺された。証拠こそ発掘できなかったが、状況証拠が示している。佳純は僕が人生を賭けて幸せにすべき存在だったのに、奈落の底へ叩き落とされたよ。そこへ降臨したのが麻生真里だ。幼いころの佳純に生き写しで、成長すれば佳純になると確信できた。佳純は死んだかもしれないが、麻生真里なら代わりになれる」

「なにを……バカな」

途中から脳が理解を放棄していた。あまりにもイカレた論理だ。

「ある程度成長したら、佳純さんとして御子柴家へ入る約束をしたの。佳純さんとあたしじゃ年齢差がかなりあるけど、いまどき二十代に見える四十代なんてめずらしくない。その気になれば少しぐらい整形するのも厭わないつもりよ」

亜里沙はあっけらかんとしている。

「なん、で？」

決めごとのように言わないで。

「なんでって、彼は二十代の一人暮らしの男よ。急に幼い子供と暮らしはじめるなんて不審そのものでしょ。大人になってから佳純さんとして帰宅する。これ以上に自然なシナリオがある？だからね、それまでは常世の家で世話をして。お願い」

料理の手順でも教えられているのかと思う。あっけらかんとした態度をされると、おかしいのはこちらなのだという錯覚に陥る。

けれど、あたしは甘受するよりない。

それが魔術で苦しめた亜里沙への罪滅ぼし。

そしてなにより、この先十数年、亜里沙と暮らせる。

こんなしあわせはない。亜里沙がいてくれる。亜里沙が笑ってくれる。亜里沙が生きていてくれる。しあわせだ。榊雄心という虫以外は。

「そして、これが一番大事な条件」

亜里沙の表情が獰猛な猛禽類のように変貌した。

「真哉と再会するまでの間、他の女が近づかないように見張っていてほしいの。他の女になびいたら元も子もなくなる。私は平和に結ばれたいの。だから、ね、真哉はモテるから他の女には注意して、近づけないで。お願い」

なんて容易いお願いかしら。悩むまでもない。

「約束するわ。何年たとうと、他の女は近づけない。万一があってもあらゆる手で妨害するから安心して」

「なにからなにまでありがとう。やっぱり親友と呼べるのは命だけよ」

ようやく見られた亜里沙の笑顔に、心が高鳴った。

「じゃ、真里とお別れしようか――」

＊

「佳純が幸せそうで本当によかった」

感慨深げに榊雄心が言った。新郎新婦は楽しそうに笑っている。

「ええ、うまくいったわね。なにもかも」

あたしも表情がゆるんでしかたがない。

この良き日まで、陰に陽に真哉さんへ近づく女を排除し、長年独身ですごさせることができた。女っ気のない男の心を亜里沙が摑むのは時間の問題だった。趣味嗜好を完璧に把握し、積極的なアプローチをかければ拒む理由がない。障壁と言えば真哉さんのなかにいる妻の影だったけれど、そこは亜里沙本人だ。理解を示し、傷心に寄り添い信頼も勝ち取った。

外道。あたしたちの行いは他に表しようがない。

魔術は人を狂わせる。祖母や母親、姉だけではない。

あたしもとっくに狂っていた。あたしの行為と姉たちの行為、悪辣さは同等だ。

スマートフォンが震えた。発信者の名前を見て、控室を出る。

通話を許可するなり、通話口の向こうにいる男性が言った。

「もう限界だ……援助を頼む」

「お断りと何度繰り返せば気がすむのかしら」

「なにもしなければもって数か月だ。実の母親が死の淵にあるんだぞ。もう会ってくれとは言わない。せめてお金だけでも――」

「実の子を捨てた母にはふさわしい末路ね」

あの日再会した母は負い目を感じていたようで泣いて詫び、あたしが許しを与えるとまた泣いてよろこんだ。以後は正常な親子関係を取り戻し、笑顔の絶えない関係を構築していった。

それから十数年後。母は不治の病を抱えた。延命するには常世家の持つ資産が必要だった。母の再婚相手は今日も費用の援助を懇願してくる。

「どうして急にそうなってしまったんだ。あんなに親しくしてくれたのに……ほんの数年でなにがあった？」

「事情が変わったのよ」

数年前なら援助した……亜里沙のために。

母が死ねば榊雄心も死ぬ。亜里沙がひとり立ちする前に彼が死ねば計画に支障が生じてしまう。不測の事態を避けるべく、母にも生きてもらわなければならなかった。健康に長生きできるよう支援をしてきた。

しかし、亜里沙が佳純として自立できた以上、もはや母が死のうが生きようが興味はない。

いいえ、むしろ死んでもらいたい。

母が死ねば、榊雄心も死んでくれるのだから。

彼は亜里沙に手を出すつもりはないと言うけれど、似ているからと他人を実の姉として迎え入れる異常者だ。いつ心変わりして魔手を伸ばすかわかったものではない。彼と懇意にしていたのは監視するためでもある。亜里沙をあの男と同居させるのがどれほどの心労だったか。

結婚というゴールを迎えても心の安らぎは訪れない。亜里沙の結婚で火がつき、彼の眠っていた情念が呼び起こされる懸念は一生残る。悩みの種を排除するには母が死に、一蓮托生の榊雄心にも死んでもらうしかない。あたしが手を下すことなく、この世から葬る。もう慣れた手段だった。

あたしが母との信頼関係を構築してきたのは、母の行方をくらませるためだ。彼女の死が見えてからしばらくあと、温めていた計画を実行した。

榊雄心は恋人が失踪したショックで自暴自棄になっている。魔術で自分を無駄に生かした母を逆恨みし、道連れに死のうと企んでいる。そうした虚偽の物語を伝え、引っ越し費用その他の援助を約束すると、母は遠方へ居を移してくれた。これで榊雄心に母の延命をされる恐れはなくなった。

母が死んでくれれば、穏やかでやさしい世界が訪れる。

母の再婚相手がまだなにか喚いていた。通話を切る。

控室に戻ると、榊雄心は熱っぽい眼差しで亜里沙を見ていた。これが親愛の念からか、情愛の念からかは不明だ。どちらにせよ、近いうちに断ち切れる。

そして、消える命があれば、生まれる命もある。

今日はとても良き日。

亜里沙が生きて幸せに暮らしている。なんて貴いのだろう。

膨らみ始めた亜里沙のお腹を眺めながら、愛おしさに微笑んだ。

参考文献

『吉田式球体関節人形制作技法書』吉田良 著・写真（ホビージャパン）
『ExtrART File.12（FEATURE：愛しき、ヒトガタ）』アトリエサード 編（書苑新社）
『100：THE WORK THAT CHANGED BRITISH ART』The Saatchi Gallery（Jonathan Cape）

そのほか「横浜人形の家」（https://www.doll-museum.jp/）の作品や資料も参考にさせていただきました。

あの魔女《まじょ》を殺《ころ》せ

2023年9月29日　初 版

著者
市《いち》川《かわ》哲《てつ》也《や》

装画
まいまい堂

装幀
西村弘美

発行者
渋谷健太郎

発行所
株式会社東京創元社
〒162-0814 東京都新宿区新小川町1-5
03-3268-8231（代）
http://www.tsogen.co.jp

印刷
モリモト印刷

製本
加藤製本

ISBN978-4-488-02900-5　C0093

第22回鮎川哲也賞受賞作

THE BLACK UMBRELLA MYSTERY◆Aosaki Yugo

体育館の殺人

青崎有吾

創元推理文庫

◆

旧体育館で、放送部部長が何者かに刺殺された。
激しい雨が降る中、現場は密室状態だった!?
死亡推定時刻に体育館にいた唯一の人物、
女子卓球部部長の犯行だと、警察は決めてかかるが……。
死体発見時にいあわせた卓球部員・柚乃は、
嫌疑をかけられた部長のために、
学内随一の天才・裏染天馬に真相の解明を頼んだ。
校内に住んでいるという噂の、
あのアニメオタクの駄目人間に。

「クイーンを彷彿とさせる論理展開＋学園ミステリ」

の魅力で贈る、長編本格ミステリ。

裏染天馬シリーズ、開幕!!

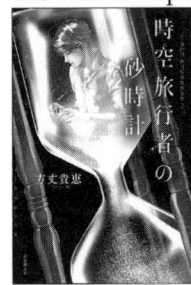

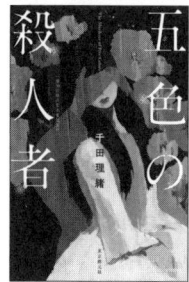